아달톤제국

쥬에르산맥

○ 헤슈핀

아르칸대륙

○ 올손

파오니아공국

다크라임

○

○

오르만평야

제이니스제국

○ 페이츤

타칸사막

페다룬산맥

팔마이온왕국

○ 베킹톤

파시온제국

○ 브에즐

구스몬왕국

망자의평원

자유연합도시

○ 샤블

찰스공국

베스탄왕국

마한

쥬포르제국

○ 칼루하임

베켈란왕국

○ 스몰츠

FREE KNIGHT

프리 나이트 9

김광수 판타지 장편 소설

초판 1쇄 찍은 날 § 2006년 8월 17일
초판 1쇄 펴낸 날 § 2006년 8월 27일

지은이 § 김광수
펴낸이 § 서경석

편집장 § 문혜영
편집책임 § 김민정
편집 § 최하나 · 문정흠

펴낸곳 § 도서출판 청어람
등록번호 § 제1081-1-89호
등록일자 § 1999. 5. 31
어람번호 § 제1-0738호

주소 § 경기도 부천시 원미구 심곡1동 350-1 남성B/D 3F (우) 420-011
전화 § 032-656-4452 팩스 § 032-656-4453
http://www.chungeoram.com
E-mail § eoram99@chollian.net

© 김광수, 2005

ISBN 89-251-0270-6 04810
ISBN 89-5831-737-X (SET)

완결 **9**

FREE KNIGHT

프리

...과 같은 삶을 사는 프리 나이트. 사랑을 위해 태어난 기사 중의 기사들.
...을 사랑을 위하여 또 한 명의 프리 나이트가 명예의 검을 들었다.

김광수 판타지 장편 소설
FANTASY FRONTIER SPIRIT

나이트

도서출판 청어람

FREE
KNIGHT

C o n t e n t s

제93장

마계 습격

FREE KNight

두두두두, 두두두.

저 멀리 파오니아 왕성이 보이는 평원에 대지가 부서질 듯 지축이 울리며 먼지 구름이 하늘로 피어올랐다.

'흐흐흐, 드디어 왕성이군.'

골드 드래곤 기사단의 중심 부분에서 보호받으며 달려나가고 있던 캘스벅 공작은 파오니아 왕성을 바라보며 터지는 웃음을 참았다.

비록 보병들이 빠진 오만의 기사단이었지만 소울 가드 삼천과 제이니스 제국에서 따라온 마법병단 오백여 명이 함께하였다.

이 정도 전력이면 어지간한 왕국과 전면전을 벌여도 될 수준. 그렇기에 멀리 파오니아 왕성이 보이자 공작의 온몸에서 희열이 들끓었다.

'카온, 네놈도 인간인 이상 불가능하겠지. 흐흐흐.'

론스온 공작이 제국 연합군을 이끌고 하루 거리에 와 있었다. 거기에 같이 출발한 오만의 다른 기사단도 이곳으로 향하였다.

그런 전력을 어찌 얼마 되지도 않는 파오니아의 전력으로 막아내겠는가. 카온이 드래곤이 아닌 이상 지금의 상황은 왕국에 절망일 것이다.

'응?'

그렇게 마음속으로 자축하며 저 멀리 보이는 왕국을 향해 힘껏 달려가고 있었건만, 1,000샤이 정도의 거리에 무언가가 집단을 이루고 서 있는 것이 보였다.

두둑, 두둑.

히이이잉.

자연스럽게 앞장을 서 가던 기사단의 속도가 줄어들었다.

"푸하하하! 저것도 기사단인가?"

"킬킬킬, 이래서 왕국 놈들은 안 된단 말이야."

"흐흐흐, 심심한데 잘됐군."

속도가 멈춰지고 기사단의 말들이 거친 숨을 몰아쉴 때, 나타난 자들의 모습이 확연해지자 박장대소를 터뜨리는 캘스벅 공작과 제국 기사단.

처음에는 길게 늘어서 있기에 제법 많은 수의 기사들이 앞을 막아선 줄 알았다. 그러나 막상 가까이 다가서자 확연히 드러난 전력에 비웃음을 실컷 던질 수밖에 없었다.

어림잡아 삼백여 기의 기사단.

저들이 모두 소울 가드 기사들이라 할지라도 이곳에 있는 소울 가드 기사들 전력의 십분의 일도 안 되었다.

그런데도 겁없이 길게 늘어서서 전의를 불태우며 제국군을 맞이하고 있는 자들, 실로 가소로운 자들이었다.

"모두 그대로 돌격한다!"

삼백이 아니라 삼천의 기사가 앞을 막아서도 멈출 수 없다. 캘스벅 공작은 힘껏 마나를 돋워 명령을 내렸다.

두두두, 두두두, 두두두.

내려진 명령은 순식간에 부관들의 입을 타고 기사단에 퍼져 나갔다.

다시 대지를 힘껏 박차는 말발굽 소리.

천천히 이동하던 기사단의 움직임이 다시 빨라졌다.

팟!

그것을 기다렸다는 듯 왕국 기사로 보이는 자들의 몸에서 소울 가드를 착용하는 빛이 사방에서 터져 나왔다.

파바밧!

이에 질세라 제국군 기사단의 선봉에 서 있던 아달톤 제국 천오백 명의 소울 가드에서도 변신의 빛줄기가 뿜어졌다.

일대 장관.

달리는 말 위에서 소울 가드를 착용하는 기술은 마나 조종의 능숙함과 승마술까지 모두 갖춰야 하는 극도의 기술.

그러나 천오백 명의 소울 가드 기사들은 능숙하게 소울 가드를 착용하며 일대 장관을 만들었다.

결코 대규모 전쟁이 아니면 볼 수 없는 광경.

파밧!

더욱이 소울 가드를 착용하고 남은 마나로 파랗게 빛나는 마나 소드를 만들어내는 기사들.

두두두, 두두두.

그들이 타고 있는 말발굽 소리는 웅장하다 못해 대지를 갈가리 찢어 버릴 듯한 굉음이 되어 주변을 압도해 나갔다.

두두두, 두두두.

제국군 기사들이 그렇게 달려오자 왕국 기사들도 마주 달려나왔다. 결코 질 수 없다는 필승의 의지를 뿌리며 힘차게 자리를 박찼다.

"……!!"

말을 타고 달리기에 양측의 거리는 순식간에 좁혀졌다.

순간 갑자기 일렬로 달려오던 왕국 기사들이 맨 앞에 선두를 한 명 내세우더니 순식간에 돌격 대형인 쐐기형으로 변환했다.

눈 깜짝할 사이에 진형을 바꾸는 대담함과 일체의 흐트러짐도 없는 정교함이 돋보이는 순간.

왕국 기사단 삼백여 명이 일심동체를 이루며 일말의 두려움조차 없이 제국군을 향해 돌격했다.

그런데 문제는 제일 앞에서 달려오는 자였다.

뒤를 따르는 왕국 기사들의 연한 빛이 일렁이는 마나 오러와는 확연히 구별되는 푸른빛의 검.

소드 마스터만이 뿜어낼 수 있는 오러 소드가 선두에서 달려오는 자의 검에서 선명한 푸른빛이 뿜어졌다.

아니, 하나가 아니었다.

앞선 자와는 확연히 다르지만 소드 마스터가 분명한 오러 소드를 치켜들며 같이 달려오는 자가 있었다.

소드 마스터 두 명.

비록 삼백 명뿐인 왕국 기사단이지만 소드 마스터 이 인의 존재만으로 그 무게감이 갑자기 커다랗게 증폭되었다.

"저, 저자는!!"

하지만 제일 중요한 문제 하나.

소드 마스터도 좋고, 삼백여 기사들도 좋았다. 그러나 문제는 제일 앞서 달려오는 자의 모습.

대륙에 소문이 자자하여 어린아이들까지도 알고 있는 한 남자가 맨 앞에서 힘차게 달려왔다.

그 모습을 바라보며 캘스벅 공작은 머리 속이 텅 비어감을 느꼈다.

"카, 카온!!"

선두에서 멋모르고 달리는 아달톤 제국 소울 가드 기사들과는 달리 중군을 형성하고 있는 제이니스 제국 기사단과 함께하는 캘스벅 공작.

카온이라는 이름을 생각하자 온몸이 굳은 채 기사단의 흐름에 따라 멈추지도 못하고 말을 달릴 뿐이었다.

쉬아아악—

생각하기도 싫은 짧은 순간.

공작과 뭇 기사단의 눈으로 하늘을 가르며 다가오는 거대한 마법의 폭풍이 가득 파고들었다.

퍼버버벙!

콰과과광!

"크아아악!"

"컥!"

곧 고막을 터질 듯 울리는 굉음과 비명 소리가 전장의 말발굽 소리를 대신했다.

"돌격하라!"

그 뒤를 이어 전장의 소음을 잠재우며 들려오는 한 남자의 마나가 가득 담긴 목소리.

차자장—

"크헉!"

퍼버버벅!

두둑, 두둑.

먼지와 소음에 뒤덮여 아무것도 보고 들을 수 없는 혼란스러운 전
장.

멈출 수 없는 말을 탄 수만의 제국 기사단은 무조건 앞으로 달려나
갔다. 말이 무언가를 짓밟고 터뜨리는 생생한 느낌을 머리 속에 그리
며.

—마스터, 상당히 무식한 자들이군요.

추아악!

"크아악!"

퍼버벙!

무식하게 달려오는 기사단을 고써클 마법으로 처리하는 방법을 사
용하여 순식간에 백여 명을 눈앞에서 지워 버렸다.

소울 가드 기사라 할지라도 7써클 마법 앞에서는 일반 갑옷과 별반
다를 게 없었다.

그렇기에 단 한 수에 수백여 기사단을 갈라 버리고 무섭게 적의 중
앙으로 파고들었다.

두두두, 두두두.

차자장!

"컥!"

뒤따라오며 거치적거리는 제국 기사단을 가차없이 베어버리는 근위 기사단.

나와 샬로만 백작의 가르침으로 모두 다 소드 익스퍼트 최상급으로 구성된 대륙 최강의 기사단이 되었다.

그런 삼백여 근위기사단이 적의 중앙을 돌파하는 것은 식은 죽 먹기. 더욱이 내가 선두로 달리며 거칠게 반항하는 적들을 달려오는 족 족 박살 내버리며 길을 트자, 오만의 제국 기사단일지라도 중앙이 칼라 지는 사태를 막을 수 없었다.

'막으면 죽는다……'

마음을 아는지 어느새 수 샤이 길이로 변한 검강.

손에 들린 묵룡에서 무당의 검술들이 춤을 췄다.

"크아악!"

서걱거리는 느낌도 없다.

그저 눈앞에서 거치적거리는 모든 것을 베고 한줄기 미친 바람처럼 거침없이 달리면 그뿐.

귓가에 울리는 말과 기사들의 숨소리, 그리고 그들의 비명 소리가 미쳐 버린 바람 소리가 되어 머리 속을 가득 메우며 무심한 마음을 두 드려 왔다.

"이, 이럴 수가……"

카온의 강함을 수없이 보고 들은 캘스벅 공작.

그러나 그 강함의 공포가 자기 앞에서 펼쳐지자 마음으로 느끼는 충 격은 드래곤의 브레스 그 이상이었다.

갈라지고 있었다.

연한 천이 가위에 날카롭게 잘려 나가는 듯, 천하에 무서울 것 없이 달려나가던 오만 기사단의 중앙이 순식간에 갈라졌다.

'멈춰야 해!!'

중앙에서 철저하게 보호받으며 달려가던 캘스벅 공작. 뒤에서 몰아쳐 오는 기사들 때문에 멈추지 못하고 카온이 달려오는 중앙의 한가운데 설 수밖에 없는 운명.

갑자기 저 가슴 밑바닥에 자리 잡고 있는 삶에 대한 욕망이 활활 타오르며 살아야겠다는 오직 하나의 일념이 만들어졌다.

히이이잉.

말의 고삐를 힘차게 우측으로 꺾으며 방향 전환을 시도했다. 그러나 진형을 이루고 흘러가는 거대한 물결에 그것은 무의미한 행동일 뿐.

퍼버벙!

"크아아악!"

처절한 비명이 연속적으로 귓가로 들려오고, 이제 곧 중앙으로 달려오는 카온을 맞이하게 될 순간,

팟!

스르릉.

"컥!"

소울 가드를 착용하고 검을 빼어 들었다.

그리고 오직 살아야겠다는 일념 하나로 자기 주변에서 목숨으로 자신을 보호하는 골드 기사단 기사 하나를 가차없이 베었다.

퍼버벅!

갑자기 옆에서 찔러오는 검에 비명 하나만을 남기고 말에서 떨어진

기사.

　충성을 맹세한 주군에게 일격당한 게 믿기지 않는 듯 말에서 떨어지면서도 주군을 멍하니 바라보았다.

　그러나 떨어짐과 동시에 뒤이어 달려오는 수천의 기사단에 곧 기사는 처참하게 부서지며 한 많은 생을 마감해야 했다.

　'비켜! 이 새끼들아!!'

　"컥!"

　퍼버벅!

　연달아 자기 우측을 보호하고 있던 기사들을 베어 넘기고 그 자리를 빼앗으며 자리를 옮기는 캘스벅 공작.

　공작가의 충성스러운 골드 드래곤 기사단, 그들도 사람이다. 한 마리 사자가 양 떼를 헤집고 다가오고 있는 것을 보면서도 기사의 자존심으로 버티고 있었다.

　그러나 정작 주군이라는 자가 동료를 가차없이 베어버리고 자리를 벗어나려 하자 일순간 혼란에 빠졌다.

　아니, 혼란이 아니라 알 수 없는 배신감이 기사들 사이로 순식간에 퍼져 나갔다.

　두두, 두두둑.

　골드 드래곤 기사단 후방부터 갈라지기 시작했다.

　그 순간, 기다렸다는 듯이 공작의 후방에서 달려오던 기사단이 흩어져 나갔다.

　잔잔한 호수에 커다란 돌이 떨어지자 격한 격랑이 이는 것처럼 기사들 모두가 대열을 이탈하기 시작하였다.

　히이잉.

기사단이 갑작스럽게 대열을 이탈하며 숨구멍이 생겨나자 뒤도 안 돌아보고 도망을 치는 캘스벅 공작.

조금 전 멀리 보이는 파오니아 왕성을 바라보며 여유를 부리던 공작의 모습은 그 어디에도 없었다.

다만 공포에 질린 일반 기사들처럼 살 곳을 찾아 바둥거리는 인간 본연의 모습만이 존재하였다.

'도망을 가려는가. 후후후……'

제국 연합군의 거대한 기사단을 내가 손수 가르친 왕실 근위기사단과 함께 가르고 나아갔다.

그리고 그중에서 목표로 하는 자가 죽음의 자리에서 벗어나려 발버둥치고 있음이 보였다.

수많은 인연들 중 악연으로 시작하여 악연으로 끝맺음을 해야 할 운명. 제이니스 제국의 캘스벅 공작은 결코 용서할 수 없는 악연의 끝이었다.

팟!

달리던 말을 그대로 박차고 힘껏 몸을 띄웠다.

따다닥!

말을 버리고 도약하며 달려오는 기사들의 검과 머리를 밟으며 순식간에 거리를 압축해 나갔다.

─마스터, 언제 보아도 그 수법은 신기하기만 합니다. 플라이 마법도 아니고, 헤이스트 마법도 아닌 것이 무척 빠르단 말입니다.

공간을 가르며 나아가는 극상승의 신법을 감상하는 묵호의 여유있는 음성.

묵호의 말이 끝나기가 무섭게 어지러이 흩어져 가는 기사단 사이에서 캘스벅 공작의 곁으로 다가갈 수 있었다.

다닥다닥.

내가 다가옴도 모른 채 말에 거칠게 채찍질하며 자리를 벗어나려 발버둥치며 달아나는 캘스벅 공작. 다른 기사들과 확연히 구별되는 헬리언 급 소울 가드를 착용하고서도 죽어라 도망을 가고 있었다.

부처님 손바닥 위의 손오공 신세인 줄도 모르고 말이다.

파밧!

여유있게 캘스벅 공작이 모는 말 옆으로 다가갔다.

그리고 정신없는 공작의 바로 옆에서 달리며 공작을 바라봤다.

씨익.

달리던 와중에 나와 눈이 마주친 공작을 향하여 차가운 미소 하나를 지었다.

지옥으로 가기 전에 마지막으로 바라보는 인간의 웃음일 것이기에.

"헉!"

영혼이 달아나는 충격이 이런 것이던가.

정신없이 말을 몰아 전장을 이탈하던 캘스벅 공작은 유령처럼 자기를 따라 붙어오는 카온을 바라보며 아득한 기분을 맛보았다.

막연하던 두려움이 이제 옆에서 살아 숨 쉬자 아무런 생각도 들지 않았다.

아무리 제국의 공작이자 소드 마스터라 할지라도 카온이라는 자에게는 그 무엇도 의미가 될 수 없었다.

오직 저 차가운 웃음만이 지금 처한 상황의 진실이었다.

"막아라!!"

달리면서 비명 같은 고함을 질렀다.

그러나 주변에는 언제나 명이 내리면 죽음으로 따르던 기사들이 아무도 없었다.

주인조차 기사들을 버렸기에 기사들도 주군을 버렸다.

"어딜 그리 가는가? 이곳이 네가 쉴 곳이다, 후후후."

기사들의 충성스러운 대답 대신 들려오는 지옥 사신의 차가운 목소리.

퍽!

히이이잉.

말의 다리가 부러지며 허공으로 몸이 날았다.

소울 가드를 걸치고 있기에 몸이 날리는 가운데서도 중심을 잡으며 지상으로 안전하게 착지하는 캘스벅 공작.

"으음……."

정말 아무도 없었다.

어느새 제국 연합 기사단들은 몇백밖에 안 되는 왕국 기사들에 의해 쫓김을 당하며 사방으로 흩어져 가버린 상황.

캘스벅 공작은 차갑게 식어버린 가슴을 느끼며 멍하니 먼지가 날리는 벌판에 홀로 서야 했다.

단 한 명, 무심한 눈으로 지켜보는 한 남자를 바라보며.

"내 친구를 해한 죄를 물어 갈가리 찢어 들짐승의 먹이로 주고 싶지만, 내 친구가 그런 죽음을 원하지는 않을 것이다. 바람과 같은 프리 나이트로서 죽은 내 친구를 위하여 기사의 죽음을 너에게 내리노라."

제국의 공작도 아니요, 세상에 두려울 것도 없는 소드 마스터도 아닌 한 남자가 겁먹은 눈으로 사방을 두리번거리고 있었다.

늑대가 아무리 강하다지만 사자 앞에서는 그저 한 마리의 개일 뿐이었다.

"사, 살려주시오……."

떨리는 목소리로 눈에 간절한 염원을 담은 캘스벅 공작.

이자는 기사도 아니다.

'친구…… 자네의 죽음이 정말 욕되었구나.'

삶을 구걸하는 자를 바라보며 연민보다 분노가 일었다.

기사 같지도 않는 자에게 죽임을 당한 친구의 영혼이 더욱 가여웠다.

"후후후, 기사로서 죽고 싶지 않은가?"

"나, 난 살고 싶소."

하늘을 바라보았다.

무더움 중에도 드러나는 가을의 푸른 속살.

"살려주겠다."

"정말이십니까!!"

"단, 살려만 주겠다."

살려주겠다는 말에 순간 희열에 들뜬 캘스벅 공작.

무심한 눈으로 기사 같지도 않는 자를 바라보았다.

"소울 가드를 벗어라. 그리고 이 검은 너에게 어울리지 않는다."

쉬익.

챙강!

"으으으……."

말이 끝나기가 무섭게 어설프게 들고 있던 공작의 보검을 묵룡으로 깨끗이 잘라 버렸다.

그 일격에 겁을 잔뜩 먹은 공작은 서둘러 소울 가드를 벗었다. 한 제국을 대표하는 공작의 명예를 가진 자로서는 절대 취할 수 없는 행동이었다.

"이제 너는 기사가 아니다."

퍽!

"컥!"

소울 가드를 벗은 공작의 마나가 숨 쉬는 기해혈을 내가중수의 수법으로 파괴하였다.

앞으로 영원히 기사가 될 수 없도록.

'친구야…… 미안하다.'

차마 죽일 수가 없다. 아니, 죽음보다 더한 고통이 앞으로 캘스벅 공작에게 함께할 것이다.

자기 혼자 살겠다고 충성스러운 기사들을 베어버리고 생명을 구걸하는 자.

캘스벅 공작은 이미 한 마리의 개에 불과하였으며, 그의 오늘을 기억하는 자들이 그를 죽일 것이 분명하다.

제국의 공작은 아무나 되는 것이 아니었으며, 사람은 그 자리에 걸맞은 책임과 의무가 따르는 것이었기에.

"가라!"

"크으윽……."

타다닥.

기사의 명예인 소울 가드와 검까지 버리고, 입가에 피를 흘리며 가까이 있는 빈 말을 향하여 달려가는 캘스벅 공작.

한 마리 사자가 양 떼를 휘저어 쫓아내듯, 그렇게 나와 근위기사들이 제국의 기사들을 몰아내었다.

"후후후……."

이제 저 뉘엿뉘엿 지는 해가 저물기 전에 마지막으로 할 일이 남아 있었다.

사랑하는 내 여인의 땅에 침범한 자들에게 무서움이 무언가를 느끼게 하러 말이다.

"가자, 묵호."

―네, 마스터.

단전의 내공이 강하여질수록 충성심이 강해지는 묵호.

어느새 룬어들이 뿜어내는 빛의 파장에 휩싸이며 조용히 눈을 감았다.

"무, 무슨 일인가!"

제국 연합군의 백만 대군을 이끌고 빠르게 파오니아 왕국의 수도로 향하는 론스온 공작.

갑작스럽게 공격을 떠났던 기사들이 허겁지겁 진격하는 본진으로 달려오자 당황했다.

못된 망령에라도 홀린 듯, 힘차게 공격을 떠났던 기사들이 대열도 이루지 않은 채 본진으로 도망쳐 왔다.

아니, 본진으로 달려오더니 그대로 뒤돌아보지 않고 제국 국경 쪽으로 말을 몰아 달려가는 자들이 다수였다.

어처구니가 없는 상황.

백만 대군들과 론스온 공작은 그런 기사들을 멍하니 바라볼 수밖에 없었다.

"각하, 팰카인 백작이 이끌던 일차 공격대입니다."

그것은 눈이 달린 론스온 공작도 알고 있었다.

"그런데 왜 저들이 저렇게 미친 듯이 도망을 가는 것이란 말인가!"

"잠시만 기다리십시오."

다행스럽게도 본진에 도착하여 한숨을 몰아쉬는 기사들이 있었다. 그 기사들 중에 몇몇이 황급히 론스온 공작에게 다가왔다.

"가, 각하!! 죽음의 사신이……."

총사령관인 론스온 공작의 앞에 서자 주저앉듯 무릎을 꿇으며 공포에 젖어 울먹이는 목소리로 죽음의 사신을 논하는 기사들.

결코 명예에 사는 기사들이 취할 행동이 아니었다.

"누구를 말인가! 죽음의 사신이라니!!"

마음속으로 짐작 가는 이가 있었지만 설마 아니기를 간절히 바라며 재차 물음을 던지는 론스온 공작.

"카, 카온입니다. 폭풍의 사신 카온이 나타나 백작 각하를 비롯한 천여 명의 기사들을 베었습니다. 그것도 단 홀로…… 큭!"

가슴에 쌓인 울분과 두려움에 보고를 하던 기사의 입에서 울음이 터졌다.

"카, 카온이……."

카온이라는 말이 나오자 눈을 질끈 감아버린 공작.

'정녕 그놈이 드래곤이 아니란 말인가. 그래도 아직 캘스벅 공작이 남아 있으니……'

카온에 대한 두려움이 클수록 캘스벅 공작에 대한 기대도 커졌다. 아니, 반드시 캘스벅 공작이 왕성에 대한 공격을 감행하여 카온의 발목을 잡아주기를 소망했다.

아니, 반드시 그래야 했다.

그렇지 않으면 연합군의 미래는 없었기에.

"각하! 적의 병사들이 전방에 포진하기 시작하였다 합니다. 그 규모는 십오만 정도입니다."

"십오만이라……"

카온만 없다면 십오만이 아니라 백만 대군도 두렵지 않다. 분명히 어중이떠중이들이 모인 파오니아 왕국군이 분명하였기에.

"적의 본진을 빠르게 돌격하여 격파하라. 이곳에서 머뭇거릴 시간이 없다."

"명!"

지금은 시간과의 싸움이다.

론스온 공작은 병사들과 기사들이 동요하고 있음을 알고 있었다. 그들도 생각할 수 있는 존재들이었기에 지금 상황이 어떠하다는 것을 대충은 알고 있으리라 짐작했다.

'카온… 어디 한번 해보자!'

절대의 실력자가 없음이 안타까웠지만 아직 신의 뜻이 어디로 향할지 아무도 몰랐다.

"공격 대형으로!"

"단숨에 적의 본진을 깨뜨린다!!"

공작의 명이 곳곳에 하달되며 백만 진형은 걷는 중에 변환을 시작했다. 제국에서도 정예병만 모였기에 훈련된 동작만은 최상이었다.

까아악! 까아악!

인세 지옥.

얼마 전까지 대륙에서 당당하게 한 왕국의 수도였던 곳에 지옥이 재림해 있다.

꾸르륵, 꾸르륵.

퍼버벅!

비록 다른 왕국에 비하여 국력의 열세였지만 나름대로 튼실한 힘을 비축한 구스몬 왕국의 수도 브에즐.

수백만에 가까운 인구가 살던 이곳에 지금 보이는 것이라고는 마계의 수많은 마물들과 이름도 알지 못하는 지옥의 검은 새들.

이미 죽어 차갑게 식어버린 인간들의 육신을 찢어 먹으며 자기들끼리 싸움을 벌이고 있다.

"흐흐흐흐……."

브에즐의 높은 왕성에서 사방으로 펼쳐지는 지옥도를 감상하며 한 인물이 음울한 웃음을 바람에 흩날렸다.

피에 전 검은 로브를 여름 바람에 날리는 인물. 그의 두 눈은 로브 사이에서 사악한 빛을 뿜어냈다.

"육신을 빼앗긴 영혼들아, 분노하라! 흐흐흐! 억울하고 공포에 젖은 영혼들아, 소리 높여 울부짖어라!! 흐하하하하!!"

끼오오오!

응답이라도 하는 듯, 브에즐 하늘에서 영혼들의 비명 소리가 바람에 섞여 흩날리기 시작했다.

죽어서도 육신 한 점 남기지 못한 자들의 원통함이 영혼이 되어서도 분노하는 것이리라.

"흐흐, 피를 흠뻑 머금은 마법진이 가동되면 이제 중간계는 마계의 지배를 받으리라. 흐흐흐."

인간의 탈을 썼지만 이미 마계의 주구가 되어버린 타마시네. 디류에서 숨죽이며 살아가고 있는 흑마법사들을 모조리 끌어들여 지금 대역사를 벌이고 있었다.

이천 년 전, 대륙을 피바람에 물들게 만들었던 마계의 중간계 침공에 선두를 선 것이다.

인간들의 피로 흠뻑 적시고, 그들의 영혼이 하늘에서 맴돌고 있는 브에즐에 거대한 마법진을 설치하는 중이었다. 마계의 상위 마족들을 소환하고, 더 많은 마계 병사들을 중간계에 강림시키고자.

그리고 이제 거의 일이 마무리되고 있었다.

인간들이 흘린 수백만의 피는 흑마법진을 펼치는 음차원의 에너지를 끌어들이고도 넘쳐흘렀다.

"이제 드래곤들이 나타나도 두렵지 않다. 흐흐, 상위 마족들이 나타나면 그까짓 도마뱀들이야 아무것도 아니지."

아무리 지상계 최고의 강자인 드래곤이라 할지라도 중간계에 같이 소환되어 버린 마계의 혼돈의 기운에서는 힘을 발휘할 수 없다.

대등한, 아니, 마족에게는 더욱 유리한 대지가 이곳에 펼쳐진 것이다. 이미 이곳은 중간계가 아닌 마계라 할 수 있기에.

"오!! 이것은!!"

쥬에르 산맥에 자리 잡은 레어에서 황금빛 육신을 길게 똬리 틀고 기나긴 수면에 들고 있던 골드 드래곤이자 고룡의 칭호를 받는 임시 드래곤 로드인 시오니온은 드래곤 하트가 벌렁거리는 느낌을 받았다.

이천 년 전, 고룡이 되기 전 웜 급의 드래곤일 당시에 느껴본 적이 있는 전율스러운 느낌. 바로 중간계에 두려울 것 없는 드래곤 하트를 묵직하게 자극하는 마계의 사악한 기운이 분명했다.

중간계의 마나들과 절대 어울릴 수 없는 이질적인 기운들. 대기의 마나 속에 느껴지며 드래곤 하트를 거칠게 뛰게 만들었다.

"이, 이 정도면 마계의 상위 마족들의 힘이다. 아니, 마족의 차원을 넘었어."

드래곤 중에서 가장 현명한 골드 드래곤인 시오니온은 대기 중에 섞인 마나들의 비명 소리를 파악하여 갔다.

"폴리모프!"

"이동!"

인간으로 폴리모프하여 곧바로 이동 마법을 펼치는 시오니온. 비록 수면 중에 깨어났기에 드래곤 하트가 아직 다 활성화되진 않았지만 가만히 있을 수는 없었다.

드래곤 로드인 레드 드래곤 일족인 아리안이 사라져 임시로 맡고 있는 로드였지만, 드래곤 로드의 제일 임무는 중간계의 수호다. 아무리 게으르고 오만한 드래곤이라 할지라도 신이 내린 임무는 절대의 무게를 가지고 있었다.

그렇게 마나가 강한 웜 급 이상의 드래곤들이 대륙 곳곳에서 화들짝 놀라며 유회와 기나긴 잠에서 깨어나기 시작했다.

이천 년 전, 마족의 계략에 빠져 인간계에 관여하지 못한 죄의 무게를 잊지 않고 있었기에 다들 미망에서 깨어났다.

"헉! 마나가……."

워프를 펼쳐 구스몬 왕국의 브에즐 수도로 이동해 온 시오니온은 비명을 질렀다.

언제나 신의 축복을 받아 아르칸 대륙에 넘치고도 넘쳤던 마나들이 모두 변질되어 있었다.

묵직하고 이질적이라 사용하기 꺼려지는 마나.

아직 활성화되지 못하였지만 세상 그 무엇보다 많은 양의 마나를 담은 드래곤 하트가 마나를 내뿜으며 마법을 유지하였다.

쿠르르!

카오오오오!

아니, 그뿐만이 아니었다.

비명 뒤에 보이는 처참한 광경에 입을 다물지 못했다.

이런 광경은 이천 년 전에 마족들이 중간계에 지옥도를 만들 때 보고 처음이었다.

얼마나 많은 인간들의 육신에서 피가 흘렀는지 거대한 도시 곳곳에서 피비린내가 코를 자극했고, 붉은 빛깔들이 어두운 구름 사이에서 눈으로 파고들었다.

더군다나 허공에 모습을 드러내자 감히 공격을 감행해 오는 이름 모를 마물들.

"이놈들이!!"

오천 년이 넘는 시간 동안 감히 겁없이 공격해 오는 것들을 처음 만

나본 시오니온.

황금빛 눈동자가 차갑게 번뜩였다.

"플레어!!"

화르르르.

순식간에 사방으로 화염 계열의 7써클 마법이 펼쳐지며 수십 마리의 괴상한 마물들을 공격해 나갔다.

쿠오오오!!

끼아아아!

"이럴 수가!!"

분명 이 정도 공격이면 마물들일지라도 어느 정도 타격을 입을 것이라 예상하였건만, 아무런 타격도 없이 시원하다는 듯 소리를 지르며 붉은 부리와 날카로운 발톱으로 계속 공격해 오는 마물새들.

"디스파이어 오브 스톰!"

어느새 10샤이의 거리에까지 다가온 마물을 향하여 8써클 풍계 마법을 펼쳤다.

쉬쉬쉭—

절대의 마법인 9써클 마법을 제외하고는 풍계 마법 중 최고의 위치를 차지하고 있는 절망의 바람.

허공을 가르며 바람의 칼날들이 어느새 수백 마리로 불어난 마계의 마물들을 공격해 갔다.

퍼버벅!

쿠아아악!

검은 날개와 회색의 날개를 가진 마물들 사이로 절망의 바람이 스치고 지나가자 온몸이 갈기갈기 찢겨진 마물들이 푸른 피를 흘리며 지상으로 추락하였다.

퍼억!

"헉!"

당연히 8써클 마법으로 모두 처리할 것이라 의심치 않았건만, 갑작스럽게 떨어지는 마물들 사이로 몇 마리의 마물들이 나타나 시오니온의 몸에 날카로운 상처를 남겼다.

"블링크! 큐어 디지즈!"

드래곤 하트가 튀어나올 정도로 놀란 시오니온은 블링크를 시전함과 동시에 몸에 퍼지는 마물들의 독을 빠르게 치료하였다.

"크아아! 이놈들이!!"

상처를 입힌 마물들은 자신이 익히 아는 것들이었다.

파피리온이라는 이름을 가진, 날개를 단 인간 형태의 마수들. 마계에서도 상급의 위치를 차지하는 마물들이었다.

"폴리모프!"

9써클 마법을 온전하게 펼치기 위해서는 드래곤 본체로 현신하여야 했다.

어지간한 마법으로는 마물들을 처치할 수 없다는 것을 깨달은 시오니온은 본체로 변신하였다.

파바밧!

아무리 이곳이 이상하게 변질되어 마계와 같은 마나들로 구성된 곳이라 하지만, 고룡의 드래곤 하트는 수천 년 동안 마나가 응축되어진 마나의 집합체였다.

쿠오오오오오오!

본체로 변신하며 터지는 마나 빛의 폭풍 속에서 중간계를 지배하는 드래곤의 포효가 길게 울려 나갔다.

"감히 중간계를 침범하다니! 신의 뜻을 어긴 너희들을 지옥으로 보내주마!"

버언쩍!

골드 드래곤의 특징인 황금빛 뿔이 이마에서 뇌전을 일으켰고, 오십여 샤이 크기의 본체에서는 마나들이 황금빛 피부를 뚫고 뿜어져 나왔다.

실로 어마어마한 모습.

시오니온조차도 이렇게 본체로 나타나 마나를 있는 힘껏 사용하는 것이 천여 년 만에 처음 있는 일이었다.

크르륵.

쿠아아아!

그러나 놀랍게도 마계의 마물들은 현신한 드래곤에 두려움을 느끼는 것이 아니라 날카로운 이빨을 보이며 강한 적의를 드러냈다.

"죽어라!"

쉬쉬쉭—

이미 마계의 마나로 바뀌어 버린 대기에서 남아 있는 마나를 힘껏 빨아들이고, 그것도 부족하자 위험을 감수하며 드래곤 하트에서 마나를 뽑아내어 브레스를 만드는 힘으로 바꾸었다.

버버버번쩍!

골드 드래곤이 지닌 브레스의 특징인 뇌전의 힘.

이마의 황금빛 뿔에서 세상의 종말을 고하는 뇌전들이 지상에 작렬하기 시작했다.

콰과과과광!

쿠에엑!!

화르르르르르르.

분노에 찬 에이션트 고룡의 브레스.

감히 이빨을 드러내며 적의를 보이던 마계의 마물들에게 공포라는 것을 심어주며, 그들의 푸르스름한 육신을 뇌전의 힘으로 정화시키기 시작했다.

이 순간에 시오니온이 뿜어내는 일격을 감히 막을 자는 존재하지 않았다.

드래곤, 그 이름만으로도 중간계 최고의 힘이었기에.

콰과과광!

구스몬 왕국의 브에즐에 또다시 재앙이 찾아왔다.

비록 이 재앙을 바라볼 인간들은 존재하지 않았지만, 마계의 마물들에게는 하늘의 날벼락이었다.

느긋하게 인간들의 육신으로 배를 채우던 마물들은 절대의 흔을 지닌 낙뢰에 한순간 재가 되었다.

쿠오오오오오!

한참을 그렇게 지상에 뇌전을 뿌리며 힘을 과시하던 시오니온. 온 힘을 다하여 가슴 뜨거운 힘을 포효로 승화시켰다.

스스스스.

그 순간, 포효를 지르는 시오니온의 주변으로 검은 구름들이 몰려들었다.

아니, 구름을 가장한 어두운 마나들이 승리에 취한 시오니온의 주변을 포위했다.

"응?"

이상함을 감지한 시오니온.

급히 커다란 눈을 돌려 주변을 바라보았다.

"헉!!"

다시 터지는 신음.

차단되어 있었다.

조금 전까지 그나마 남아 있던 중간계의 마나들은 씻은 듯이 사라지고, 묵직하고 강한 어둠의 마나들이 주변을 완벽하게 감쌌다.

'이것은 무엇이란 말인가!'

조금 전 승리의 기분에 취해 마음껏 뿜어내 버린 덕분에 드래곤 하트의 마나량이 반절로 줄어들었다.

아무리 드래곤이라지만 그 힘을 펼칠 수 있는 것은 중간계 안에서만이다.

드래곤이나 마족들이나 서로의 계를 넘어서는 온전하게 마나를 사용할 수 없다.

물론 드래곤과 마족들도 마계나 중간계에서 마나를 사용할 수 있다. 하지만 그 성질이 확연히 다른 까닭에 평소의 가진 힘의 반절 정도만 사용할 수 있기에 서로의 계를 침범하지 않았다.

그런데 지금, 중간계에서 마음껏 신이 허락한 마나를 사용할 수 없기에 시오니온은 두려움을 느꼈다.

드래곤으로 태어나 처음으로 느끼는 낯선 느낌인 공포를 말이다.

'위험하다!'

본체였건만 두려움에 가득 차 있는 시오니온. 주변을 조심스럽게 두리번거렸다.

머리 속에서는 이 자리를 벗어나야 한다는 경고음이 계속 들렸지만 에이션트 드래곤의 자존심이 허락하지 않았다.

이내 나타나는 광경을 바라보며 방금 전에 도망가야 했음을 절실하게 깨달았다.

어두운 구름과 마나들 사이에서 나타나는 세 존재.

그들 하나하나에서 풍기는 기운이 결코 시오니온의 아래가 아니라는 것을 본능적으로 알아챘다.

"마… 마족……."

그러했다.

어두운 구름 속에서 조용히 차가운 미소를 지으며 나타나는, 가무잡잡한 피부 속에서도 창백한 얼굴의 주인공들.

그들은 바로 마계의 백대 최상급 마족들이었다.

이천 년 만에 모습을 드러낸 진정한 마계의 주인들이었다.

"호오, 영광스럽게도 우리를 마중하러 도마뱀이 마중 나왔군."

"흐흐흐, 이천 년 만에 보는 도마뱀이라. 제법 드래곤 하트도 충실한 것이 나이를 제법 처먹은 놈이야."

"역시 중간계는 가슴을 뜨겁게 한단 말이야. 겁 많은 천족들이 차원의 문에 결계를 펼치는 바람에 갈 곳 없는 우리들을 불러주는 곳은 이곳뿐이야, 흐흐흐."

인간들의 기준으로 보면 절대의 미를 간직한 세 명의 존재.

에이션트 급 고룡인 시오니온을 서슴없이 도마뱀이라 칭하며 유람을 나온 듯 주변을 둘러보았다.

'벗어나야 해!'

여유작작한 마족들 사이에서 죽음의 냄새를 맡은 시오니온은 벗어나고자 드래곤 하트의 마나를 점검하였다.

"그냥 가시려고? 그렇게는 안 되지."

"흐흐흐, 오랜만에 만난 도마뱀인데 그냥 보내면 우리가 섭섭하지."

"마나 동결!"

마족들도 언령을 사용할 수 있는 존재.

더군다나 이곳은 중간계의 마나들이 사라진 마계의 강림 지역. 마족들의 언령의 힘이 시오니온의 힘을 넘어섰다.

'이런……'

꾸오오오!

끼아아악!

마족들이 나타남과 동시에 마물들이 바글거리며 지상에서 다시 기어나왔다.

분명 방금 전에 수없이 죽였건만 죽은 마물들의 시체를 먹어치우며 또 다른 마물들이 꾸역꾸역 모여들었다.

하늘에 떠 있는 시오니온의 커다란 육체에 입맛을 다시며 말이다.

'이놈들! 감히!!'

죽음에 대한 공포와 함께 중간계 최고의 존재라는 자존심이 꿈틀거리며 살아났다. 더욱이 시오니온은 임시지만 드래곤 로드의 신분이었다.

"그럼 어디 한번 해볼까? 흐흐흐."

"즐겁게 해주도록, 도마뱀."

"그럼 제가 도마뱀을 요리하겠습니다. 발루마시아님, 안티미오르님."

"그래? 그럼 그렇게 하지. 갈리마리스, 자네의 채찍이라면 도마뱀의 가죽과 고기가 아주 잘 다져지겠군. 흐흐."

마족들의 대화에 분노와 함께 두려움이 교차하는 마음을 다스리는 시오니온.

세 놈이면 모를까, 한 놈이라면 한번 해볼 만하다는 생각이 들었다. 과거 마족들과 전투를 치러본 적은 없지만, 아무리 그래도 시오니온은 드래곤 중의 드래곤이었다.

"감히 신의 뜻을 어기고 인간계에 나타난 죄를 물어 신의 이름으로 벌을 내리리라! 오라! 이 타락한 마나의 자식들아!!"

꾸오오오오오오오!

드래곤 날개를 활짝 펴 하늘에 벼락 소리를 만들어내며 울부짖는 시오니온.

뭇 드래곤을 비롯한 중간계의 모든 이들이 들을 수 있도록 온 마나를 다하여 포효를 터뜨렸다.

지금 이 순간 마족들의 결계에 의하여 드래곤들에게 마나의 외침이 들리지 않는다는 사실을 알지 못한 채.

"돌격하라!!"

"와아아아아!"

브릭 성을 점령하고 거센 물결이 된 메켈란 왕국군.

페스탄 왕국이 아쿠란 요새와 오르만 평야의 중요 요새인 샬키온 요새까지 점령했다는 소리에 더욱 힘을 내어 제이니스 제국의 심장부를 향하여 돌격하였다.

지난 세월 동안 참았던 왕국의 힘과 분노가 미친 듯한 힘을 내게 만들었다.

그리고 지금, 제국의 동부 영지를 상당 부분 잠식하고 란다인 후작성을 공격하였다. 이곳만 무너뜨린다면 제국 수도인 페이츤과는 일주일 거리였다.

"이제 저곳만 점령하면 일차 목표는 이루는 것인가."

파상적인 공격을 퍼부으며 높은 성벽을 향해 개미 떼처럼 올라가고 있는 병사들을 바라보며 자크랄 공작은 감격에 빠져들었다.

페스탄 왕국이 점령한 오르만 평야보다는 못하였지만 브릭 성을 비롯한 란다인 요새 근방도 광물을 비롯한 자원이 풍부한 곳이었다.

앞으로 메켈란 왕국에 찾아올 영광을 위해서는 반드시 필요하였다.

"각하! 이제 얼마 지나지 않으면 여태 그래 왔듯이 성이 점령될 것 같습니다."

부관의 자신감 넘치는 목소리에 고개를 끄덕였다.

신기하게도 이곳까지 오면서 다섯 개의 크고 작은 성들을 손쉽게 무너뜨렸다.

대부분 병사들 수천에서 일만 정도의 힘을 가진 영주들의 성. 만약 조직적으로 연합하면 지금의 전력으로는 무너뜨릴 수 없을 정도의 힘을 가진 성들이었다.

하지만 그들은 각자 고군분투하다 모두 전멸하였다.

마치 다른 귀족들과는 연락이 안 되는 듯 말이다.

'황궁에서의 지시가 먹혀들지 않고 있음이야.'

이미 정보를 통해 제이니스 제국의 황제가 수도를 비우고 은밀한 후방 요새로 몸을 피신하였다는 것을 알고 있었다.

단 한 명의 기사로 인하여 황궁을 버린 황제.

거기에 더하여 곳곳에서 민란이 발생하고, 두 왕국까지 국경을 넘자 제국의 지휘 계통이 무너져 버린 것이리라.

"공작가의 기사단을 투입하라!"

"명!"

승부를 볼 순간이었다.

일단 란다인 성을 점령하고서 숨을 고른 후, 주변 영지에 대한 정리와 함께 확실한 왕국의 영토로 만들어야 했다.

뿌우우웅!

자크랄 공작의 명이 떨어지자 길게 공격 나팔이 불었고, 대기하고 있던 삼백여 소울 가드 기사들이 자리를 박찼다.

번쩍.

곳곳에서 소울 가드로 변신하는 빛들이 화려하게 빛의 파도를 만들었다.

'해가 지기 전에 점령하겠군.'

어느새 오후에 깊게 발을 들인 태양.

붉은빛으로 물들어가며 한여름의 뜨거운 기운을 접어갔다.

"파이어 레인!"

"라이트닝 레인!"

"스톤 샤워!"

콰과과광!

"크아악!"

"마, 마법사들이다!"

"응??"

왕국 소울 가드 기사들이 성벽에 근접한 순간, 갑자기 거의 무너져

가던 란다인 성 쪽에서 들려오는 마법 공격 소리.

십여 명뿐인 란다인 성의 마법사들은 이미 집중적인 왕국 마법사들의 공격에 의해 죽은 지 오래였다.

그런데 갑자기 메켈란 왕국 병사들을 향하여 쏟아지는 마법 공격들.

자크랄 공작의 눈이 커다랗게 떠지는 순간, 성벽에서 펄럭이는 하얗고 검은 채색의 이중적인 커다란 깃발이 눈에 들어왔다.

"브, 블랙 앤 화이트 기사단!!"

본능적으로 자크랄 공작의 입술을 비집고 나온 신음 소리. 그런 자크랄 공작의 눈에 성벽을 기어오르고 있는 왕국 병사들을 도륙하는 이들이 보였다.

바로 제이니스 제국의 삼대 공작 중 한 명인 오드본 폰 나미시스가의 기사단인 블랙 앤 화이트 기사단이었다.

"후, 후퇴의 나팔을 불어라!!"

같은 공작가의 기사들이었지만, 마법병단을 소유하여 한 왕국의 왕실 기사단과 비슷한 전력을 소유한 제국 공작가와 왕국 공작가의 기사들의 실력은 차이가 났다.

더군다나 백여 년이 넘도록 제국에 눌려 살던 메켈란 왕국 기사들과 병사들.

제국 공작가 기사들의 실력을 알기에 이미 마음속으로 패배 의식을 드러내었다.

그 감정은 공작인 자크랄도 마찬가지였다.

뿌웅! 뿌웅! 뿌웅!

짧고 굵은 퇴각의 급박한 고동 소리.

한순간에 기세 좋게 몰아붙이던 메켈란 왕국 병사들은 허겁지겁 자기 본영으로 후퇴해야 했다. 그 와중에도 제국의 기사단이 뒤를 쫓지 않음을 감사하면서.

'역시 제국이란 말인가……'

아직 꺾이지 않는 제국의 진정한 저력.

자크랄 공작은 입술을 깨물며 본진을 수습하여 자리를 떠났다. 지금까지 점령한 영토만으론 왕국을 경영해 나가기에는 벅찬 상황이었다.

'숲과 나무가 언제나 푸르른 것은 아니지. 제국, 너의 이름도 곧 겨울을 맞이하리라.'

이가 빠진 사자도 사자였다.

날카로운 발톱조차 빠질 날이 얼마 남지 않았다는 것을 알기에 자크랄 공작을 비롯한 메켈란 왕국군은 미련을 버리고 그 자리를 떠나갔다.

"와아아아아!! 페스탄 왕국 만세!!"

수만의 제국 병사들의 시신이 무더운 여름 하늘 아래 썩어가 악취를 진동시키고 있건만, 페스탄 왕국의 병사들은 승리의 함성을 지르며 광분하고 있었다.

드디어 아쿠란 요새와 샬키온 요새를 점령하고 왕국의 소원인 오르만 평야를 다시 되찾은 것이다.

근 백여 년 만에 제이니스 제국에 빼앗기고 멸국의 길로 향하던 왕국 병사들에게 지금 이 순간은 그 누구에게도 빼앗기고 싶지 않은 기쁨의 순간이었다.

비록 수만 명의 제국군과 왕국 병사들이 죽음의 골짜기를 향해 걸어 갔지만, 본래 땅이라는 것은 피로써 얻고 피로써 지키는 것임을 모두 알고 있었다.

그렇기에 왕국 병사들은 자신들의 피로써 얻은 이 땅을 이용하여 후 손들이 풍요로운 미래를 만들기를 저마다 간절히 소망하였다.

'드디어 찾았군.'

앙시온 백작은 가장 높은 성루에 올라 제이니스 제국과 오르만 평야 의 초입에 지어진 거대한 성채인 아쿠란 성을 감격 어린 눈으로 바라 보았다.

견고하여 감히 수십 년 동안 넘볼 수 없었던 거대한 제국의 성이 이 제 페스탄 왕국의 수호성이 된 것이다.

'고맙소, 카온. 당신의 은혜는 영원히 기억할 것이오.'

불가능한 일을 실현시켜 준 한 인물이 병사들의 환호성 속에서 그려 졌다.

대륙의 신화가 되어버린 한 남자, 그는 바람의 카온이라는 이름을 가진 바람의 전설이었다.

휘이이이잉—

후덥지근한 여름 바람이 대지에 입김을 불어넣으며 무거운 갑옷을 걸치고 저마다의 무기를 손에 움켜쥔 병사들을 희롱하였다.

아니, 백만이 넘는 병사들이 뿜어내는 치열한 열기가 석양으로 치닫 는 하늘을 물들이고 있었다.

'이제 마지막인가.'

왕도와 얼마 떨어져 있지 않은 파르얀 평야.

제국군 본진인 백만 대군과 그 앞을 막아선 왕국군 십오만.

이제 결말을 내야 할 때가 왔다.

"각하! 모든 준비가 완료되었습니다."

각 군단을 이끌고 온 귀족들이 뜨거운 눈으로 나를 바라보았다.

"오늘 이후로 대륙에서 더 이상 본 왕국의 이름을 함부로 말하는 이들은 없을 것이오. 그대들만 믿겠소."

"충!"

가슴 절절함이 충이라는 한마디에 묻어났다.

"가시오! 그리고 싸워 승리를 쟁취하시오! 그것이 그대들이 이 왕국에 태어난 자로서의 의무요."

"충!"

모두들 알고 있을 것이다.

오늘 이 땅 위에 굳건히 살아남는 자가 앞으로 미래의 주인공이 될 것임을.

뜨겁게 기사의 예를 올린 귀족들이 사방으로 흩어졌다. 왕국의 모든 힘을 쥐어짜 모은 십오만 대군의 머리가 되기 위하여.

―마스터, 대기 중의 마나가 수상합니다.

귀족들이 사라지고 난 뒤에 들려온 묵호의 침중한 목소리.

'이상하군. 무언가 끈적끈적한 힘이 느껴져……'

묵호의 말처럼 허공중에 떠다니는 기운들 중에서 끈적하면서도 기분 나쁜 기운들이 미약하게나마 느껴졌다.

―예전에 느꼈던 마계의 마나와 비슷합니다.

'마계?'

갑작스러운 묵호의 말에 가슴 한쪽에서 찜찜한 마음이 일었다.

―그렇습니다. 정확하게는 모르겠지만, 지금 제 상태에서 느껴질 정도면 마계의 마나가 상당 부분 인간계에 섞여 있지 않나 싶습니다. 그것도 아주 가까운 곳에서 말입니다.

"음……."

묵호의 말에 절로 신음이 흘러나왔다.

하필이면 대륙에 한바탕 피바람이 부는 순간 마계의 기운이 느껴진다니 가슴이 답답해 왔다.

마족들이 어떤 존재이던가.

수많은 세월 동안 수시로 인간계에 나타나 거친 피바람을 일으켰던 존재들. 중간계 최고의 존재들인 드래곤과도 힘을 겨룰 수 있는 무시무시한 존재들이 아닌가.

분명 묵호가 느낄 정도의 마계의 마나라면 무슨 일이 벌어지고 있음이 분명했다.

"마족들이 나타나면 드래곤들에게 맡기는 것이 신이 정한 법칙. 우리가 관여할 바가 아니다."

―알겠습니다, 마스터.

어떻게 할 수 있는 힘도 없었다.

내가 폴라온 대제의 유물인 묵호를 착용하고 있다 하지만 아직 가진 바 힘은 마족들에 비하면 조족지혈에 불과했다.

뿌우우웅! 뿌우우웅!

말이 끝나기 무섭게 뭉텅이 뭉텅이로 모여 있는 제국군의 백만 군대에서 힘찬 고동 소리가 울려왔다.

엄청난 인간들의 전투 시작을 알리는…….

퍼버벙!

"엡솔루트 실드! 블링크! 헬 파이어!"

쩌저적.

찌이이잉!

실드 마법 계열 중에서 가장 강력한 엡솔루트 실드와 8써클 이상의 마법들이 연달아 번쩍이며 펼쳐졌고, 그 마법들을 무려 30샤이에 달하는 검은 채찍이 눈에 보이지 않을 정도의 무시무시한 속도로 깨뜨리고 있었다.

"흐흐흐. 도마뱀, 좀 더 재주를 부려보시지? 이 정도 실력으로 오늘 이 자리를 벗어날 수 있을 것이라 생각하는 것은 아니겠지?"

"감히! 더러운 마족 놈이!"

여유있게 시오니온의 마법들을 깨뜨리며 조롱을 던지는 갈리마리스, 그 조롱에 분노를 터뜨리는 중간계의 자존심, 드래곤.

두 존재의 팽팽한 힘에 주변의 대지는 숨을 죽였다.

비록 마계의 마나들이 중간계의 마나들을 대처했다 하지만, 에이션트 드래곤의 힘은 마계에서도 통한다는 절대의 힘이었다.

"슬슬 결론을 내자고. 오랜만에 나온 중간계에서 할 일이 너무 많다고, 흐흐흐."

"감히 신들이 정한 법칙을 어긴 너희에게 중간계의 수호자로서 벌을 내리리라!"

황금 눈동자에 가득 분노를 담고 일갈을 터뜨리는 시오니온. 황금빛 동체는 드래곤 하트에서 뿜어지는 강력한 마나에 의해 주변을 금빛으로 환하게 물들였다.

가히 중간계 최고의 힘을 가졌다는 에이션트 드래곤다웠다.

"호호호, 아직 다 깨어나지 않은 드래곤 하트를 가지고 너무 무리하는 것이 아닌가? 온전한 힘으로도 힘들 터인데, 그 늙은 육신으로 그러면 안 되지."

"……!!"

'이놈들이…….'

죽어서도 쓰러지지 않는 자존심으로 이곳에서 버티고는 있지만 시오니온은 두려웠다.

수면에 들다 깨어난 드래곤은 가슴에 간직된 드래곤 하트가 활성화되기 전에는 본래 움직이지 않는다.

긴 시간도 아닌 불과 하루 정도의 시간이면 드래곤 하트와 대기의 마나들이 공명하기 충분하였기에 수면에서 깨어나면 하루 동안 휴식을 취하였다.

그러나 갑작스러운 마계의 기운에 지혜의 종족인 골드 드래곤이라는 이름이 무색하게 생각없이 이동해 온 시오니온은 뒤늦은 후회를 하였다.

하지만 후회는 아무리 빨라도 돌이킬 수 없는 법.

시오니온은 가슴속에서 꿈틀거리는 수천 년간 자라온 드래곤 하트만을 믿고 포효를 터뜨렸다.

"네놈들에게 무서움이 무언가를 보여주리라!"

쉬오오오오—

말이 끝나기가 무섭게 주변의 마나들이 시오니온의 입으로 순식간에 빨려들었다.

드래곤 최후의 무기라 할 수 있는 브레스를 펼치려는 것이다.

"흐흐흐……."

시오니온이 마계의 마나까지 빨아들이는 모습을 바라보면서 마족 본체인 검은 날개를 펼치며 유유히 떠 있는 갈리마리스.

입가에 음흉한 미소를 지으며 채찍을 강하게 움켜잡았다.

그 순간을 기다렸다는 듯, 대기의 마계 마나들이 소용돌이치며 갈리마리스의 주변으로 모여들었다.

"죽어라!"

콰르르르릉!

극히 짧은 순간 동안 엄청난 마나를 흡입한 시오니온.

분노에 이글거리는 황금빛 눈에서는 눈앞의 마족을 갈기갈기 찢어 버릴 듯한 무시무시한 기운이 뿜어졌다.

동시에 머리에 간직된 황금 뿔에서 흡입한 마나들이 세상 모든 것을 파괴하는 신들의 번개로 변하며 마족에게 작렬하였다.

버어어어언쩍!

빛과 소리로 변한 마나의 고함 소리.

어두운 마계의 기운들이 가득한 브에즐의 하늘에 수십 줄기의 벼락이 일시에 터졌다.

장관이었다.

에이션트 골드 드래곤이 드래곤 하트의 온 마나를 모아 펼쳐 내는 전격 브레스.

채찍을 들고 있는 갈리마리스뿐만 아니라 나머지 두 마족에게도 신의 분노와 같은 전격 브레스가 작렬하였다.

쿠오오오오!

전격의 파도가 덮쳐 가는 순간, 대기의 마나들과 공간이 갈라지며 진공 상태를 만들었다.

그리고 곧 세 마족은 강력한 전격 브레스에 휩싸여 사라졌다.

"감히 마족 놈들이!"

드래곤 하트에 남아 있는 마지막 힘까지 모두 모아 드래곤의 가장 강력한 공격 방법인 브레스를 뿌리고 만족해하는 시오니온.

아무리 드래곤 하트가 온전하지 않다지만 분명 마족들에게 커다란 타격을 입혔을 것이라 생각했다.

주변의 대기 마나가 간섭당하였기에 이동 마법도 차단이 된 마당이라 마족들이 도망갈 자리는 없었다.

"……!!"

만족한 모습으로 드래곤 하트에 천천히 차오르는 마나를 느끼며 이동 마법을 펼쳐 자리를 뜨려는 순간, 갑자기 커다란 세 개의 검은 구체가 모습을 드러냈다. 시오니온은 커다란 눈에 놀라움을 가득 담았다.

"서, 설마……."

브레스의 모든 기운이 사라진 허공.

3샤이 크기의 달걀 모양에 안이 보이지 않는 짙은 어둠의 검은 구체가 시오니온을 포위하였다.

그리고 곧 시오니온의 우려는 현실이 되었다.

"흐흐흐, 역시 무식한 도마뱀들은 힘이 좋아. 미리 대비를 하였건만 마기의 벽이 반절 이상이나 녹아내렸단 말이야."

스르륵.

놀란 시오니온의 눈동자 안에 서서히 검은 구체가 옅어지며 나타나는 세 존재.

분명 브레스에 타 녹아버렸어야 할 마족들이 아무렇지도 않게 허공에 서 있었다. 어느새 마족의 본체로 현신했는지 셋 모두 진한 어둠보다 더 짙은 검은 날개를 펄럭이면서.

"더 보여줄 것은 없나, 늙은 도마뱀?"

휘리릭.

무슨 가죽으로 만들었는지 모를 검은 광택의 채찍이 허공을 가르며 시오니온을 희롱했다.

'이…… 이놈들!!'

명백한 도발에도 불구하고 멍하니 바라볼 수밖에 없는 시오니온.

마계의 기운으로 가득 찬 이곳에서 드래곤 하트의 마나는 미칠 정도로 천천히 차올랐다.

이런 무기력은 난생처음이었기에 시오니온은 가슴으로 분노와 당혹감을 삭혀야 했다.

자칫 이곳에서 마족에게 패하여 마나의 품으로 돌아가는 어리석은 드래곤이 될 수도 있기에.

"도마뱀, 드래곤 하트에 마나가 차기를 기다리나? 흐흐흐, 그렇게는 안 되지. 도마뱀의 육체를 뜯어먹고 싶어 안달을 하는 우리 병사들이 저렇게 시퍼렇게 눈뜨고 있는데 말이야."

갈리마리스의 말처럼 지상에는 시오니온이 나타날 때보다 더 많은 마계의 마물들이 밑에서 입맛을 다시고 있었다.

무려 50샤이에 이르는 커다란 몸체와 그 몸에서 풍겨 나오는 마나의 향기에 마물들은 미칠 듯 반응하였다.

본래 마계라는 곳은 약육강식의 공간. 강한 자를 잡아먹으면 더 강한 자가 될 수 있는 곳이기에 드래곤의 육체를 보며 군침을 흘리는 것은 마물들의 본능이었다.

"서, 설마!!"

갈리마리스와 나머지 두 마족을 바라보며 자신도 모르게 신음을 흘리는 시오니온.

"호호호, 따끈한 드래곤 하트는 우리가 취할 것이니 걱정하지 말게. 도마뱀은 그저 그 커다란 고깃덩어리를 우리 애들의 축제에 제공만 하면 되는 것이야. 호호호."

시오니온은 아무렇지도 않게 말하는 마족 갈리마리스의 말에 몸을 부르르 떨었다.

정말 바보 같았다.

태어나서 드래곤이나 마족들 같은 상위 종족들과 싸움다운 싸움 한 번 해본 적 없는 시오니온이였기에 지금 이 순간은 일생일대의 위기였다.

마기가 충만한 이곳에서 무리하게 불완전한 드래곤 하트의 마나를 뽑아내어 브레스를 두 번이나 사용하는 어리석은 짓을 할 정도로 말이다.

'도망가야 한다. 반드시!'

하지만 그것은 시오니온의 마음뿐이었다.

마나 동결이 펼쳐져 공간의 마나들이 왜곡되어 이동 마법이 제한된 상태에서, 더구나 마계의 최상급 마족 셋이 자신을 포위하고 있었다.

만약 온전한 드래곤 하트가 존재하였다면 지금의 상황을 타개할 수도 있을 것이다.

그러나 모든 상황은 최악이었다.

쉬이익!

"절대 방어!"

찌징!

도망을 가야 한다 생각하는 순간, 기습적으로 거대한 동체를 가격해 오는 갈리마리스의 채찍.

급히 이제 조금 차오르는 마나를 이용하여 용언으로 펼쳐지는 실드를 펼쳤다.

"하하하, 하하하하! 이것도 막아보시지!"

단 한 번의 공격으로 드래곤의 온전한 마나로만 만들어진 실드에 금이 갔다. 그 순간 당황해하는 시오니온을 향하여 눈에 보이지 않을 정도로 빠르게 파고드는 갈리마리스의 기다란 검은 채찍.

"헉! 절대 방어!"

거대한 본체가 지금 이 순간 원망스러웠지만 본체가 아니면 마족들과 싸울 수조차 없기에 폴리모프하지도 못하는 시오니온. 인간의 체구만 한 갈리마리스의 작고 빠른 공격에 온 신경을 집중하여 본체 주변으로 거대한 용언 실드막을 쳤다.

휘리리릭.

쩌정! 쩌정! 쩌정!

하지만 마계의 마나가 가득 담긴 갈리마리스의 채찍은 희롱하듯이 용언으로 만들어진 실드 막을 때려갔다.

차자장!

"크아악!!"

그리고 눈 깜짝할 사이에 수십 차례를 넘어서는 공격. 어느 순간 본신의 마나가 갈리마리스의 채찍을 이기지 못해 산산조각이 났고, 독사의 혓바닥 같은 채찍이 시오니온의 허리 부분에 작렬하였다.

화끈.

난생처음 느껴보는 강렬한 자극에 시오니온은 정신을 잃을 지경이었다. 드래곤으로 태어나 이런 경험을 해본 적이 거의 전무한 시오니온은 허리 부분에서 철철 흐르는 피를 바라보며 치료 마법을 사용해야 함을 잊었다.

휘이잉.

쩌쩍!

"크아아아아아악!"

짧은 순간 갈리마리스는 정신을 차리지 못하는 시오니온의 온몸을 검은 마기로 칙칙하게 감싸인 채찍으로 난도질을 하였다.

특히 황금빛 날개에 커다란 구멍이 만들어지는 순간 시오니온의 거대한 육체는 고통에 정신적 균형을 잃었고, 육체는 지상으로 떨어져 내렸다.

푹!

"컥!!"

시오니온은 떨어지는 육체를 멈춰 세우려 온전하게 정신을 모으는 순간, 드래곤 하트가 간직되어진 심장 부근이 화끈해짐을 알알이 느꼈다.

"흐흐흐, 뜨겁군."

세상에 그 무엇으로도 뚫리지 않는 드래곤의 가죽을 뚫고 중간계의 가장 강력한 마나 압축 덩어리를 들고 히죽거리는 갈리마리스.

시오니온은 너무나 허망한 사태에 정신이 서서히 사라짐을 느꼈다.

마나의 조종이자 마나의 자식이라 불리는 드래곤.

신의 축복으로 중간계 최고의 군림자로 통하는 이의 죽음치고는 너무나 허망한 죽음이었다.

순간의 방심이 불러온 죽음이지만, 그만큼 마족들의 힘이 강대함을 보여주는 순간이었다.

쿠구궁!

드래곤 하트가 육체에서 떠난 순간 시오니온의 육체는 그저 마나로 만들어진 고깃덩어리.

지상에서 기다리던 마물들은 드래곤의 거대한 육신이 땅으로 떨어지는 순간 미친 듯이 달려들었다.

달콤한 피와 마나가 그들의 생존 본능을 자극하였기에 무의식적으로 움직인 것이다.

"오! 축하하네. 에이션트 골드 드래곤을 그리 쉽게 잡다니."

사악한 미소를 지으며 갈리마리스를 칭찬하는 마계 서열 82위인 발루마시아. 이마에 돋아 있는 푸른 보석이 반짝이며 그의 기쁜 심정을 여실히 드러냈다.

"감사합니다. 두 분께서 양보하셔서 제가 드래곤 하트를 취하게 되었습니다."

두 마족이 상위 마족이지만 정당한 싸움을 벌여 취한 자에게만 모든 것이 돌아가는 마계의 율법대로 드래곤 하트는 갈리마리스의 것이 되었다.

"어서 들게나. 흐흐, 어차피 중간계에 드래곤 하트는 널리고 널려 있다네."

"감사합니다. 그럼……"

승자가 모든 것을 소유하는 마계의 율법은 냉혹한 법칙. 드래곤 하트의 마나가 공기에 접촉되어 흩어지려 하자 갈리마리스는 황급히 붉은 피가 흐르는 황금빛 드래곤 하트를 입으로 가져갔다.

스르륵.

입으로 가져가자 주인을 잃은 황금빛 드래곤 하트는 스르륵 녹아 갈리마리스의 입 안으로 스며들었다.

본래 마나라는 것은 무형의 기운이 유형의 기운으로 화해 있는 것. 마나의 축복을 받고 태어난 드래곤의 기운은 일반 인간들의 심장과 비슷한 형체를 가지고 있다가 성룡이 되는 순간 종족의 특징대로 고체화된다.

강력한 마나의 응집이 고체화되어 버린 까닭이다. 그리고 지금 이 순간 주인을 잃은 드래곤 하트는 마나를 응집시켜 주는 객체가 사라지자 부드럽게 변하였고, 새로운 숙주를 만나자 스스럼없이 갈리마리스의 입으로 스며든 것이다.

본래 세상의 모든 것인 마나는 선과 악의 구별이 없기에 스스럼없이 마족인 갈리마리스에게 흡수되었다.

"크윽……."

비록 드래곤 하트에 간직된 마나들이 훼손되어졌다지만 에이션트 드래곤이라는 이름은 거저 얻는 게 아니었다.

흡수된 드래곤 하트가 온몸을 한 바퀴 강력하게 휘돌자 갈리마리스의 육체가 저절로 비명을 토했다.

화르르르.

그 다음 순간, 갈리마리스의 육체에서 빠알간 마나의 불길이 일더니 입고 있던 의복을 활활 불태워 버렸다.

번쩍!

마나의 불길이 그친 다음에는 검은 황금빛 후광이 갈리마리스의 육체에서 피어나더니 온몸을 휘감았다.

마나 변태라는 지극한 경지.

마나홀이 진화할 때 나타나는 마나 변태에 갈리마리스는 황홀한 기분을 맛보았다.

지금 이 순간이 지나고 나면 몸에 지닌 마나의 홀 형태가 상당히 커질 것이다. 그 다음에는 당연히 상위 마족과 대결을 펼쳐 다시 서열을 정하는 것이 당연한 수순이었다.

'음, 저 정도의 마나 변태라니······.'

갈리마리스의 마나 변태에 발루마시아와 안티미오르는 쓴 입맛을 다셨다. 이 시간 후로 마계 서열 90위인 갈리마리스가 어떠한 힘을 소유할지는 아무도 몰랐기에.

그만큼 마나 변태는 마족들에게는 최고의 축복이었다.

'흐흐흐, 중간계에 널린 게 드래곤이다. 다른 마족들이 중간계로 소환되어지기 전에 흡수하면 그만이지.'

갈리마리스의 반응에 입맛을 다시는 두 마족. 방금 전 같이 어리석은 드래곤이 많지는 않겠지만, 다른 마족들이 나타나기 전에 어떻게든 많은 드래곤 하트를 흡수하고 싶었다.

마나는 공평한 신의 법칙이기에 취할 수 있을 만큼 취하는 것이 최고의 미덕이었다.

번쩍.

얼마쯤 폭풍 같은 마나의 소용돌이 속에서 변태를 하던 갈리미라스의 몸에서 번쩍, 검은빛의 폭풍이 몰아쳤다.

그리고 곧 거짓말처럼 아무 일도 없었다는 듯이 마나들이 잠잠해졌고, 그곳에는 매끈한 검은빛의 동체를 가진 한 남자가 만족한 미소를 짓고 서 있었다.

"하하하, 하하하!"

온몸을 휘감고 도는 강력한 마나의 힘에 갈리마리스는 광소를 터뜨렸다.

마계 상위 100위 마족 중에서 서열 90위의 마족으로서 요원하기만 하던 마나의 진전이 이루어지자 상급 마족들이 함께 있는 자리였지만 도저히 웃음을 참을 수가 없었다.

솔직히 지금 상태라면 서열 61위인 안티미오르와 대결을 해도 지지 않을 자신이 있었다.

'아름바요르가 세 단계나 상승하였다! 흐흐, 이 정도면 능히 50위권에 들 수 있겠군.'

상위 마족들에게는 각자에 맞는 비장의 비법들이 있다. 상위 마족으로 각성하면 내려지는 마계 마나의 축복으로써 자연스럽게 얻게 되는 능력.

지금 갈리마리스는 자기의 비기인 아름바요르가 세 단계나 상승했음을 감지하였다. 얼마나 강력한 힘을 내는지 알지 못하는 지금, 막연한 상상만으로도 최강자가 된 것만 같은 기분이었다.

"축하하네."

"갈리마리스, 축하하네."

"감사합니다."

떨떠름한 표정이 여실히 드러나는 두 마족의 축하에 갈리마리스는 고개 숙여 감사를 표하였다.

물론 마음속에 시커먼 비수 하나를 숨기고서.

"자, 그럼 델피니아디안에게 가도록 하지. 발루마시아는 이곳에서 인간들의 피와 영혼으로 다른 마계 병사들을 소환하도록 하게."

"알겠습니다."

중간계 침공의 선봉을 맡은 델피니아디안.

비록 마계 상위 마족들 중에서 마나가 약해 드래곤에게 들킬 염려가 없으면서 지혜가 뛰어나 중간계 선봉을 맡았지만, 모든 것은 마왕의 지시에 의한 것.

서열이 높은 마족들일지라도 중간계에서는 델피니아디안의 지시를 받아야 했다.

"이동!"

마족의 특성처럼 빠른 생각 뒤에 행동이 뒤를 이었다.

어느새 단단하다던 드래곤의 가죽과 뼈까지 다 먹어치운 탐욕스런 수많은 마물들을 남기고, 그렇게 마계의 본격적인 침공이 시작되었다.

이천 년 전, 전격적으로 중간계의 모든 생명체를 도륙하였던 마계의 침공이 또다시 치밀하게 펼쳐진 것이다.

중간계 최고의 존재인 드래곤조차 희생될 만큼 겁없이 그렇게, 그렇게……

덜컹.

"폐, 폐하!!"

무료한 표정으로 보좌에 앉아 이제나저제나 승리의 보고를 기다리던 다브나스 황제의 귀로 급박한 음성이 들려왔다.

"무, 무슨 일인가! 이겼는가! 아니면 패했는가!"

카온이라는 자가 언제 어느 때 쳐들어올지 모르기에 황궁에서도 가장 깊숙한 곳에 몸을 숨기고 있는 다브나스 황제.

주변으로 언제나 이동 마법을 펼칠 수 있는 마법사들과 최고의 기사들이 포진하고 있었다.

그리고 지금 허둥지둥 방 안으로 들어서는 대신을 바라보며 다브나스 황제는 타는 입술을 열었다.

"그, 그것이 아니옵니다. 헉헉⋯⋯."

얼마나 다급하게 달려왔는지, 삼십대 중반의 자작 위를 가진 대신은 숨을 헐떡이며 손사래를 쳤다.

"무슨 일인가! 어서 말하게!"

얼마 동안 이렇게 불안한 나날을 보내고 있던가. 제국의 황제로서 처음 겪어보는 불면의 나날로 인하여 예민해져 있는 다브나스 황제는 평소의 그와는 다르게 과격한 행동을 보였다.

쿵!

황제의 격노에 파랗게 얼굴이 질린 대신.

바닥에 무릎을 꿇고 떨어지지 않는 입을 열었다.

"딸꾹, 폐하!! 마, 마족의 침공입니다!"

"마족??"

딸꾹질을 하며 간신히 입을 연 대신의 뜬금없는 마족 타령. 순간 방 안에 있는 황제를 비롯한 모든 이들이 대신의 입을 바라보았다.

"폐하! 구스몬 왕국의 수도 브에즐 백성 수백만 명이 마족의 침입으로 모두 멸망하였다 하옵니다!"

"헉!!"

"오오오! 신이시여!!"

대신의 말에 순간 방 안에는 신음과 공포가 뒤덮였다.

어제까지만 하여도 멀쩡하던 왕국이 마족의 침범에 망하였다는 소리. 모두들 질려 버린 얼굴로 서로를 바라보았다.

"무슨 소리인가! 어제까지만 하여도 멀쩡하던 왕국이 마족에 멸망당하다니! 지금 제정신으로 말하는 것인가!"

다브나스 황제는 믿지 못하겠다는 듯 호통을 쳤다.

아니, 믿고 싶지 않았다.

"그리고……."

황제의 호통에 고개를 바닥에 처박다시피 한 대신은 다시 무슨 할 말이 있는 듯 머뭇거렸다.

"또 무슨 일인가! 어서 말을 하거라!"

다브나스 황제는 머리가 어질거리는 상황에서도 대신의 표정을 읽었다.

"파, 팔마이온 왕국과 모든 연락이 단절되었습니다. 팔마이온 왕국의 헤스핀에 침투한 저희 세작들에게서 갑자기 모든 연락이 끊겼습니다. 알아본 바에 의하면, 정보 길드와 마법 길드를 비롯한 모든 길드들이 헤스핀과 연락을 취할 수 없다 합니다."

"팔…… 팔마이온 왕국과도!"

큰일이었다.

지금 제국의 모든 역량이 파오니아 왕국과의 결전에 투입된 마당에 마족이 침범하여 구스몬 왕국을 멸망시켰고, 팔마이온 왕국과 연락이 안 되는 상황.

다브나스 황제는 문득 등골을 스치는 두려운 생각에 마른침을 삼켰다.

'설마, 마족들이 벌써 팔마이온 왕국을……'

생각하기도 싫었다. 하지만 충분히 가능성이 있는 일이었다.

"무엇들 하느냐! 마법사들과 기사단을 파견하여 헤스핀과 브에즐에서 일어난 일들을 파악하여라! 또한 전 영지와 국경에 비상령을 내리고, 각 신전에 이 사실을 알려 신탁을 받도록 하여라!"

"폐하! 파오니아 왕국으로 향한 병력들도 급히 회군하라 명하시옵소서! 그들이야말로 본 제국의 모든 것이 아니옵니까!"

황제의 명에 의하여 옆에서 보좌하고 있던 프라이언 공작이 한마디 거들었다.

"음, 그리하도록 하시오."

인간들의 전쟁보다 중요한 것이 마족의 침공이었다. 이천 년 전 폴라온 대제가 아니었다면, 아마 중간계는 마족들과 몬스터들밖에 살 수 없는 저주의 땅이 되었으리라.

그런 사실을 알고 있는 다브나스 황제였기에 빠른 결단을 내렸다.

"각 신전에 전갈을 보내어 능력있는 성기사들을 파견받도록 하겠습니다."

"프라이언 공작이 알아서 해주시구려……"

그동안의 긴장이 마족이 나타났다는 소리에 더욱 악화되며 정신이 몽롱해진 다브나스 황제. 냉철한 공작으로 평가받는 프라이언 공작에게 모든 것을 일임하였다.

'휴우, 마족이라니. 그것도 제일 먼저 북대륙에서……'

다브나스 황제의 속 깊은 한숨.

예기치 않은, 아니, 결코 예견하고 싶지 않는 전쟁이 시작되려 하였다. 중간계와 마계가 벌이는 한판 전쟁인 신마대전이.

한 손에 검과 추를 들고 서 있는 판데온 신이 모셔져 있는 거대한 신전.

하얀 수염이 허리까지 나 있고, 성스러운 하얀 법복 위로 검을 차고 있는 남자가 기도를 하다 부들부들 떨기 시작했다.

'시, 신탁이다…… 오오오오!'

수십 년 동안 신의로부터 그 어떤 계시도 받지 못하였고, 갈수록 성기사나 사제들의 성력도 점점 사라지고 있었다.

그런데 지금 판데온 신전의 최고위 사제인 아빈카에게 신의 강림이 보였다.

검과 추를 든 판데온 신상에서 성스러운 푸른빛이 번쩍이며 감히 눈을 뜨지 못하게 하였으며, 신탁을 받는 성령의 탁자 위로 무언가가 그려지기 시작했다.

'이제 신께서 분노를 푸신 것인가……. 오오! 신이시여, 이 어리석은 종에게 자비를 베푸소서!'

아무리 성기사들 중 가장 강력한 힘을 소유한 판데온 신전, 그것도 최고위 사제라지만 신 앞에서는 작은 벌레만도 못하다는 것을 그는 너무나 잘 알고 있었다.

버언쩍!

잠시 후, 고개를 바닥에 대고 경배를 올리고 있는 아빈카의 감은 눈동자 위로 느껴지던 빛이 사라지는 것을 느꼈다.

신탁이 끝난 것이다.

두근두근.

얼마 만에 내려온 신탁이던가.

떨려오는 흥분을 가라앉히며 아빈카 최고위 사제는 무릎걸음으로 성령의 탁자로 향하였다.

언제 내려올지 모르는 신탁과 성령의 은총을 기다리며 얼마나 많은 세월 동안 저 성스러운 돌로 만들어진 탁자를 닦았던가.

사제에게 있어 신탁과 성령의 은총이 없는 삶은 마나가 없는 세상에 사는 마법사와 같았다.

그렇게 지난 세월을 회상하며 무릎걸음으로 어른 두 명 크기만 한 성령의 탁자로 향하였다.

"헉!!"

탁자를 조심스럽게 바라보던 아빈카는 헉! 하는 숨을 몰아쉬고 얼굴이 파랗게 질려 버렸다.

"하, 하늘에서 지옥의 문이 열리고 피의 신음 소리가 강림할 것이니……. 두려워하라. 지옥 문을 닫을 신의 파편이 찾아오지 않는 한… 신을 찾는 자들의 이름은 영원히 사라지리라……. 오오! 신이시여……."

주루룩.

최고위 사제인 아빈카를 아는 사람들은 모두 다 놀라고 말 정도로 아빈카의 눈에서 눈물이 샘솟듯 솟아올랐다.

인간의 멸망을 노래한 신탁.

근 몇십 년 만에 내려온 신탁은 바로 신의 분노였다.

덜컹!

"대사제님! 큰일 났습니다. 마, 마족이 강림했습니다!"

신의 신탁에 눈물을 흘리며 속죄를 하고 있던 아빈카의 귀로 들려오는 급박한 목소리.

감히 대사제가 기도하는 신전에 소란스럽게 들어와서 비명을 질러도 될 만한 일대 사건이었다.

'신이시여, 그래도 신께서는 저희를 버리시지 않을 것이라 믿습니다. 연약하고 가련한 종에게 속죄의 기회를 주시옵소서.'

찾아야 했다.

신의 파편을 가진 인연자를 찾아야 중간계와 인간들의 멸망을 막을 수 있을 것임을 이 순간 아빈카는 알고 있었다.

그렇게 대륙 곳곳의 성신과 악신의 신전에서 동시 다발적으로 신탁이 내려왔다.

신탁을 빙자한 중간계의 파멸을 노래한 신의 뜻이 모든 신전에 내려왔으며, 동시에 마족이 침공하여 구스몬 왕국이 하루아침에 멸망하였다는 소문도 거친 바람이 되어 세상으로 퍼졌다.

대단한 혼란이 중간계를 덮쳤다.

그리고 이 사실을 알지 못하는 전쟁터에서는 피의 향기가 하늘로 피어오르려 하였다.

'엄청나군.'

파오니아 왕국군 십오만도 대단한 숫자지만 백만에 이르는 제국군은 더 엄청났다.

파르얀 평야와 왕도 사이에 자리 잡은 거대한 평원에 시선을 돌리는 모든 곳이 갖가지 무장과 깃발을 펄럭이는 제국군으로 뒤덮여 있었다.

둥! 둥! 둥!

뿌우웅! 뿌우웅!

사기를 돋우는 북소리와 고동 소리가 온 천지를 가득 메웠다.

그런 제국군의 모습에 잡다한 갑옷과 무기를 든 왕국군들은 마른침을 삼키며 자리를 지켰다.

두려울 것이다.

감히 약소국인 파오니아가 제국군에 맞선다는 자체만으로도 왕국 병사들은 심장이 두근거리다 못해 튀어나올 것 같으리라.

그러나 누구 하나 도망가는 이들이 없었다.

이곳에서 도망가는 순간 영원히 그들과 후손들은 패배자의 굴레에서 벗어나지 못한다는 것을 뼈저리게 선조로부터 배웠을 것이기에.

'잠시 후면 자인 성에서 병력들이 도착하겠군.'

자인 성을 포위하고 있던 제국군들을 물리친 정예 기사단이 이곳으로 향하고 있었다.

방금 전에 마법사를 통해 연락해 본바, 말을 달려 한 시간 정도의 거리까지 이동해 왔다는 보고를 받았다.

ㅡ마스터, 피 냄새가 진하게 납니다.

아직 흐르지 않는 피였건만 수많은 전투를 경험해 온 묵호는 피 냄새를 먼저 맡았다.

'어차피 건너야 할 피의 강이라면⋯⋯.'

손에 쥔 묵룡의 잔떨림을 느끼며 어느새 무심하게 가라앉은 눈으로 제국군들을 바라보았다.

보이는 모습만으로는 능히 산을 무너뜨릴 수 있을 정도의 기세였지만 나에게는 그저 흔들리는 연약한 갈대로만 보였다.

"각하! 정면 대결을 취하실 생각이십니까?"

십오만 대군을 이곳으로 집결시킨 발틴 백작이 옆에서 전략을 물어

왔다.

"백작, 저들이 두렵소?"

"아닙니다. 다만 각하의 명을 따르고자 함입니다."

"나의 명은 오직 하나요. 적을 정면으로 격파하여 왕국의 이름을 드높이는 것. 오늘 우리는 새로운 왕국의 역사를 써야 할 것이오."

"각하의 명을 따르겠나이다."

흰머리가 듬성듬성 난 오십대 백전노장인 발틴 백작.

젊은 기사들 못지않은 당당한 목소리로 대답해 왔다.

"적이 움직인다!"

"모두 대열을 정비하라!!"

발틴 백작과 대화를 나누는 중에 드디어 백만 대군이 움직이기 시작했다.

'기사단이 부족하군.'

왕성을 향하던 두 기사단 집단을 무너뜨렸지만, 아직 저들에게는 수많은 소울 가드 기사들이 있을 것이다.

그러나 지금 이곳에 있는 왕국군에는 각 영지에서 소집되어진 소울 가드 기사들과 발틴 백작이 이끄는 중앙 기사단까지 모두 천여 명이 못 되는 기사들이 전부였다.

물론 마법사는 말할 것도 없었다.

"백작, 기사단을 준비하시오. 아마 저들은 기사단과 마법사들, 그리고 전 병력으로 한꺼번에 휘몰아쳐 올 것이오."

제국군에 선수를 빼앗기면 아니 되었다.

"명을 받드옵니다!"

군례를 올리며 명을 받는 발틴 백작. 급히 옆에 있는 연락병과 마법사에게 지시를 내렸다.

"와라. 후후후……."

제국군이 움직이며 만들어내는 인간의 파도와 갑옷과 무기들이 부딪치는 소리 속에서 가슴이 불타오르기 시작했다.

"각하! 기사단이 준비되었습니다."

명이 내려지고 얼마 지나지 않아 어느새 준비하고 있었던지 발틴 백작이 신속하게 준비를 마쳤다.

"오늘 석양은 참으로 붉게 물들 것 같소……."

아마 지는 석양을 보지 못하는 자들이 수없이 많겠지만 오늘의 석양은 참으로 아름다울 것 같았다.

"상황이 묘하군."

백만 제국군과 십오만 정도의 왕국이 팽팽하게 대치하는 전장을 바라보며 입가에 묘한 미소를 머금고 있는 붉은 머리칼의 한 남자.

이디오스라는 론스온 공작의 수석 마법사는 전쟁터와는 전혀 관계없다는 표정을 짓고 있었다.

방금 전 중간계의 강력한 한 존재이자 잘 알고 있는 에이션트 골드 드래곤이 마나 속에서 소멸하는 기운을 느꼈다.

그리고 이질적인 마계의 기운도 동시에 감지되었다. 아마도 어떤 얼빠진 흑마법사가 마족이라도 소환한 모양이었고, 그 마족에게 힘도 없이 현명한 척하는 골드 드래곤이 마나의 품으로 돌아갔을 것이리라.

'바보 같은 일족들 같으니…….'

언제나 현명한 척 꼴값을 떨던 골드 일족이 사라진 것에 대해서는 불만이 없었다. 어차피 드래곤이라는 존재는 성년 이상이 되어 마나의 인정을 받는 순간 자기가 삶을 선택하고 이끌어가는 것. 죽음조차도 홀로 고독해야 하며, 그 책임을 져야 하는 것이다.

다만 그 죽음이 자의가 아닌 마족 같은 다른 차원의 존재에 의하여 행해졌다면 마땅히 분노해야 했다.

순간적으로 갈등이 일었다.

오만한 성격과 오랜 세월을 사는 동안의 귀찮음으로 후손을 만들지 않는 드래곤의 성격으로 이제 백여 개체가 되지 않는 드래곤들.

그중에서 에이션트 드래곤은 각 종족 중에서도 한둘밖에 없는 귀중한 존재. 더군다나 지금 소멸한 에이션트 드래곤은 임시 드래곤 로드를 맡고 있는 골드 족 시오니온이 분명했다.

당연히 에이션트 드래곤들은 이 일에 적극적으로 개입할 의무가 있었고, 다른 일족들은 벌써 움직이고 있을 것이다.

하지만 이디오스는 눈앞의 장난감에 온통 정신을 빼앗긴 상태였다. 인간임에도 드래곤에게 맞설 수 있는 능력을 가진 존재. 과거 감히 겁도 없이 드래곤 하트를 취하여 드래곤을 몬스터 다루듯 하였던 폴라온이란 인간 같지 않은 자가 소유한 소울 가드를 착용하고 중간계에 풍운을 일으키고 있는 남자.

바람의 카온이라는 인간을 생각하면 온몸에 희열이 들끓었다. 오만한 자존심의 보상 심리라고나 할까.

폴라온 대제보다 실력이 한참은 떨어지지만 폴라온이라는 인간의 유물을 소유한, 인간들 중에서는 가장 강력한 힘을 소유한 자가 분명한 카온의 모든 것을 빼앗아 버리고 싶은 심정이 붉은 눈동자에 열당으로 피어났다.

'후후후, 어차피 마족들이 나타났다 하더라도 중간계에서는 드래곤

에게는 안 되는 일. 내 심장은 지금 저자를 원하고 있다.'

잠시 갈등이 일어났지만 레드 일족의 특성답게 곧 자기 중심적인 사고와 결단을 내렸다.

결정이 내려지자 입가에 차가운 미소를 배어 물고 저 멀리 보이는 카온을 바라보았다.

드래곤의 엄청난 능력이 아니라면 능히 볼 수 없는 거리. 그렇기에 이디오스는 카온이라는 자의 일거수일투족을 모두 볼 수 있었다.

결코 포기할 수 없는 유혹.

이디오스는 전군이 북소리에 맞춰 진군을 하는 와중에도 움직이지 않은 채 그저 카온만을 주시하였다.

맛있는 먹이를 노리는 매의 눈빛으로······.

제94장

이디오스와의 악연

FREE KNIGHT

이디오스와의 악연

위이이잉—

'응?'

기사단을 이끌고 출격하려는 순간 묵룡의 울음이 바뀌었다. 나와 한 몸이 되는 즐거움에 검명을 울리는 것이 아니라 위험을 알리는 낮고 진한 울음.

손바닥이 떨릴 정도의 강력한 울음이 심상치 않았다.

그리고 느껴지는 끈적거리는 시선.

어디선가 나를 노리는 무언가가 존재함을 직감으로 알아챘다.

'누구란 말인가!'

히이이잉!

이미 말에 올라타고 있었다.

사람들이 뿜어내는 살기 속에 긴장한 말이 기다란 울음소리를 내었고, 내 뒤로는 돌격 명령을 기다리는 기사들이 대기하고 있었다.

결코 물러설 수 없는 순간.

피부를 따끔거리게 만드는 긴장감 속에 묵호를 착용하였다.

'묵호! 가자!'

―마스터, 강력한 힘이 느껴집니다. 주의하십시오.

팟!

묵호를 착용하며 터지는 빛줄기 속에서 묵호가 경고를 발해왔다.

'강력한 힘이라. 후후……'

아무리 거대한 산맥이 다가와도 결코 바람은 멈출 수 없다.

바람이 잠을 자는 곳은 오직 하나의 이유. 내가 죽는 그날뿐이다.

"자랑스러운 왕국의 기사들이여! 승리를 향하여 돌격하라!"

묵호의 투구를 통하여 증폭되어진 거대한 음성.

"와아아아! 파오니아 왕국 만세!"

"승리를 향해 돌격하라!!"

두두두, 두두두, 두두두.

기사들과 병사들의 사기가 순간 드높아졌고, 기다림에 지친 말발굽들은 숨죽인 대지를 힘차게 박찼다.

'아드리안느, 오늘을 온전히 당신에게 받치겠소.'

내 삶의 모든 것인 한 여인을 위하여 오늘 하루도 거침없이 달려왔다.

이 시간이 지나면 꿈같은 휴식을 안겨줄 그녀를 생각하며 오늘 하루도 사랑하는 그녀의 기사가 되어야 했다.

난 바람의 카온, 결코 멈출 수 없는 바람이었기에.

"각하! 적의 기사단이 중앙으로 돌격해 오고 있습니다!"

"준비한 대로 모든 마법사들의 공격을 퍼부으시오. 그리고 기사단을 준비하시오. 내가 직접 나가겠소."

"각하! 너무 위험합니다!!"

론스온 공작의 지시에 부관인 루이스 백작은 기겁을 하였다.

백만 대군을 이끄는 정신적 지주인 총사령관이 직접 전투에 나가는 경우, 더 이상 막을 수 없는 상황에 기사로서 최후를 맞이할 때나 가능한 일이었다.

그런데 지금 론스온 공작이 출병한다 하였다.

"루이스 백작, 나는 기사이오. 지금은 나아갈 때이오."

"각하……."

루이스 백작은 론스온 공작의 잠자고 있던 다른 모습에 할 말을 잃어버렸다.

제국의 공작임과 동시에 소드 마스터의 위치로 언제나 정치판에 휘말려 살던 론스온 공작. 오늘은 그가 잠자던 기사의 영혼으로서 살려 하고 있었다.

그러고 싶을 것이다.

저기 거친 숨결을 토하며 죽음을 향해 달려가는 기사들과 병사들의 모습만으로도 뜨거운 심장을 가진 남자라면 응당 그래야 할 것 같았다.

그렇기에 론스온 공작도 소드 마스터인 기사로서 이 자리에 서려 하였다.

"알겠습니다! 그럼 저도 따라가겠습니다."

어차피 이 전쟁에서 패하고 론스온 공작이 사라지면 루이스 백작의 꿈도 사라질 것이다. 전쟁에서 패배한 고위 귀족, 특히 정적의 머리꾼으로 활동한 자에 대하여 좋게 봐줄 자는 없었다.

뿌우우웅! 뿌우우웅!

두두두, 두두두, 두두두.

공작과 백작이 대화를 나누는 중에도 왕국 기사단이 어느새 소울 가드를 모두 착용하고서 거칠 것 없이 달려왔다.

그 모습에 백만 제국군들은 대열을 이루고 맞서 나갔다.

모두들 알고 있었다.

오늘 이곳에서 검을 꺾인 자는 역사의 수레바퀴에 패배자라는 단 한 줄로 장식되어질 것임을.

"파이어 레인!"

"윈드 프레스!"

"라이트닝 레인!"

마법의 비가 이런 것이던가.

기사단을 이끌고 제국군의 중앙을 헤집으려 달려가는 순간, 기다렸다는 듯 수많은 마법들이 하늘과 땅을 가르며 기사단으로 떨어졌다.

―자체 마법 방어를 실시하겠습니다.

위이잉.

대부분 6써클과 5써클 마법들. 묵호는 나의 대답을 기다리지 않고 바로 대범위 실드를 발현하며 마법을 막아갔다.

물론 나 혼자라면야 이 상황에서도 능히 헤쳐 나갈 수 있지만, 내 뒤를 따라오는 수많은 기사들에게 6써클 마법은 막을 수 있지만 그만큼 버거운 짐이었다.

퍼버벅!

허공에서 공격 마법들과 내 단전에서 빠져나간 내공으로 만들어진 실드 마법이 부딪치며 가지각색의 불꽃을 만들어내었다.

각 계열의 속성마다 표현되는 마나의 색감은 다 달랐고, 마나의 충돌이 일어나자 그 힘에 못 이겨 색으로 힘을 방출하는 것이다.

'불꽃놀이가 따로 없군.'

왕국군에도 지금의 마법 공격을 방어해 줄 마법사들은 존재했다. 그러나 그들은 본격적인 병사들 간의 충돌 시 방어와 공격을 하는 자들. 지금 이 순간은 오직 나의 힘과 기사들의 소울 가드만을 믿어야 했다.

쑤욱.

허공에 만들어진 타원형의 우윳빛 반투명한 거대한 실드.

묘한 각도를 만들어내며 제국군의 공격 마법을 방어해 갔다.

물론 그 와중에 단전의 내공이 엄청나게 빠져나갔지만, 깨달음을 얻은 덕분에 내공의 비약적인 발전과 운용이 이루어지면서 방출과 충전이 동시에 이루어졌다.

정말 말로 표현할 수 없을 정도의 태극혼원기공의 기이한 능력이 아닐 수 없었다.

"와아아아! 막아라!"

"아달톤 제국 만세!"

그렇게 얼마를 달려왔을까.

수백 종이 넘는 마법 공격에 나도 지칠 무렵, 눈과 귀로 제국군 병사들과 함성이 들려왔다.

그리고 그런 제국군들 사이로 파도가 갈라지듯 굳건하게 긴 창을 대지에 박고 있던 병사들이 사라지며 말을 탄 소울 가드 기사들이 그 자리를 지나쳐 맹렬하게 돌진해 왔다.

'역시, 후후후.'

제국군은 아직 죽지 않았다. 내가 그렇게 수많은 소울 가드 기사들을 베었건만 눈에 보이는 것만도 어림잡아 수천의 기사들.

그런 제국군 소울 가드 기사들이 모두 다 마나의 빛으로 일렁이는 소울 가드를 입고 달려나왔다.

서로 선봉의 영광을 빼앗기가 싫다는 듯, 그렇게 미쳐 버린 말처럼 밀려왔다.

차락.

오른손에 들려진 묵호를 강하게 움켜잡는 그 순간, 맹렬한 푸른 검강이 석양으로 물드는 대지에 빛을 뿜었다.

"가자, 묵호! 묵룡!"

―네, 마스터!

위이잉―

언제나 충실한 내 영혼 같은 벗인 묵룡과 묵호.

탓!

말을 박차고 대지를 날듯이 스치며 제국 기사단으로 순식간에 파고들었다.

오로지 이 순간에는 피의 폭풍이 되기를 각오하였기에 결코 검에 인정이라는 마음을 담지 않았다.

그저 이것도 전생에 얽힌 인연의 법칙.

누구를 원망할 필요는 없다.

단지 기사는 검의 운명으로 말할 뿐이다.

쉬아악!

달리는 와중 그대로 빠르게 묵룡을 좌에서 우로 힘껏 내질렀다. 그 순간 유형의 기로 화한 푸른 검기가 묵룡의 검신에서 나타나더니 순식간에 십여 샤이 길이의 반월형 모양으로 변하였다. 아니, 나타났다 싶더니 어느새 검기의 반달은 허공을 가르며 달려오는 제국 기사들의 틈으로 파고들었다.

끼기기기긱!

"크아아악!"

"컥!"

히이이이잉!

검기에 달려오는 그대로 말과 함께 베어져 버리는 소울 가드 기사들. 헬리언 급 소울 가드가 아니면 막아내지 못할 정도로 방금 전의 수법은 강력했다.

"후후후……."

오른손에 묵룡을 빼어 들고 갈라져 버린 인간들과 말들의 파편 사이를 지나치며 다시 몰아쳐 오는 기사단 속으로 달려갔다.

그 뒤를 왕국 기사단이 양 떼 우리를 파고드는 늑대 무리처럼 뒤따랐다.

그리고 어느 순간, 나는 나를 잊고 그저 한 마리 바람의 늑대가 되었다.

피와 고통의 신음을 사랑하는…….

"이, 이럴 수가……."

헬리언 급 소울 가드를 착용하고 공작가의 실버 소드 기사단과 제국 기사단을 이끌고 달려가던 론스온 공작.

눈앞에서 벌어지는 가공할 무위에 입이 저절로 벌어졌다.

카온의 실력을 대충 상상은 하였지만 막상 눈으로 직접 확인하자 정신이 혼몽해졌다. 어찌 인간의 몸을 빌어서 저런 힘을 낼 수 있단 말인가.

론스온 공작도 대륙 소드 마스터 중에서는 수위를 차지하는 자였건만, 그랜드 소드 마스터 앞에서는 달빛에 대항하는 반딧불처럼 느껴졌다.

마스터 칭호를 받는 마법사보다 더 가공할 대범위 공격.

소드 마스터 최상급에 이르면 소드 오러 볼을 만들어 대범위 공격을 가할 수 있다. 론스온 공작도 무리를 한다면 어느 정도 가능한 경지. 그러나 지금 카온이 보이고 있는 무력은 그 단계와는 차원이 달랐다.

마치 8써클 마스터가 펼치는 헬 파이어 마법이나 킬 윈드 커터처럼 대범위 공격을 검으로 펼쳐 내며 무려 한 수에 백여 명의 기사들을 베어버렸다.

그것도 소울 가드를 착용하고 있는 정예 기사들을.

'그래서 기사단이……..'

파오니아 왕성 공격을 떠났던 기사단들이 왜 기사의 자존심을 버린 채 미친 듯이 제국 쪽으로 도망갔는지 그 이유를 이제야 알 것 같았다.

아무리 기사라지만 뼈와 살과 정신으로 이루어진, 본질적으로 연약한 인간이라는 존재. 저런 가공할 신의 무위를 뿜어내는 자에게 그 정신과 육신은 견딜 수 없었을 것이다.

꿀꺽.

마른침을 삼키며 말을 달렸다.

어차피 이곳에서 죽으나 패전하여 제국에서 불명예스럽게 죽으나 마찬가지. 명예로운 죽음을 택할 기사도 정신은 아직 론스온 공작에게 남아 있었다.

"발사!"

쉬쉬쉭—

무려 백만이 넘는 병사들이 충돌하는 전장.

제국 기사단이 왕국 기사단에 힘없이 갈라지는 장면을 볼 수 없는 곳에서는 보병들의 전투가 펼쳐졌다.

"마법병단, 공격하라!"

"체인 라이트닝!"

"파이어 볼!"

"윈드 피스트!"

퍼버버벙!

찌지지직.

죽느냐 사느냐의 전장터.

서로 근접전을 펼치기 전, 수많은 화살이 허공을 갈랐고 아직 마법 능력이 떨어지는 저써클 공격 마법사들의 마법이 허공을 갈랐다.

"크아아아악!"

"컥!"

"대열을 정비하라! 물러서면 군법으로 다스린… 컥!"

보병들이라 기사들처럼 단시간에 돌격할 수도 없는 까닭에 묵묵히 주어진 창과 검, 그리고 방패를 들고 적을 향해 한 걸음 한 걸음씩 전진할 뿐이었다.

그리고 방금 전까지 옆에 서 있던 동료들이 마법과 화살에 피를 흘리며 먼지 구덩이 땅 위에 쓰러졌다.

아니, 쓰러졌다 느낄 사이도 없었다. 언제 자기도 저렇게 누울지 모르기에.

차자자장!

"와아아아아! 돌격하라!"

퍼벅!

"컥……."

압도적으로 마법사와 궁수가 많은 제국군. 겁도 없이 짓쳐들어오는 왕국 병사들에게 뜨거운 맛을 보였다.

그러나 이미 생사를 도외시한 파오니아 왕국 병사들의 눈은 벌겋게 충혈되어 있었다.

오늘 이 자리를 물러서면 영원히 다시 설 수 없다는 것을 알기에 결코 죽음을 두려워하지 않았다.

드디어 선봉 부대들이 끝도 보이지 않는 전장터에서 부딪쳤고, 기다란 창을 가진 장창병들에 몸이 꼬치처럼 꿰임을 당하면서도 결코 물러섬이 없는 제국과 왕국의 병사들.

서로 상충되는 파도와 파도가 부딪치며 격한 피의 격랑을 만들어내었고, 곧 그 자리에는 피의 강이 흘렀다.

차자장!

"죽어! 더러운 제국 놈들!"

"잡종 오크만도 못한 공국 놈들이!"

"와아아아! 죽여라!"

하늘에는 여전히 상대편의 후방을 향해 화살이 공기를 가르며 날아갔고, 창과 검, 그리고 갖가지 전투 무기들을 든 병사들이 서로의 심장을 향하여 무기를 휘둘렀다.

지금 이 순간에는 그저 현재에 충실해야 했다. 오늘 주어진 전투를 사랑하지 못하면 내일은 존재하지 않았기에.

"컥!"

파바밧!

거침없이 돌격하였다.

단전에 충실히 쌓인 내공이 유형의 검기와 검강으로 만들어지며 허공을 갈랐고, 그 자리에는 주인 잃은 팔과 다리, 그리고 머리가 땅으로 떨어졌다.

떨어지는 순간 달려가는 수천의 말발굽에 온몸이 짓이겨져 한 장의 육포가 되는 것을 목격하면서.

─썬더 스톰! 기가 라이트닝!

묵룡이 피의 춤을 출 때 묵호는 피의 노래를 불렀다.

가슴팍에서 내공이 룬어와 뒤섞여 하늘에 마법의 화폭을 그렸다.

찌지지직.

"크아아악!"

마법의 붓질 다음에 펼쳐진 것은 한 폭의 지옥도.

노멀 급과 그레이드 급 소울 가드를 입고 있는 제국 기사들은 결코 7써클 마법을 막을 수 없다.

그렇기에 온몸에 묵호의 노랫소리 같은 마법 영창에 비명만을 남기고 한 많은 생을 마감해야 했다.

차자장!

그렇지만 워낙 많은 제국 기사단.

뒤편에서 따라오는 왕국 소울 가드 기사들과 접전이 시작되자 뒤쪽으로 부딪침의 소리가 쟁쟁히 울려왔다.

파밧!

멈출 수 없었다. 백만 대군이 아니라 천만 대군이라도 오늘 이 자리에서 승부를 봐야 했다.

사랑하는 그녀를 위해서 프리 나이트의 의무를 다해야 했다. 지금 이 순간 내 손에 들린 검은 나의 검이 아니라 그녀의 명을 다하는 기사의 검이었기에.

'론스온!'

그렇게 얼마를 달렸을까.

수백 명이 넘는 제국 기사단을 헤치고 나아가자 나를 향해 달려오는 자가 눈에 띄었다.

바로 이 군단을 이끌고 있다는 론스온 공작.

또 다른 악연. 그자가 진한 푸른빛을 뿌리는 소울 가드를 입고서 나를 향해 달려오고 있었다.

양옆으로 론스온 공작 가문의 기사단을 이끌고서.

"우아아아!"

먹이를 노리는 사자의 포효성이 목청을 타고 터졌다.

순간 번뜩이는 신형은 허공 10샤이 높이로 순식간에 치솟았고, 발밑으로 먼지를 일으키며 부딪쳐 가는 기사단들의 모습이 확연히 보였다.

백만 대군이 넘는 병사들의 대결치고는 조금은 허무하게 적의 수장이 나타났다.

하지만 짧으면 짧을수록 좋았다.

애꿎은 병사들의 피를 이 대지는 원하지 않았기에.

'헉!'

죽음을 각오하고 달려가고 있지만 바로 눈앞에 카온이 나타나자 론스온 공작은 헛바람을 집어삼켰다.

묵빛 소울 가드를 착용하고서 허공으로 치솟은 카온의 모습.

지는 석양의 붉은빛에 카온의 묵빛 소울 가드는 묘한 조화를 이루며 론스온 공작의 눈에 시리게 박혀왔다.

굳어가는 피의 절규 같은 빛깔.

팟!

허무하게 죽을 수는 없었다. 제국의 공작으로서, 소드 마스터의 자존심이 평범한 죽음을 원하지 않았다.

그 또한 카온처럼 달리는 말에서 박차올랐다.

그리고는 헬리언 급 소울 가드의 힘을 빌어서 론스온 공작의 몸도 허공으로 떠올랐다.

팟!

론스온 공작의 검에서 파란 오러 소드가 줄기차게 빛을 뿜어냈다. 마나의 공평한 법칙에 의하여 론스온 공작에게 허락된 능력.

마지막 빛깔이 될지도 못하는 상황에서도 주인의 마음도 모른 채 마나는 그저 차가운 이성만을 간직하였다.

두두, 두두둑.

론스온 공작의 겁없는 돌격에 죽음을 도외시한 공작가의 실버 소드 기사단도 카온을 향해 달려갔다.

어느새 슬금슬금 피해가는 다른 기사들과는 달리 죽음을 두려워하지 않는 기사단.

상대가 비록 드래곤과 같은 능력을 가진 자라 할지라도 그들의 마음은 지금 이 순간 주군과 함께하였다.

위이이잉─

허공에 갑자기 커다란 또 다른 태양이 떠올랐다.

치솟은 순간 다시 한쪽 발을 걷어차 도약하였고, 그 순간 숨을 힘차게 들이켜고 있던 묵룡이 뜨거운 숨결을 토해냈다.

말로만 듣던 레드 드래곤의 지옥 화염처럼 빠알갛게 물든 묵룡의 검신. 태극혼원의 기운 중 절대의 순양이 검신을 물들이며 세상에 나타난 것이다.

'지극한 태극은 모든 것의 소멸과 새로운 창조. 가라, 묵룡!'

붉은 원이 그려지더니 묵룡의 검신에 가득 담긴 기운들이 대지를 가리키며 힘차게 휘둘러졌다.

고오오오─

순간 묵룡의 기운과 함께 반응하는 대지의 순수한 순양의 기운들이 고써클의 마법처럼 반응하며 울부짖었다.

팟!

폭멸하는 뜨겁고 빠알간 기운들.

죽음을 향해 달려오는 불나방처럼 나를 향하여 검을 뿌려오는 론스온 공작과 그 뒤를 이은 기사들에게 친절한 순양 태극은 지극한 빛을 허락했다.

번쩍!

아무런 소리도 없었다.

나조차도 감당 못할 뜨거움과 빛에 눈을 감았고, 무언가 강력한 빛이 망막에 비추는 그 순간에는 모든 것이 적멸에 빠진 듯 조용하였다.

백만이 넘는 병사들이 부딪치는 전쟁터이건만 아무도 존재하지 않는 벌판처럼 모든 것은 지극한 침묵에 빠졌다.

시간이 정지한 것처럼.

차원이 달랐다.

어차피 죽음을 각오한 무모한 도전이었지만 다시 한 번 절망에 빠졌다.

'저것이 그랜드 마스터인가…….'

아니, 그랜드 마스터라는 것으로도 카온이 뿜어내는 기운을 표현할 수 없었다.

전설 속에 등장하던 대마법사의 마법처럼 대기의 마나들과 공명하는 검.

과거 폴라온 대제의 검 또한 저랬다는 것을 역사서의 한 페이지와 음유시인의 노래에서 들었지만 결코 믿지 못했다.

론스온 공작도 검을 들고 경지에 이른 자였기에.

그러나 오늘 하늘에 또 다른 태양을 만들어내는 한 인간의 지극한 경지에 마지막 숨을 들이키며 론스온 공작은 눈을 감았다.

있는 힘껏 카온을 향해 검을 들고 날았건만 그의 발끝에도 미치지 못했다.

다만 허공에서 붉은 화염덩어리가 지상으로 강림하는 모습을 간직하며 눈을 감았다.

그리고 번쩍하는 빛과 함께 모든 것이 사라지는 것을 느꼈다.

지극히 짧고 짧은 순간이지만 힘을 다하여 살아왔던 지나간 삶들이 순식간에 망막에 비쳤다 사라짐을 느끼며, 그렇게 론스온 공작은 모든 기억을 놓았다.

아니, 놓지 않고자 하였지만 그 순간 이미 론스온 공작은 사라져 버렸다. 그의 사랑하는 기사단과 함께 영원히 돌아올 수 없는 죽음의 다리를 건너서…….

휘이잉.

방금 전까지 서로를 죽이지 못하여 안달이 났던 백만의 병사들. 짧은 순간의 부딪침이었건만, 워낙에 넓은 전선에서 전투를 벌였기에 순식간에 몇만의 인원들이 피를 흘리고 있었다.

그러나 지금은 모든 곳에서 전투가 멈춰 있었다.

서로의 가슴에 창을 찌르던 자세 그대로 멈춰서 한곳을 바라보는 그들.

더 이상 커질 수 없는 눈동자로 하얀 김이 모락모락 피어나는 중앙 부근을 멍하니 바라보았다.

방금 전 그들이 본 광경.

드래곤도 아니고, 마족이 나타난 것도 아니건만 지상에 종말이 오는 듯 붉게 물든 또 다른 태양과 빠알간 빛줄기.

분명 석양으로 지고 있는 붉은 태양은 그 자리였건만 반대편에 또 다른 붉은 태양이 번쩍이다 사라졌다.

전장에 임한 모든 이들이 눈을 감고 치열한 전투를 중지하고 멈춰서야 할 정도의 광경.

아니, 움직일 수가 없었다.

마나를 다루던 기사들과 마법사들은 안에 품고 있던 마나가 일순간 혼돈에 휩싸이더니, 착용하고 있던 소울 가드가 스스로 해제가 되고 마법은 캔슬되었다.

또한 일반 병사들은 상대를 죽이고자 하던 의지가 붉은빛에 노출되는 순간 사라지는 기분을, 아니, 그 순간 온몸이 경직되는 충격을 맛보았다.

살아 있는 모든 것들이 가지고 있는 근원적 마나가 흔들리며 일순간 혼미한 상태가 된 것이다.

그리고 나타난 광경.

사라져 버렸다. 누군가가 허공을 향하여 솟아올라 붉은 빛줄기를 뿜어내는 순간, 그를 향해 몸을 솟구치던 기사와 둥그렇게 그 자리를 포진하던 기사들이 모두 사라져 버렸다.

마치 9써클 절대 마법인 차원 공간의 결계에 당한 것처럼 사라진 것이다. 하지만 그것이 아니라는 것을 그 옆에서 목격한 자들은 알고 있었다.

"마, 말도……. 안 돼……."

"악…… 악마다……."

깨끗하였다.

분명 방금 전까지 소울 가드를 착용하고 달려들던 제국의 실버 소드 기사단과 수십 명의 제국 기사들이 감쪽같이 사라져 버리고 그 자리에는 하얀 수증기만이 감돌았다.

이상하게 대지 위에 우거져 있던 잡초들도 모두 사라지고 말았다.

"으악!! 악마다!"

"이, 이건 아니야……."

망연자실, 뒤에 찾아온 이름 모를 공포.

아무것도 생각나지 않는 제국의 기사들과 병사들. 해체된 소울 가드조차 느끼지 못하고 머리를 움켜쥐었다.

두 눈에 핏발이 서고 온몸의 털들은 다 하늘로 솟구치는 느낌.

오직 이 자리를 벗어나야 한다는 절대의 명제가 뇌리를 뒤흔드는 순간 기사들은 달아났다. 말을 몰아 손에 들고 있는 생명 같은 검을 버리고 무조건 사방으로 도망치는 기사들.

"뭐, 뭐야? 왜 그런 거야?"

"아, 악마가 나타났대!"

"으아아아! 마족이 나타난 거야!!"

"사람 살려!!"

살아남은 제국 기사들이 사방을 헤집고 도망가자 모래성이 허물어지듯 병사들도 동요했다. 그 끝이 보이지 않던 제국군 진형이 거센 물길에 휩쓸리는 와르르 무너지기 시작한 것이다.

"하, 항복하라! 그러면 살려줄 것이다!"

"모두 무기를 버려라!"

갑작스러운 상황에 당황을 하기는 왕국 병사들도 마찬가지. 방금 전까지 제국군에게 밀리던 왕국 병사들은 놀라는 와중에도 기사들의 지시를 받으며 제국 병사들을 포위하기 시작했다.

차장.

"사, 살려주세요."

"하, 항복합니다."

제국 상급 기사들이 도망을 가버리자 병사들을 지휘하던 하급 지휘관들이 혼동을 일으켰고, 그 사이로 왕국군이 들어섰다. 그리고 말릴 사이도 없이 투항하는 제국군들.

이미 오전부터 도망을 가는 소울 가드 기사들을 보았기에 사기가 떨어져 있던 제국 병사들은 쉽게 무기를 놓았다.

어차피 이런 전투에서 소울 가드 기사들이 수호하지 않는 보병들은 한낱 소모품에 불과하다는 것을 다들 알기에 쉽게 무기를 버린 것이다.

더군다나 악마가 나타났다는 소문과 사방으로 도망을 가던 기사들을 직접 보고 들었기에 그 포기는 너무나 빨랐다.

정예병으로 소문난 제국 병사들이라고는 상상할 수도 없이.

두두두.

"도망쳐라!"

하지만 십오만의 왕국 병사들로 백만이 넘는 제국군들을 통제하기는 불가능한 일. 선두에 있던 자들을 제외하고는 대부분의 병사들이 제국이 있는 방향으로 무작정 도망쳤다.

"추격하지 마라!"

급히 명령을 내렸다.

어차피 병사들이라고 해봐야 그리 큰 해악을 끼치지 않을 자들. 만약 저들을 잡고자 잔인하게 추격하면 저들은 사방으로 도망갈 것이고, 그러다 일반 민가에 피해를 입히는 산적으로 변할 것임을 알고 있었다.

'끝났는가…….'

끝없이 밀려오던 파도가 썰물처럼 빠져나가듯, 제국의 병사들은 들고 있던 무기들을 버리고 도망을 가는 자가 대부분이었다.

소울 가드를 비롯한 상급 지휘관들이 도망을 가는 마당에 무기를 들고 대적한 미친 병사들을 없었기에.

스멀스멀.

"음……."

나의 명령이 내공을 머금고 사방으로 퍼지며, 항복한 병사들을 제외하고는 왕국 병사들이 손을 거두었다. 그리고 그 자리를 차지하기 시작한 것은 짙은 피비린내.

짧은 시간에 수만 명이 흘린 역하고 빠알간 그 냄새에 깊은 한숨이 흘러나왔다.

"와아아아아!! 이겼다!"

"우리가 승리했다!!"

"파오니아 왕국 만세!"

"카온 후작 각하 만세!!"

어느 순간 입을 맞추기라도 한 듯, 피비린내 나는 전쟁터에서 일순간에 울린 승리의 함성.

그 순간까지 실감하지 못하고 있던 왕국 병사들이 들고 있던 무기들을 내던지고 서로를 껴안고 감격의 춤을 추기 시작했다.

어느새 나를 중심으로 모인 수백, 수천, 수만 명의 병사들.

두 손을 번쩍 들어올리며 왕국의 승전보를 하늘에 올렸다.

'아드리안느…… 그대의 기사가 명예를 지켰다오.'

기사들과 병사들이 지르는 승리의 함성 속에서 갑자기 생각나는 것은 오직 한 가지.

나의 사랑하는 그녀, 아드리안느였다.

그녀를 위해서 든 검이었고, 그녀를 위한 승리였다.

언제나 가슴속에서 살아 숨쉬는 그녀, 아드리안느를 위한 나의 의무였다.

사랑과 정의와 검의 진실을 위하여 검을 드는 프리 나이트. 그들의 숙명처럼…….

　—마스터, 위험합니다. 이곳에서 피하십시오!

　'응?'

　갑작스럽게 들려오는 묵호의 날카로운 경고음.

　팟!

　아니, 들려오는 순간 갑자기 몸 주변으로 룬어가 번쩍이더니 밝은 빛이 시야를 가렸다.

　'무슨 일!'

　너무나 강렬한 빛에 순간 눈을 감았고, 몸 주변으로 마나가 재배치됨을 본능적으로 알아챘다.

　파바밧!

　동시에 단전의 내공이 쑤욱 빠져나가며 사라지더니 묵호의 본체로 쏠려감을 느끼고는 본능적으로 묵룡의 손잡이를 강하게 잡았다.

　휘이이잉—

　'여기는…….'

　갑자기 코끝을 스치는 차가운 기운에 눈을 번쩍 떴다. 그리고 눈에 들어오는 낯선 광경에 등줄기에 차가운 땀이 흘렀다.

　사방이 온통 하얀 눈과 얼음의 대지였다.

　여태 한 번도 본 적 없는 낯선 땅의 모습과 옷을 뚫고 들어오는 차가운 바람의 느낌이 온 신경을 긴장하게 만들었다.

　—마스터… 그들입니다.

　'그들?'

　무언가 알고 있는 묵호의 힘없는 목소리.

　"하하하, 오랜만이군요."

묵호의 힘없는 목소리 뒤로 들리는 호탕한 웃음소리.

"당신은……."

그자였다.

처음 볼 때부터 불길하던 그자. 붉은 머리칼에 입가에 오만한 미소를 머금고 눈동자에 장난이 깊게 드리운 자.

이디오스라는 이름으로 무투 대회에서 프리 나이트 기사를 잔인하게 죽였던 마법사가 입가에 묘한 미소를 머금고 나를 바라보고 있었다.

짝짝짝!

"먼저 당신의 무한한 능력에 감탄의 박수를 보냅니다. 대단하더군요. 인간의 몸으로써 마나와 교통을 하고, 마나를 지배할 수 있다니 정말 대단했습니다."

눈이 수북이 쌓인 이름 모를 대지 위에 5샤이 높이에 떠서 오만한 박수를 던지는 이디오스라는 자.

조롱이었다.

그리고 알 수 있었다.

저자가 인간이 아니라는 것을.

'묵호, 레드 족인가?'

—마스터, 그렇습니다. 레드 일족의 이디오스라는 자로서, 아마 에이션트 급에 이르렀을 것입니다.

레드 드래곤의 에이션트 드래곤.

현존하는 중간계에서 전투와 마법으로 감히 따라올 자가 없는 드래곤 일족 중 가장 강력한 전투 능력을 소유한 일족. 거기에다가 에이션트 드래곤이었다.

'안 좋을 것 같군.'

등을 타고 흐르는 묘한 긴장감과 조금 전부터 으르렁거리는 묵룡의 떨림. 또한 묵호의 힘없는 목소리에서 이 자리가 득보다 실이 많은 곳임을 느낄 수 있었다.

"저에게 무엇을 원하십니까?"

긴장이 되었지만 입으로는 담담한 목소리가 흘러나왔다.

천하의 드래곤일지라도 오늘을 사랑하는 나에게는 그저 오늘의 제약일 뿐이었다.

"호오, 제가 당신께 무엇을 원할까요? 아무리 마나를 다룰 줄 아는 존재라지만 허약하기 짝이 없는 한낱 인간에게. 후후후."

그럴 것이다.

8써클 마법까지 능숙하게 다루는 묵호의 힘을 배제하고 나를 알지 못하는 이곳까지 공간 이동을 할 수 있는 존재에게 나는 한 마리 강아지처럼 보일 것이다.

하지만 이디오스라는 드래곤도 모르는 것이 있었다. 그것은 바로 내가 죽음을 두려워하지 않는 프리 나이트임을.

"후후후, 오랜 시간을 보내는 것도 때로는 축복이 아닌 신의 저주라고 생각합니다. 특히 신들의 운명인 시간 속에서 그 무게를 깨닫지 못하는 어리석은 존재는 더 더욱 말입니다."

"어리석은 존재라, 하하하하! 그런가요? 시간의 무게를 깨닫지 못하는 어리석은 자라……. 나에게 감히 그런 말을 하는 존재가 세상에 있을까 생각했는데, 역시 당신은 특별하군요. 바람의 카온. 하하하!"

무엇이 그리 즐거운가.

분명 오랜 세월을 살면서도 깨달음을 얻지 못하는 드래곤을 욕하는 것이었건만 이디오스라는 레드 드래곤은 박장대소를 터뜨렸다.

팟!

찌릿.

하지만 그것은 겉모습일 뿐. 웃음이 끝나고 나를 향하는 잔혹해 보이는 붉은 눈동자가 빛을 발할 때, 주변의 마나가 순식간에 얼어붙을 듯하였다.

'역시 드래곤이란 말인가.'

나름대로 깨달음을 얻었기에 드래곤과 최소 몇 수 정도는 나눌 수 있을 것이라 생각했다.

그러나 눈빛과 풍기는 기도만으로 마나를 유형의 살기로 바꾸어 버리는 모습에 가슴이 답답해 왔다.

무림에서 말하는 심즉살의 경지.

드래곤은 모두 다 현경 이상의 고수가 분명하였다.

"피차 바쁜 것 같은데, 하실 말씀이 없으면 본래 제자리로 돌려주시는 것이 어떻겠습니까? 레드 일족의 고룡이신 이디오스님."

─휴우, 마스터. 마나는 오크 꼬리만 하면서도 그 배짱은 전 마스터와 같으시군요.

오만하다시피 한 나의 목소리에 한숨을 내쉬는 묵호.

'묵호, 더 이상 미련이 있느냐?'

─뭐, 미련이야 있겠습니까. 다만 아직도 먹어보지 못한 천하의 진미들이 조금 아쉬울 뿐입니다.

'그래, 그럼 즐기자. 최선을 다하면 그뿐일 것을, 무엇을 그리 걱정하느냐. 우리 오늘을 사랑하자.'

─넵! 마스터. 당신의 뜻대로 하십시오.

씩씩하고 당당한 묵호의 목소리에 절로 입가에 미소가 지어졌다.

'아드리안느……'

하지만 마음 한구석에서 점점 커가는 한 여인의 모습.

오늘을 사랑하고 이 순간에 최선을 다하겠지만, 아드리안느를 생각하면 가슴이 저려오는 이유는 내가 아직 피가 식지 않은 인간이기에 그런 것이리라.

바람이 멈추고 피가 식는 그날, 그 순간까지 내가 사랑할 그녀를 이 순간 이후로 못 볼 수 있다는 생각이 나를 잠시 슬프게 만들었다.

물처럼 자연스럽게 흐르지 못하는 인연은 가슴에 업으로 남기에.

"호오, 나의 정체를 알고도 그리 오만하다니. 그 수다쟁이 소울 가드를 착용했다 해서 폴라온이라는 놈이라도 되는 듯 착각하느냐? 건방진 인간 놈!"

자기의 신분을 알고도 내가 아무렇지도 않게 대꾸하자 오만한 본성이 그대로 드러나는 이디오스.

팡!

주르륵.

'엄청나군.'

단지 분노를 느끼는 언어만으로도 대기의 마나가 반응을 하며 내 전신을 강타해 왔다.

물론 호신강기와 단단하게 채비를 하고 있는 묵호의 도움으로 아무런 상처 없이 뒤로 주루룩 물러나기만 했지만 가슴은 묵직했다.

"이디오스, 네가 세상에 무서울 것이 없는 드래곤이라 할지라도 나는 두렵지 않다."

당당하게 허리를 세우며 어느새 파란 검강을 분노로 표출하는 묵룡을 빼어 들고 당당히 소리쳤다.

"나는 바람의 카온, 오늘을 사랑하는 자. 죽음의 바람조차 나는 사랑하노라!"

휘이잉―

순백의 대지 위에서 바람이 불어와 전신을 휘감아 돌았다.

아직 나는 살아 있다.

그리고 나의 의지는 저기 불어오는 바람처럼 자유스러웠다. 설사 신이라 할지라도 이런 나의 의지는 막을 수 없다.

나는 바람의 카온, 오늘을 사랑하는 자였기에……

"푸하하하하! 역시나 대단한 놈이군. 나의 드래곤 피어라면 중간계에서 감히 당당히 서 있을 수 있는 자가 없거늘. 그래, 인정해 주지, 인간. 네놈이 현존하는 인간들 중에서는 가장 강력한 자라는 것을."

하얀 마법사 복장 위로 하얀 피부를 하고서 나를 인정하는 이디오스의 얼굴과 눈동자.

자존심이 강한 드래곤이 조소 섞인 칭찬을 해왔다.

별로 기분이 좋지 않게 말이다.

"후후후, 말 많은 드래곤이군. 나이를 많이 먹다 보면 말만 많아진다더니……"

"이놈이!"

촤라라랑.

파바박!

주르륵.

'크윽!'

미리 대비하고 있었지만 보이지도 않는 강력한 일격에 다시 뒤로 밀리며 터져 나오는 신음을 간신히 참았다.

—마스터, 지금의 마나로는 드래곤을 막을 수 없습니다. 9써클 마법이라도 펼쳐지는 날에는 저와 마스터는 사라질 것입니다.

9써클 마법.

인간들의 상상 속에 등장하는 궁극의 마법. 감히 인간들 중에서 9써클에 이른 이들은 전무하였다. 마법의 전성시대라 불리는 마도 시대에도 8써클 마스터가 있었다는 전설만 존재하였다.

그러나 지금 오만한 드래곤은 마음만 먹으면 아무렇지도 않게 9써클 마법을 펼칠 수 있었다.

'묵호, 미안하다.'

—뭐, 전 마스터도 드래곤 하트를 취하기 전에는 이것보다 훨씬 못하였으니 미안해할 필요는 없습니다. 다만 아직 먹지 못한 진미들만. 쩝……

죽는 그 순간까지 먹을 것 타령을 하는 묵호.

그 여유에 입가에 미소를 지으며 묵룡을 힘껏 잡았다.

이곳에서 나의 바람이 멈출지 몰라도 죽는 그 순간까지 자유롭게 살고 싶었다.

'묵룡, 언제나 내 곁에 있는 친구. 너를 믿겠다.'

위이잉—

나의 부름에 짧게 검명을 울리며 위안을 주는 묵룡.

묵룡의 울림에 가슴에 호기가 일어났다.

그리고 나에게는 무당의 검이 있었다.

"와라!"

"하하하하하하하! 감히 벌레 같은 인간 놈이 대항을 해?"

팟!

나의 조롱에 이성을 잃은 듯 화를 내자 주변의 마나가 미친 듯이 들끓기 시작했다.

"후후후, 오기 싫으면 내가 간다."

—마스터, 잠시 마음의 준비라도…….

"타잇!"

어차피 주변의 마나가 통제를 당하는 상황. 워프를 통하여 도망갈 수도 없다.

그저 할 수 있는 행동은 최선을 다하여 나를 부끄럽지 않게 하는 것.

묵룡의 검신에서 파랗게 빛나는 검강이 허공에서 미친 듯 마나를 뿌려대는 이디오스에게로 향하였다.

'이놈이!'

처음부터 만만한 인간 놈이 아니라는 생각이 들었다. 그러나 에이션트 레드 드래곤이라는 것을 알면서도 미친놈처럼 오러 소드를 펼치며 달려오는 카온이라는 놈.

장난으로 시작한 유희가 이제는 분노로 바뀌어갔다.

드래곤으로 태어나 단 한 번도 당해보지 못한 멸시의 말투와 겁없는 도전.

입가에 잔인한 미소가 만들어졌다.

그리고 이디오스가 의식하는 순간 마나는 이디오스의 의식을 담아갔다. 이것이 바로 성룡만이 누릴 수 있는 특권인 언령의 발현이었다.

"막아라!"

쩌정!

이디오스가 의식하고 입으로 표현하자 마나가 알아서 실드를 만들어내었다.

어느새 10샤이 금방으로 무식하게 달려오는 카온의 앞에 뚫리지 않는 마나의 벽을 말이다.

퍼걱!

"헉!"

같은 마나로 이루어졌건만 분노의 검강은 마나의 벽을 깨뜨리지 못하였다.

―마스터, 언령 마법입니다.

'언령……'

말이 곧 힘으로 변하는 절대의 경지.

세상 그 무엇으로도 파괴할 수 없는, 저 오만한 드래곤에게 신은 너무나 많은 특권을 주었다.

'아니!'

그런데 갑자기 마나의 벽에 깊숙이 박힌 묵룡의 검신에서 파란 검강의 기운들이 사라지고, 묵룡과 같은 검은 빛깔이 검신에서 뿜어지더니 언령의 벽을 이루고 있는 마나를 물들였다.

차자장!

순식간에 검은빛들이 언령으로 만들어진 우윳빛 마나의 벽을 사정없이 깨뜨려 버렸다.

―마, 마스터!

"아니! 어떻게!!"

믿기지 않는 놀라운 광경에 묵호와 이디오스의 놀란 목소리가 들려왔다.

"묵룡……."

순수한 나의 내공으로 만들어진 파란 검강이 사라지고, 어느새 묵룡의 검신에는 세상의 깊은 어둠이 자리 잡고 있었다.

"네, 네놈이 어떻게!"

놀란 목소리의 이디오스.

10샤이 후방에서 커다랗게 떠진 눈으로 나와 묵룡을 동시에 바라보며 의아함에 가득 물든 이디오스.

"후후후, 신은 나름대로 공평하다오. 나이만 많이 먹은 중간계의 오만덩어리여."

"뭣이! 이놈이 감히 그까짓 악신의 검으로 나를 농락하려 하다니. 흐흐흐, 진정한 드래곤의 무서움을 보여주지!"

아직 성숙하지 못한 성격을 그대로 보이는 이디오스.

좀 더 오래 산 아리안과는 전혀 다른 모습이었다.

징.

어느 순간 이디오스의 손에 검이 들려졌다.

하얀 오러가 줄기차게 뿜어져 나오는, 강맹해 보이는 롱 소드.

"네놈이 좋아하는 검으로 상대해 주지, 흐흐흐."

"후회할 텐데."

어리석은 드래곤이었다.

감히 무당의 검을 이어받은 나에게 검으로 도전해 왔다.

"받아라, 쇼크 웨이브!"

오만과 자만에 빠져 자신을 돌보지 않는 어리석은 드래곤.

씨익.

허공과 주변 20샤이를 뒤덮는 엄청난 오러 소드가 강력한 줄기를 만들며 짓쳐들어오는 이디오스를 향해 달려갔다.

오늘 제법 재미있을 거라는 생각이 문득 들면서.

"어서 오십시오. 안티미오르님, 갈리마리스님."

"그래? 중간계는 있을 만한가? 마계에 있을 때보다 얼굴이 훤해졌군."

팔마이온 왕국의 수도인 헤스핀의 거대한 왕성.

아직 인간의 탈을 쓰고 있는 마족 델피니아디안은 이동 마법으로 나타난 두 마족에게 고개를 숙였다.

철저한 강자존의 법칙 속에 살아가는 마계에서 윗서열의 위치는 하늘과 같았다.

"감사합니다. 두 분의 은혜 덕분입니다."

"하하하, 인간계에 잠시 있더니 말하는 모양이 인간을 닮아가는군."

'흐흐흐, 기다려라. 이번 검은 불꽃 축제 기간에 너희들에게 깜짝 놀랄 일을 보여주마.'

예전에는 감히 상상도 할 수 없었던 상위 마족들.

그러나 인간계에서 제법 많은 것들을 얻은 델피니아디안은 속으로 음흉한 웃음을 지었다.

이제 마왕의 명대로 인간계와 마계를 연결하는 마법진을 만들고, 수백만의 제물들을 만들었다.

그 제물들의 피로 마계의 마물들이 속속들이 소환되었고, 오늘은 상위 마족까지 소환하였다.

이제 자신이 해야 할 일은 다하였고, 팔마이온 왕궁의 보고에서 찾아낸 물건만 조용한 곳에 가서 흡수하기만 하면 되는 것이다.

'블랙 드래곤의 드래곤 하트. 흐흐흐, 비록 갓 성룡이 된 놈의 드래곤 하트이지만 온전하게 보전되었으니 그것을 흡수만 한다면……'

생각만 하여도 가슴이 저릿한 흥분이 몰려왔다.

감히 지금의 가진바 능력으로는 인간계의 드래곤을 잡을 수 없었다. 그렇지만 우연찮게 왕국 보물 창고의 깊숙한 곳에 감춰놓은 블랙 드래곤의 드래곤 하트를 보는 순간 델피니아디안은 감춰진 욕망을 드러냈다.

최상위 마족이지만 서열은 제일 밑바닥.

사사로운 마족 간의 대결을 금한 마계의 율법 때문에 목숨을 부지하고 마력을 상급 마족들에게 빼앗기진 않았지만, 지나온 세월 동안 수많은 수모를 당하였다.

이제 그것들을 보상받을 때가 가까이 왔다.

드래곤 하트를 흡수해 마나 변태를 이뤄 백 년 만에 한 번씩 찾아오는 검은 불꽃 축제에 나가 서열을 상승시키면 되는 것이다.

최소 서열 60위 안에 들 것이 확실하였다.

"이제 곧 드래곤들이 공격해 올 것이다. 그에 맞추어 마계에서 속속 마족들이 강림할 것이니 만반의 준비를 다하도록. 마왕께서 명하신 바이니 그 무게는 잘 알 것이다."

"알겠습니다. 이미 만반의 준비를 해두었습니다. 인간들의 피와 마나로 이곳 팔마이온 왕국의 수도와 구스몬 왕국의 수도 위로 마계 동화 마법진을 발동시켰고, 소환한 수백만의 마계 병사들로 이웃한 인간들의 왕국들을 정벌할 것입니다."

지옥 화염의 창이라 불리는 안티미오르의 차가운 목소리에 델피니 아디안은 당당하게 대답하였다.

중간계의 오만한 존재들인 드래곤도 지금쯤이면 마계의 중간계 침공을 알 것이다.

그러나 성룡이 되면서부터 오만한 족속인 그들이 조직적으로 대항하지는 않을 것이며, 설사 그렇더라도 드래곤 로드가 소집하는 시간까지 상당한 시간이 걸릴 것이다.

그 시간 안이면 마족들이 중간계에 상당수가 강림할 것이니 걱정없었다.

더군다나 현 드래곤 로드인 아리안이라는 레드 일족이 사라진 지 어언 이천 년이 넘는다 하니 여러 가지로 마족들에게 유리한 상황이었다.

"그런데 참으로 중간계는 좋단 말이야. 이 신선한 피내음과 마나들, 흐흐흐."

화려한 팔마이온 왕성을 바라보며 입맛을 다시는 안티미오르와 발루마시아.

"두 분을 위하여 신선한 정찬이 준비되었습니다. 자리를 옮기시지요."

"호오, 정찬?"

"제법 마나를 간직한 6써클 마법사와 소드 마스터 기사가 기다리고 있습니다."

"그래? 알겠네. 자네의 정성을 받아들이지."

이런 날을 위하여 팔마이온 왕국에서 제법 마나를 가진 자들에게 마나 속박을 걸어 잡아들였다.

이미 완벽하게 팔마이온 왕국의 수도 헤스핀을 장악한 지 오래인 델피니아디안.

왕명을 빙자하여 소드 마스터와 마법사들을 왕궁으로 끌어들였다. 그리고 오늘 그들을 마족 강림의 정찬으로 삼으려는 것이다. 상위 마족들이 제일 좋아하는 마나를 다루는 자들의 뜨거운 심장을 말이다.

'패도한 태극이 하늘의 분노를 대신한다. 태극멸!'

파라라락!

이미 내 손을 떠나 자유 의지를 가진 묵룡.

나의 의지와 내공을 바탕으로 하늘에 거대한 태극의 분노를 심었다.

"레드 다크썸!"

그에 맞서는 이디오스.

역시나 오랜 세월을 살아온 드래곤의 실력을 유감없이 보이며 하늘에 오러 소드의 물결을 만들어내었다.

누가 무식한 마나의 소유자가 아니랄까 봐 온통 마나로 만들어진 오러가 하늘을 뒤덮을 듯이 가득 채웠다.

진정한 검술이 아니건만 가진바 마나로 모든 것을 대신하려 하였다.

아니, 대신하여도 충분할 듯 보였다.

경지에 이르지 못한 자가 단전에 천 년 내공을 얻어 무식하게 검을 펼치듯 그렇게 허공에는 이디오스가 만들어내는 오러의 파도가 잠식했다.

휘오오오오—

묵룡의 휘파람 소리가 하늘을 수놓는 순간, 비단천이 갈라지듯 이디오스가 만든 붉은 오러의 장막이 길게 찢어졌다.

"헉! 실드! 실드! 실드! 블링크!"

오러의 장막을 지나쳐 이디오스의 온몸을 갈기갈기 찢으려는 태극의 힘을 간직한 묵룡.

다른 때 같았으면 그 간직한 힘으로 공간을 장악했을 묵룡이었건만, 이번 상대는 마나의 조종이라 불리는 드래곤.

일정한 공간을 조밀하게 자기의 영역으로 삼은 묵룡은 태극의 힘과 자기가 가진 알 수 없는 힘을 사용하여 이디오스의 오러들을 파괴해 갔다.

퍼벙! 퍼벙! 퍼버벙!

급히 만들어진 이디오스의 실드가 깨지는 소리가 들렸고, 곧 허공에서 이디오스의 신형이 사라졌다.

─역시 드래곤입니다. 그 상황에서 마법이라니!

'해도 해도 너무하는군.'

완벽하게 하단전과 중단전을 개발하여 끊임없이 내공을 사용하는 무림의 고수처럼 이디오스는 무식하게 마나를 사용하였다.

지금도 거의 50샤이 정도의 공간이 이디오스가 사용한 마나로 뿌옇게 흐려 있을 정도였다.

감히 인간이 상상할 수도 없이 말이다.

차작.

부르르르.

어느새 허공에서 이디오스를 핍박하던 묵룡이 손으로 돌아왔고, 아직 흥분이 가시지 않는 듯 검신을 부르르 떨었다.

"역시 대단해. 하하하! 이런 기분, 아주 오랜만이군."

검으로 나를 상대한다더니, 이제 포기했는지 멀찍이 허공을 찢고 나타나는 이디오스. 드래곤이 펼치는 마법은 인간의 마법과는 다르다 하더니, 블링크를 펼쳤음에도 순간적인 이동이 아닌 시간의 제약적 이동을 펼친 것 같았다.

―아공간으로 블링크를 펼쳤군요. 비겁한 놈. 저때는 마나의 왜곡을 만들어내어 차원의 미아로 만들어 버려야 하는데…….

무엇이 아쉬운지 입맛을 다시는 묵호. 아마도 과거 폴라온 대제와 함께했던 드래곤 정신 교육 놀이가 생각이 난 것이리라.

마음껏 무한한 마나를 사용하여 9써클 마법까지 사용할 수 있는 그때를 말이다.

"검으로는 안 되겠지? 후후후."

묵룡을 부드럽게 붙잡고 200샤이 정도 떨어진 허공에 나타난 이디오스를 조롱하였다.

어차피 도망가지도 못하는 상태, 오직 죽을 때까지 투쟁만이 있을 뿐이다.

"흐흐흐, 인정하지. 대륙에 나타난 적이 없는, 검술이라 믿기 어려운 검을 뿌리는 자여, 이제 지겨운 놀이를 끝낼 때가 온 것 같군. 갑자기 기분이 나빠져서 말이야."

오만한 자존심에 상처를 받았는가.

멀리 떨어져 있건만 눈에서 뿜어지는 붉은 혈광이 나의 눈에 그대로 보였다.

―마스터, 이제 신께 기도를 해야겠군요. 본신으로 상대할 것입니다.

"음……."

드래곤일지라도 인간의 모습으로 폴리모프를 하면 어느 정도 육신의 제약을 받는다 하였다.

그러나 본체로 현신하면 온전한 드래곤 하트와 마나의 힘을 사용할 수 있다 하였으니, 지금이 바로 그때인 것 같았다.

더군다나 에이션트 레드 드래곤이 죽음의 지옥 화염이라 칭함을 받는 브레스를 사용하면 분명 죽은 목숨이리라.

중간계 역사상 고룡의 브레스를 받고 살아난 자가 그 누구도 없다는 것을 나도 알고 있었다.

파바밧!

눈부신 마나의 빛이 풍기더니 내 눈앞에 거대한 산이 하나 나타났다.

'저것이 바로 드래곤인가…….'

그러했다.

묵호의 예언처럼 멀찍이서 본체로 돌아온 이디오스가 나만 한 눈동자를 번뜩이며 코에서 김을 뿜어내었다.

쿠아아아아아아아아아아아아아아아!

들썩.

주르르륵.

"컥……!"

허공에서 본체를 드러내자마자 세상의 종말을 알리는 거대한 포효를 터뜨렸다.

그 순간 음파로 화한 무지막지한 마나가 고막과 호신강기를 강타하였고, 입가로 한줄기 핏줄기를 흘리며 뒤로 주르륵 물러서야 했다.

아니, 대지에 쌓인 눈들이 포효에 놀라 일제히 하늘로 비상하며 폭풍으로 변하였다.

'이것이 드래곤인가……'

조금 전 본체로 화하기 전이 마지막 기회였던 것 같다. 아니, 어차 피 그 당시에도 죽일 수는 없었기에 애초부터 불가능한 일이었으리 라.

본래 드래곤의 모습으로 변한 이디오스.

넘을 수 없는 철벽이 허공에 자리 잡은 것 같았다.

중간계 최고의 생명체라더니 그 말은 거짓없는 사실이었다.

붉은 비늘 한 장이 능히 사람 어른 키만 하고, 그 하나하나에서조차 느껴지는 강력한 마나에 숨이 막힐 것 같았다.

더군다나 존재감만으로도 능히 살아 있는 모든 것들이 마땅히 고개 를 숙여야 할 것 같았다.

위이이잉!

100샤이 크기 정도의 강력한 동체를 가진 드래곤을 바라보며 쓴 입 맛을 다실 때, 묵룡은 투지를 불태우며 진동하였다.

마치 맛있는 먹잇감을 노리는 맹수처럼 묵룡의 투지가 치솟음이 마 음으로 느껴졌다.

"후후후, 내가 너보다 못하구나."

―휴우, 정말 오랜만에 보는 드래곤의 본체군요. 그것도 에이션트 급의 레드 드래곤이라니. 전 마스터도 이런 때는 상당히 긴장을 하셨 지요.

폴라온 대제가 긴장할 정도인데 나는 어떻겠는가.

드래곤 하트 냄새도 맡아보지 못한 내가 말이다.

"건방진 인간이여, 내가 본체로 현신한 대가를 충분히 느끼도록 해 주마. 죽지도 살지도 못하는 저주를 말이다."

말하는 자체만으로도 내부가 울리는 충동.

내공을 모두 모아서 호신강기를 쳤건만 아무렇지도 않게 내부를 진탕시켰다.

—마스터, 마법을 사용할 수 없습니다. 비겁한 도마뱀이 마나의 결을 바꾸어놓았습니다.

어차피 마나의 조종이라 불리는 드래곤에게 마법을 사용하고 싶은 마음은 없었다.

그런 행동은 마치 삼류무사가 무당파에 가서 검을 논하는 것과 같으리라.

지금 오직 믿을 것은 내 순수한 내공과 묵룡뿐이었다.

"어디 이것부터 맛보아라. 데스 프레스."

—마스터! 9써클 마법입니다.

차작!

묵룡을 천단세 자세로 취하며 내공과 온 정신을 집중하였다. 9써클 마법은 그 자체의 힘과 함께 정신적 공격도 같이 온다 하였다.

파사삭—

"크으윽……."

순간 방어와 동시에 엄청난 압력이 사방에서 조밀하게 밀려왔다. 한숨을 들이킨 이후로 온몸을 서서히 옥죄어 오는 마나의 긴밀한 압력.

들이켰던 호흡마저 터져 버릴 듯 폐에서 울렁거렸다.

'이것이 9써클……'

현재 각성하고 있는 묵호의 능력이라면 8써클 마법까지 방어할 수 있는 상태였다. 하지만 9써클 마법은 8써클 마법과 감히 비교할 수 없는 위력을 지녔다.

　단지 한 써클 차이가 아니라 그 힘의 차이는 하늘과 땅 같은 엄청난 차이였기에.

　"쿨럭……."

　푸아악!

　형체도 보이지 않는 마나의 압력.

　호흡을 통하여 들이킬 수 있는 농밀도가 아니었다. 너무나 진한 마나의 압력에 피가 머리끝으로 쏠리는 느낌을 받으며 입으로는 참지 못한 피가 역류하며 터져 나왔다.

　'난 지지 않는다. 결코…… 크윽!'

　이를 악물고 정신력으로 대항하였다.

　저 잔인한 드래곤이 이 정도로 끝내지 않을 것이 분명하였기에.

　찌이익!

　"헉!!"

　갑자기 무언가가 찢어지는 소리가 들리더니 너무나 조밀하여 온몸을 옥죄어 오던 압력이 거짓말처럼 사라졌다.

　'묵룡…….'

　이번에도 묵룡이 알 수 없는 검은빛을 쏟아내며 압력을 해소해 버렸다.

　"감히 인간 놈이 9써클 마법을 견뎌내다니!"

　묵룡의 믿지 못할 능력에 다시 한 번 위기를 넘겼다.

　그리고 자존심이 상한 드래곤의 분노도 배가되었다.

　─역시 파멸의 검…….

　아리안도, 묵호도, 그리고 드워프 수장도 말하던 파멸의 검에 관한

이야기.

계속하여 흥분한 상태인 묵룡은 부르르 떨며 알 수 없는 검은 기운으로 이디오스의 마나에 대항했다.

'규화대보록의 기운이라면… 혹시?'

역천의 기운으로 세상의 기운을 모두 흡입해 버리는 규화대보록의 공능. 지금 묵룡이 뿜어내고 있는 검은 기운과 무언가 일맥상통하는 것 같았다.

"흐흐흐, 운이 좋은 놈이군. 나조차 가지지 못한 신의 검을 소유하다니. 그러나 네놈의 운은 여기까지다."

거대한 동체를 날갯죽지 한 번 펄럭이지 않고서 허공에 떠 있는 거대한 붉은 도마뱀.

'이대로 당할 수는 없다.'

아무리 묵룡의 알 수 없는 힘으로 위기를 벗어나고 있다지만 언제까지 묵룡의 힘으로 버틸 수만은 없었다.

꾸욱.

마음을 먹자 자연스레 진기들이 단전에서 요동을 쳤다. 이디오스의 무식한 마나에 내상을 입었지만 아직 견딜 만한 수준이었다.

―마스터, 힘이 되어주지 못하여 죄송할 따름입니다.

죽을 위험이 다가오자 착해진 것인가. 묵호의 송구스러운 음성이 머리에 울렸다.

'묵호, 내가 다시 널 착용하는 그 순간이 온다면 이렇게 어리석은 주인은 되지 않을 것이다. 내가 미안하다.'

―마스터…….

비록 인간의 형체를 가지지 못한 묵호였지만 나는 묵호를 인간으로 대하고 있었다.

"가라, 인간아. 이것이 바로 지옥의 화염이다. 파이어 퍼니쉬먼트!"

구구구구구궁.

허공에 떠 있는 이디오스의 강력한 일갈.

순간 수백 샤이에 이르는 지축이 일그러지더니 화산이 터지듯 지면이 쩌적거리는 소리를 내며 터져 나갔다.

그 순간 허공으로 치솟는 지옥의 불길.

—마, 마스터, 화염 계열 최후의 마법입니다.

묵호의 간 떨리는 목소리.

말하지 않아도 충분히 느낄 수 있었다.

거의 금강불괴에 가까운 몸을 이루어 수화가 불침하였건만, 발밑에서 이글거리는 붉고 검은 불길에 온몸이 타 들어가는 고통이 느껴졌다.

'이 정도는 견딜 수 있다!!'

화르르르르.

극도로 끌어올린 호신강기가 온몸을 두텁게 감싸 안았지만 마나의 속성 중 화염 계열의 최후의 힘은 그리 호락호락하지 않았다.

팟!

물렁거리며 녹아가는 지면을 박찼다.

그리고 그 순간 묵룡과 한 몸이 되어 날아갔다.

'천하에 태극으로 부술 수 없는 단단함은 그 어느 곳에도 없다. 태극쇄!'

파라라랏!

응축되어진 태극과 나의 분노가 묵룡의 검신을 타고 부챗살처럼 퍼져 나갔다.

세상의 창조를 나타내는 음과 양, 그를 나타내는 순수한 붉음과 푸름이 허공에 한 폭의 태극을 그리기 시작했다.

"감히! 마나여, 막아라!"

순식간에 묵룡과 한 몸이 된 상태로 50샤이를 단축하며 이디오스의 거대한 동체에 거의 근접하려는 순간 귓가로 이디오스의 거대한 목소리가 천둥 소리가 되어 울렸다.

퍼걱!

그 순간 하늘을 부숴 버릴 듯 사방으로 퍼져 가던 태극이 거짓말처럼 멈췄다.

마치 한겨울의 강이 얼어붙듯 태극이 퍼걱거리며 그대로 멈춰선 것이다.

'드래곤도 태극처럼 창조와 파괴의 힘을 가진 자였던가…….'

아직 힘을 다하지 않고 날아가는 묵룡을 손에 쥔 채 깊은 절망감을 느꼈다.

내가 펼칠 수 있는 태극혼원기공의 마지막 한 수가 먹히지 않은 이상 나에게 더 이상의 수는 없었다.

—마스터, 위험합니다.

위이잉—

태극이 굳어버린 상태에서 본신지기로 묵룡과 한 몸이 되어 날아가는 순간 허공을 가르며 날아오는 거대한 물체가 보였다.

바로 드래곤의 단단한 뼈와 가죽으로 만들어진 5샤이 두께의 기다란 꼬리가 난폭한 흉기가 되어 날아온 것이다.

차락!

멈출 수 없었다. 아니, 피할 수가 없었다.

무려 허공 수십 샤이 높이에 떠 있는 드래곤을 상대하기 위하여 온 힘을 다하여 허공으로 날아올랐다.

만약 여기서 멈추면 저 이글거리는 지옥의 불구덩이 속으로 들어가야 하는 상황.

입술을 피나게 깨물고 단전의 마지막 힘을 다 뽑아내어 묵룡에 힘을 더하였다.

쉬쉭!

그러자 묵룡과 한 몸이 된 신형이 빛살처럼 앞으로 나아가 아슬아슬하게 꼬리 공격의 범위에서 벗어날 수 있었다.

꾸아아아아!

아니, 벗어났다고 생각하는 순간 거대한 드래곤의 포효와 함께 발톱이 몸을 후려쳐 왔다.

'무당의 신법이 그리 호락호락한 것 같으냐!'

한 번 가속도가 붙은 신형을 허공에서 비틀어 올렸다. 무당의 진산절기인 제운종이 펼쳐졌다.

휘리릭.

이번에도 허공을 가르며 사라지는 드래곤의 무식한 붉은 손.

빛살처럼 빠른 공수의 전환이었건만 그 안에서 움직이는 나에게는 너무나 느리게 흘러가는 움직임이었다.

그리고 눈앞에 나타난 드래곤의 거대한 본체.

숨과 함께 마나를 꿀떡 삼키며 울렁거리는 드래곤의 뱃가죽이 너무나 오만한 철옹성처럼 시야에 잡혔다.

"타앗!"

마지막으로 힘껏 기합을 지르며 묵룡과 함께 휘돌아 치며 뱃가죽을 향해 날아갔다.

"어리석은 놈. 여기가 마지막이다. 죽음의 창! 절대 방어!"

'언령…….'

놈은 드래곤이다. 그것도 모든 마나를 제집 강아지 부리듯 할 수 있는 에이션트 드래곤.

말이 곧 법칙이 되어버리는 드래곤의 언령이 펼쳐지며 눈앞이 뿌옇게 마나의 벽으로 흐려지는 것이 보였다.

푹—

쿠오오오오오오오!

퍼벅!

"컥……."

번쩍.

묵룡의 검신이 무언가를 찌르는 느낌이 들었다. 동시에 드래곤의 성난 포효, 그리고 등을 꿰뚫고 들어오는 거대한 충격에 정신을 순식간에 잃어갔다.

'아드리안느…….'

정신을 잃어버리는 그 순간에도 떠오르는 하나의 영상.

사랑하는 기사가 전해줄 승전보를 기다리며 왕궁 발코니에서 안타까운 눈빛을 하고 있는 나의 사랑 아드리안느의 모습이 마지막으로 감기는 눈에 뿌연 영상으로 보였다.

"끄악! 감히 인간 놈이!!"

언령의 힘과 드래곤 본체의 공격을 막고 피하며 공격해 오는 거머리 같은 인간 놈이 감히 상처를 남겼다.

수천 년을 살아온 드래곤의 생에 있어서 이렇게 분노해 보기는 처음이었다.

그 짧은 검으로 뱃가죽에 길게 상처를 남겨 그 자리에서 붉은 피가 흐르고 있었다.

"치료하라!"

다시 한 번 펼쳐지는 언령의 힘.

스스슥.

드래곤의 명에 마나들은 드래곤의 상처가 난 뱃가죽에 달라붙어 새로운 세포를 만들어내며 상처를 치료하였다.

아니, 치료하려 하였건만 상처에 닿은 마나들은 소리없이 사라졌다.

"아니, 마법이!"

이디오스는 언령 마법으로 치유되지 않는 상처를 보며 황당한 기분이 들었다.

드래곤의 모든 것이라 할 수 있는 언령 마법.

마나의 조종인 드래곤에게 허락된 언령 마법은 어느 정도 창조와 파괴의 힘을 간직한 드래곤만의 무기였다.

써클로 나눠지는 마법과는 또 다른 차원의 신이 허락한 마법.

그런데 그 언령 마법이 오늘 연달아 인간에게 깨졌다.

"흐흐흐, 그래도 죽음의 창을 정통으로 맞고 불구덩이에 떨어졌으니 살아날 일은 없겠지."

마지막에 절대 실드를 깨고 들어온 카온이라는 자의 검.

그러나 이디오스의 뱃가죽을 가르고 들어오던 카온은 죽음의 창이라는 언령 공격에 정통으로 등을 가격당했고, 소울 가드를 뚫고 들어간 창에 의하여 등가죽이 갈라지는 것을 보았다.

거기에다가 아직도 부글거리며 이글거리는 지옥의 화염 속으로 사라지는 것까지 보았다.

'그런데 마지막에 그 빛은 무엇이지?'

카온이 떨어지는 것을 확인하는 중에 난생처음 당하는 상처의 고통에 잠시 눈을 감을 때 느껴졌던 짧은 빛줄기.

조금 이상한 생각이 들었지만 곧 생각을 거두었다. 에이션트 드래곤인 이디오스의 앞에서 마법을 펼쳐 사라지는 존재는 세상에 있을 수 없었다.

신이 아닌 이상 말이다.

"이제 유희도 끝나가는군. 흐흐흐, 마족 놈들이 감히 겁도 없이 중간계를 침범한 대가만 받는다면 이번 유희는 가장 기억에 남는 시간일 것이야."

뱃가죽의 상처가 그리 깊지 않았고, 처음 받았던 고통도 익숙해지자 다음 유희거리를 찾는 이디오스.

그런 이디오스의 거대한 붉은 눈동자에는 중간계의 수호자로서의 의무감 같은 것은 느껴지지 않았다.

다만 오랜 세월을 무의미하게 산 자의 철없는 장난기만이 가득하게 느껴졌다.

철들지 않은 어린 황제에게 무한한 권력을 줘버린 제국처럼 그렇게 위험해 보였다.

"흐흐흐, 다음 유희에서도 이런 놈이 또 나타난다면 좋을 텐데……. 이동."

상처 치료와 마족을 상대하기 위하여 레어로 이동하는 이디오스.

이디오스가 사라지고 시간이 흐르며 화염으로 이글거리던 대지들은 서서히 식어갔고, 그 위로 하얀 눈들이 수북하게 내리며 수증기로 화하여 갔다.

얼마 후, 아무것도 기억하지 못하는 듯 대지는 그렇게 천천히 눈에 덮여갔다.

제195장

존재들의 전쟁

FREE KNIGHT

"마물들이 나타났다!"

"모두 경계 태세를 갖추어라!!"

뿌웅! 뿌웅!

땡땡땡!

어둠이 서서히 물들어가며 오늘따라 붉은 노을과 별빛들이 교차하며 떠가는 시간.

저 멀리 성 밖으로 먼지구름이 일며 어떤 물체들이 빠르게 다가왔다.

그 모습이 눈이 빠져라 망루에서 성 밖을 감시하고 있던 보초병들에게 발견되었고, 곧 고동 소리와 급박한 종소리가 삭숀 성에 울려 퍼졌다.

"모두들 무기에 성수를 발라라! 궁수들도 화살촉에 성수를 묻히고 대기하라!"

따다닥.

"아벨카 신전의 성기사님들이 나타나셨다!"

"와아! 모두들 힘을 내라!"

아달톤 제국의 수도인 올손과 파오니아 왕국의 중간 부근에 위치한 삭숀 성.

수백 년 동안 파오니아 왕국이 제국과 일진일퇴의 전쟁을 벌이던 당시에는 상당히 중요한 군사적 요충지였다.

그렇기에 해자는 깊고, 성벽은 높고 튼튼하였다. 거기에다가 풍요와 축복, 그리고 대지의 신인 아벨카의 대신전이 위치하였기에 감히 누구도 침범하지 못하는 곳.

지금 이곳에는 과거 파오니아 왕국과 교전을 할 당시보다 피난민과 병사들로 가득 들어차 있었다.

마계의 마족과 마물들이 중간계를 침공하였다는 소문이 돌고 보름이 지난 후.

소리 소문도 없이 구스몬 왕국과 팔마이온 왕국이 마족들의 손에 떨어졌다.

얼마나 치밀하게 준비를 하였는지 북대륙 두 왕국의 왕성이 비명 한 번 지르지 못하고 모두 처참하게 역사의 뒤안길로 사라졌으며, 그 뒤를 이어 수백만의 마물들이 두 왕국의 모든 지역을 빠르게 점령했다.

막을 수가 없었다.

어떤 방법을 사용했는지 브에즐 왕국은 힘 한 번 써보지 못한 채 수도가 점령당했고, 팔마이온 중요 기사들과 마법사들은 하루아침에 사라졌고, 중요 귀족이 잃은 영지들은 하루아침에 사라졌다.

아니, 피에 굶주린 마물들에 의하여 인간을 비롯한 모든 생명체들은 마물들의 먹잇감으로 바뀌어 버렸다.

인세 지옥.

간신히 살아남은 생존자들의 입을 통하여 마족과 마물들이 벌인 참 상이 폭풍 같은 소문을 타고 사방으로 퍼져 나갔다.

그리고 불과 보름이 지난 후 북대륙은 피의 강을 이루었고, 인간들 을 비롯한 이종족들의 신음이 하늘 가득히 울렸다.

닥치는 대로 모든 것을 찢어 죽이며 피를 탐하는 마물들.

어느새 아달톤 제국의 수도 올손이 무너졌으며, 피난민들은 아달톤 제국의 국경을 넘어 파오니아 왕국으로 모여들기 시작했다.

예전 같으면 어림없을 백성들의 이동이었건만, 지금의 아달톤 제국 은 아무런 힘도 쓸 수 없었다.

파오니아를 침공했던 론스온 공작과 백만 대군, 그리고 제국의 온전 한 소울 가드 기사들과 마법사들이 무참히 패배하였다.

거기에 엎친 데 덮친 격으로 팔마이온을 점령한 마계의 침공에 제국 동부 국경을 수호하던 20만 대군이 전멸하였다.

그리고 국영을 동시다발적으로 넘어오는 수백만의 마물들.

급히 신전과 공동 전력을 구축했지만 예전과 같은 성력이 없는 신전 의 힘으로는 역부족.

바로 어제 아달톤 제국 수도 올손이 마족들의 손에 넘어갔다.

얼마나 많은 희생이 있는지 파악하지도 못하였으며, 아달톤 제국의 다브나스 황제도 급히 마법사들과 몇몇 기사들만을 이끌고 도망쳤다 하였다.

수백 년간 북대륙을 호령하던 인간들의 제국치고는 너무나 허망한 멸망의 과정.

이곳 삭숀 요새만이 아달톤 제국의 마지막 전략적 요충지인 동시에 전력이라 할 수 있었다.

그리고 지금, 이곳을 향해 아직도 피에 굶주린 마물들이 지치지 않는 발걸음으로 다가왔다.

살아 있는 모든 것을 마계를 위한 제물로 삼기 위하여.

"음……"

병사들과 기사들을 지휘하기 위하여 높고 널따란 지휘관 망루에 서 있던 아인스 공작.

믿기지 않는 제국의 멸망을 지켜보며 가슴이 답답하였건만 제국의 공작으로서 의무는 다하고자 하였다.

론스온 공작이 기사단과 함께 아무것도 남기지 않고 전사했다는 급보와 마족들이 출몰했다는 소리에 전력을 수습하고자 급히 마법사를 대동하여 패전 병력이 넘어오고 있는 국경으로 이동했다.

그렇게 국경에 도착한 아인스 공작이 정신이 나간 기사들과 병사들을 어느 정도 수습하여 무거운 발걸음으로 제국으로 향할 때, 제국 수도의 함락이라는 믿기지 않는 소문을 접하게 되었다.

받아들일 수 없는 현실이지만 시시각각으로 들어오는 살아 있는 보고에 지금의 현실을 믿지 않을 수가 없었다.

'이제 지려는가…… 제국의 태양이…….'

급히 병사들을 수습하여 오십만의 대군을 이끌고 있었다. 거대한 요새인 삭숀 성이 수용할 수 있는 이십만의 병력을 제외한 나머지 병사들은 파오니아 왕국과 가까운 후방에 포진시켜 언제라도 국경을 넘어 도망치도록 배치하였다.

더 이상 제국의 힘으로 무엇을 할 수 있는 입장이 아니었다. 이곳이 무너지면 젊은 그들이라도 살려야 하는 것이 고위 귀족의 의무.

비록 어릴 때부터 뼛속까지 귀족의 우월감에 물들어 살았지만 귀족으로서 해야 할 의무는 남아 있었다.

"각하, 피하심이⋯⋯."

아인스 공작의 굳은 결심을 바라보며 부관인 힉스 자작이 말을 꺼내다 소리를 죽였다.

아인스 공작을 곁에서 오래 모신 까닭에 그가 어떤 결심을 할 때 나타나는 모습을 익히 알고 있었다.

"어디로 가란 말인가? 황제 폐하도, 그 많던 수많은 귀족들도 어디로 갔는지 알 수 없건만 내가 저들을 버리고 어디로 가란 말인가?"

시시각각 흉포한 소리를 내며 빠르게 다가오는 마물들을 바라보며 파랗게 질려가는 병사들과 백성들이 공작의 눈에 보였다.

지금까지 백성들이란 귀족들의 삶을 영위하기 위하여 필요한 도구라 교육받았고, 또 그렇게 대하였다.

하지만 백성들이 없는 귀족이란 있을 수 없다는 것을 알기에 아인스 공작은 저들과 같이 삶을 마감하려 하였다.

아무리 성기사단이 함께한다 하지만, 황도에서도 오백여 명이 넘는 각 신전의 성기사들이 제국의 근위기사단과 수십만의 병사들과 함께 전멸하였다는 소식을 들었다.

절대 이길 수 없는 전쟁.

그것이 바로 인간과 마족 간의 싸움이었다.

꾸에에엑!

"허, 허공에 마물이 나타났다!"

"각하! 피하십시오!"

성벽 사방을 완벽하게 포위하며 나타나는 이름도 알 수 없는 수십, 수백 종의 마물들. 거기에다가 하늘에서는 중간계의 강자라는 와이번보다 더 흉포하게 생겨먹은 검은 비늘을 가진 마물들 수백 마리가 나타났다.

"화살을 쏘아라!"

"마법사들은 뭐 하나!"

쉬쉬쉭―

"라이트닝 블레이드!"

"라이트닝 스피어!"

"윈드 필드!"

성벽과 성안에 빽빽하게 모인 수십만의 병사들 틈 사이에서 화살의 비와 마법들이 허공으로 치솟았다.

잔뜩 긴장하고 있었기에 누군가의 지시가 내려지자 무턱대고 공격하기 시작한 것이다.

타닥.

쿠에에에엑!

신의 힘이 담긴 성수를 묻힌 화살촉이 마물의 거친 가죽에 부딪치며 튕겨져 나갔다.

물론 고써클 마법사도 없는 하급 마법사들의 마법은 마물들의 날갯짓에 모두 마나로 환원되어 사라져 버렸다.

그리고 먹잇감을 발견한 매처럼 지상으로 꽂아 내려오는 마물들.

그 크기가 10샤이가 넘는 것들부터 1샤이에 이르는 것들까지 다양

했지만 다들 공통점이 있었다.

바로 모든 것을 갈기갈기 찢어버릴 것 같은 검고 날카로운 발톱과 끈적끈적한 침이 흐르는 이빨들. 마지막으로 피 맛을 알아버린 광기 어린 빠알간 눈동자.

퍽!

"크아악! 살려줘!"

"으아아아!!"

인간들의 공격을 우습게 튕겨내 버린 마물들이 그대로 지상에 있는 인간들을 낚아채 갔다.

어차피 널리고 널린 게 인간들인지라 마물들의 손과 발에는 인간들의 등판과 머리가 사정없이 잡히며 피를 뿌렸다.

우두둑.

비명 소리가 성안 곳곳에서 울리더니 곧 뼈가 부서지는 섬뜩한 음향이 귓가를 파고들었다.

후두둑.

"으으……."

"사, 살고 싶어……."

허공에서 인간들의 육신을 날카로운 발톱과 이빨로 물어뜯으며 그 피와 육신을 마시는 마물들.

지상으로 죽어가는 인간들의 피와 육신들이 앞으로 다가올 미래를 말해주듯 섬뜩하게 흩날렸다.

"뭐, 뭘 하나! 마물이 다가온다. 화살을 날려!"

"공격하라!"

허공에서 한바탕 소동을 벌이는 마물들 때문에 정신이 혼미해진 병사들.

그사이 빠르게 다가오는 마물들이 성 아래에까지 근접했다.

"기사들은 소울 가드를 착용하라!"

"죽어, 이 마물들아!"

"파이어 필드!"

"플레임!"

허공의 마물들보다 지상으로 공격해 오는 마물들이 더 위험스러웠
다.

가까스로 정신을 차린 병사들은 훈련과 명령받은 대로 기계적으로
화살을 날리고 대지 공격용 마법을 날렸다.

쿵!

"크헉! 성문을 사수하라!"

"막아라!"

쉬쉬쉭—

무식한 마물들은 대마법진으로 보호되는 성벽을 달려오는 몸체 그
대로 들이받는 거대한 마물들.

제법 머리가 좋은 마물들은 낮은 성벽 쪽으로 자기들의 육신을 쌓으
며 성벽 높이만큼 만들어갔다.

거의 백만에 이르는 마물들이었기에 성수가 묻은 화살과 마법 공격
속에서도 순식간에 성벽 높이만큼 모여들었다.

그리고 이어진 백병전.

단단히 대비한다 하였건만, 그건 모두 인간의 착각이었다.

수십만의 병력들이 성벽에 빽빽이 서 있었건만, 막상 흉포한 모습의
마물들이 눈앞에 닥치자 제대로 대항하는 병사들이 드물었다.

그도 그럴 것이, 한 번도 본 적 없는 상상 속의 마물들이 검과 창으로도 뚫을 수 없는 육체를 가지고 돌격해 오는데 온전하게 반항할 수 있는 인간들이 어디 있겠는가.

팟!

"도망가지 마라! 도망갈 곳도 없다! 모두 목숨으로 자리를 사수하라!"

병사들 사이에 끼어 있는 기사들이 사기가 빠진 병사들을 독려하였다.

쿠르륵!

퍼버벅.

"크아악!"

"컥!"

하지만 기사의 독려에도 불구하고 마물들의 단 한 번의 손짓에 대여섯 명이 충격을 못 이겨 터지며 사방으로 튕겨 나가자 일순간 성벽 위로 저항할 수 없는 공포가 밀려들었다.

우둑.

크르르르.

손에 잡힌 인간의 목을 거대한 입을 벌려 투구와 같이 씹어버리는 마수, 그대로 달려들어 내장만을 파먹는 인간의 육신만 한 크기에 날카로운 푸른 비늘을 가진 마수. 더 잔인한 것들은 그보다 더 조그만 마수들로, 몬스터 그렘린 같은 푸른 피부를 가진 마물들이었다.

그들은 한꺼번에 몇 마리, 또는 수십 마리씩 달라붙어 인간의 모든 것을 발라먹었다.

오도독.

끼기기기.

뼈조차 남기지 않고 강한 턱과 동그란 이빨로 뜯어먹는 마수들.

"이놈들이!"

서걱.

마수들의 무차별적인 공격 속에서도 소울 가드를 소유한 기사들의 활약은 그나마 봐줄 만했다.

다행스럽게도 마물들에게 소울 가드의 마나 소드는 먹혀들어 그들의 살과 뼈를 가를 수 있었다.

푸스스.

마물들의 육신이 마나 소드에 베어지자 중간계에는 존재하지 않는 검은 피들이 바닥에 떨어졌고, 피가 떨어진 그 자리는 강력한 독에 닿은 듯 녹아내리며 검게 그을려졌다.

"블레스 오브 갓!"

"세인트 파이어!"

"그랜드 크로스!"

"서, 성기사님들이다!"

"우와와와!!"

마족과 함께 몰려든 어둠을 물리치며 한줄기 서광이 임하였다.

지옥의 분신 같은 마물들이 인간들의 육신을 원할 때 하늘에서 내리는 신의 사랑이 빛으로 화하였고, 그 자리에는 악을 물리치는 성신의 가호가 내리쬐였다.

퍼버벅!

크아아아!

크르르르르!

약 오백여 정도의 아뱔카 성기사들.

풍요와 축복, 대지의 신을 상징하는 안몬토르 꽃이 가슴에 그려진 성기사용 소울 가드를 걸치고 성벽을 오르는 마물들을 거침없이 베어 갔다.

또한 고위 사제들이 펼치는 신성 마법들이 인간 마법사들이 펼친 마법을 우습게 알던 마물들을 덮쳤고, 그곳으로부터 마물들의 고통에 찬 울부짖음이 하늘을 갈랐다.

"신이 정한 법칙을 어지럽히는 마계의 생명체들이여, 그대들의 땅으로 돌아갈 지어다! 디바인 크로스!"

파앗!

성문을 들이받는 수천의 마물들 위로 성스러운 목소리가 울려 퍼졌고, 그 순간 하늘에서 작렬하는 한줄기 성스러운 빛이 마물들 위에 빛의 장막을 만들어내었다.

디바인 크로스.

최고위 성직자만이 펼칠 수 있는 신성 공격 마법.

켁!

케르르……

기세 좋게 삭슌 요새의 성문을 공격하던 수많은 마물들의 비명이 연달아 들렸다. 성스러운 십자가 모양의 신성 마법에 마계의 마나를 먹고살던 마물들의 속을 뒤집어 버렸다.

아니, 인간들의 무기들을 튕겨내던 그 단단하던 껍질이 성스러운 신성 마법에 녹아내려 흐물거렸다.

그리고 그 위로 인간들의 화살이나 창이 가차없이 몸을 꿰뚫었고, 마물들은 고통스러운 울부짖음을 흘렸다.

"모두 힘을 내라! 화살을 퍼부어라!"

"돌격하라!"

단단한 마물들의 껍질이 녹아내리자 두려움에 차 있던 병사들의 반격이 시작되었다.

어차피 도망갈 수도 없이 사방을 완전히 포위한 마물들.

죽음을 두려워하지 않는 용기만이 살길이라 생각하고 다들 미친 듯이 무기들을 휘둘렀다.

퍼버벅!

켁!

소울 가드를 비롯한 아밸카의 성기사들이 참전하자 일방적으로 몰아붙이던 마물들이 주춤하였다.

두렵기만 하던 마물들이 주춤거리자 병사들의 공격은 더 거세졌고, 일순 전쟁터는 팽팽한 국면으로 접어드는 듯하였다.

"어리석은… 인간…… 들. 죽음이… 가까이 왔도다……."

철컹.

이제는 어둠이 가득한 하늘.

오늘따라 달리온 세 자매도 머리를 내밀지 못하는 밤이 깊어갔고, 어둠 속에서 모든 이들의 모골을 섬뜩하게 만드는 목소리가 울렸다.

그리고 어둠보다 더 짙은 검은 광체의 갑옷을 입고 나타나는 존재들.

성 위에서 분전하는 인간들을 바라보며 아무 음성도 감정도 실리지 않은 목소리의 주인들이 성을 포위하듯이 나타났다.

그 수는 수십여 기.

인간이 아니건만 인간의 갑옷을 걸치고 투구 안에서 칙칙한 어둠의 광채를 뿜어내는 존재들.

인간 세계에서 인간들을 배신하여 마족의 개로 지칭되는 마계의 기사, 바로 데스 나이트였다.

강해지고자 하는 부질없는 욕망에 영혼을 팔아 힘을 얻고, 그 대가로 마계에서 죽지도 살지도 못하는 저주받은 생명체로 태어난 데스 나이트.

모든 빛을 흡수해 버리는 검은 갑옷을 입고 따뜻한 피를 가진 인간들을 바라보았다.

데스 나이트들이 가지지 못한 피의 따뜻함을 간직한 인간들을 바라보는 눈빛에 알 수 없는 가득한 분노를 풍겨내며.

"심장… 뜨겁다……."

중간계에 처음 등장할 때만 하더라도 녹슬어가던 갑옷을 걸쳤던 데스 나이트들. 그러나 지금 그들의 갑옷은 더할 수 없이 번뜩이는 검은 광채로 빛났다.

바로 인간들의 피와 마나를 머금고 무한한 힘을 얻는 데스 나이트들의 진화였다.

팟!

말이 끝나기가 무섭게 지면을 박차 높은 성벽을 향해 치솟는 데스 나이트들의 모습.

어느새 그들의 손에는 세상 모든 것을 베어버린다는 오러 소드가 검은빛을 뿜으며 듬직하게 들렸다.

인간 세상에서 소드 마스터라 지칭되는 오러 소드가 말이다.

"아……!"

어둠이 깊숙이 물들어가는 파오니아 왕성.

한 여인이 기다란 금발이 바람에 흩날리는 것도 잊은 채 깊은 한숨을 쉬고 있었다.

진줏빛 같은 투명한 얼굴에 한줄기 근심을 담고 붉디붉은 입술로는 깊은 한숨을 내쉬며, 촉촉이 젖은 푸른 보석 같은 두 눈으로는 가슴의 슬픔을 진하게 풍겨내는 여인.

아드리안느 칸 파오니아라는 운명의 이름을 가진 여인이었다.

"어디에 계신가요, 나의 기사여……."

또로록.

참고 참았던 슬픔이 방울져 하얀 두 볼을 타고 흘러내렸다.

언제나 든든하게 그녀와 이 왕국을 수호하던 그녀의 기사가 아무 소식도 없이 사라진 지 보름째.

제국 연합군을 격파하고 대승을 취했다는 승전보와 함께 그녀의 기사가 사라졌다는 보고가 올라왔다.

처음에는 언제나 그러하듯 무슨 볼일이 있어서 잠시 떠났으리라 생각하였다.

그러나 하루 이틀 아무 소식조차 없이 시간만 흐르자 아드리안느는 가슴속에 쌓여가는 근심 때문에 잠을 이루지 못했다.

제국을 상대로 대승을 거두고 왕국의 독립을 이루어내었다는 기쁨보다 그녀의 기사가 사라졌다는 걱정이 그녀의 온 가슴을 물들여 버린 것이다.

"사랑하는 님이여, 오늘도 이렇게 가슴 절절이 보고 싶습니다. 보고 있어도 보고 싶은 사랑하는 이여, 제발 내 앞에 나타나세요. 그 밝은 웃음을 지으며……."

단 하루라도 찬란한 광채가 나는 그 모습을 보지 못하면 병이 드는 것 같았다.

토독.

방울져 흐르던 눈물이 바닥에 떨어지며 물방울로 흩날렸다.

"공주 마마, 안으로 드십시오. 언제 마물들이 습격할지 모르옵니다."

님이 돌아오실지 몰라 열어놓은 발코니 창 앞으로 얼굴을 가면으로 가린 레시안이 다가왔다.

마족과 마물들의 대규모 습격이 발생했다.

제국과 파오니아 왕국이 전쟁을 벌인 틈을 이용하기라도 한 듯, 마계의 생명체들이 중간계를 습격하였다.

그리고 순식간에 두 왕국이 무너졌고, 전쟁으로 국력이 쇠한 아달톤 제국이 무너졌다.

첩보에 의하면 제국의 황제는 이름 모를 곳으로 피신하였고, 마지막 전력이 파오니아 왕국 국경 부근에 존재하는 삭순 요새에 모여 항전을 하고 있다 하였다.

하지만 제국의 본 전력이 모여도 시원찮을 판에 일부의 전력만으로 마계의 침공자들을 막기에는 불가능할 것이다.

아마 지금쯤 전투의 결말이 나 마물들이 파오니아 국경으로 달려오고 있을지도 모른다.

"국경 부근에 있는 백성들은 다 대피하였나요?"

"이미 제국과의 전쟁 전에 백성들이 대부분 피신하였고, 자인 성에 있던 병사들도 왕궁으로 모여들고 있습니다. 아마 내일쯤이면 이곳 왕성에 집결할 것입니다."

"그렇군요……. 수고했어요."

카온 후작이 사라진 후 마계의 침공 소식이 들리자 라이돈 공작이 나서 급히 지시를 내렸다.

지나온 세월의 연륜으로 상황이 심상치 않음을 간파한 공작의 지시에 의하여 파오니아 왕국의 전력들은 속속 왕성으로 모여들었다.

어차피 전쟁 전에 국경에 있던 백성들을 후방으로 소개하였기에 일은 순식간에 진행이 되었고, 왕성으로 힘을 집결시켜 만반의 준비를 하였다.

"회의실에서 귀족들이 기다리고 있습니다."

"휴우, 알겠습니다."

왕국을 운영하는 왕족으로서 자신만의 걱정으로 시간을 보낼 수는 없었다.

그녀의 이름은 아드리안느 칸 파오니아, 운명의 이름을 가진 파오니아 왕국의 공주였기에.

'나의 기사여, 빛과 같은 시간 속에서 돌아오세요. 당신이 없는 세상은…… 저에게는 죽음의 바다랍니다…….'

못내 아쉬움을 간직하고 다시 한 번 밖을 바라보던 아드리안느는 하얀 드레스 자락을 잡고 등을 돌렸다.

바닥으로 떨군 몇 방울의 눈물에 그리움으로 남기고.

'저 사랑을 나도 할 수 있을까…….'

아드리안느가 흘리는 눈물을 뒤에서 본의 아니게 지켜보게 된 레시안. 아드리안느의 몸에서 알알이 풍기는 절절한 사랑에 가슴이 아려왔다.

아드리안느가 사랑하는 이가 바로 레시안이 가슴에 연정을 품고 있는 그 남자였기에 바닥에 흘리는 눈물도 레시안의 마음과 같았다.

'바람의 카온… 어서 돌아와요. 당신이 없는 이 왕국은 언제나 바람 앞의 등불이랍니다.'

아드리안느 공주의 뒤를 따라 등을 돌리는 레시안.

그녀의 차가운 철가면 안으로 뜨거운 마음이 흘러내려 아드리안느 공주의 흔적 위로 떨어져 내렸다.

그리움과 걱정이라는 또 다른 이름의 사랑으로 가슴을 적시면서…….

"폐하! 마물들이 국경을 돌파하고 아비칸 요새까지 진격하였다 하옵니다."

"음, 벌써…….."

갑자기 불어닥친 마계 침공의 불길.

과거 이천 년 전 마족들이 침공할 당시보다 더 치밀하고 강력한 힘으로 마물들은 북대륙을 질타하였다.

그것은 피할 수 없는 운명처럼 북대륙의 파시온 제국도 전란에 휩싸였다.

"이제 믿을 전력은 헤르간 공작밖에 없단 말인가……."

육십대의 온화한 할아버지 같은 표정의 알프레도 황제.

제국을 강력하게 다스리는 성군은 아닐지라도 인망이 자자하여 뭇 백성들에게 사랑을 받고 있는 황제의 얼굴에 근심이 어렸다.

아달톤 제국과 파오니아 왕국 간의 전쟁에도 무관심하였고, 힘없는 왕국인 구스몬 왕국을 침공하여 영토를 넓힐 욕심도 없는 평화주의자인 그에게 시련이 닥쳤다.

생각지도 못한 마계의 침공.

비록 평화주의자인 황제일지라도 제국의 국력은 언제나 튼튼하게 방비해 두었다.

세상에 알려지기를 다른 제국보다 약한 국력을 소유한 파시온 제국이라 무시당하더라도 속으로는 당당하였다.

아니, 당당한 만큼 실력도 충분하였다.

그런데 마계의 침공에 튼튼하던 제국의 국경이 일거에 무너져 버렸다.

준비할 시간이 워낙 짧아 미처 백성들을 피난시키지 못해 그 피해가 막심하였고, 지금 황도와 가까운 아비칸 요새에까지 마물들이 몰려와 있다.

"폐하, 힘을 내시옵소서! 정령의 가문인 헤르간 공작과 아몬데온 신전과 자이몬 신전의 천여 명의 성기사들이라면 능히 마물들을 막을 수 있을 것입니다."

늙은 황제의 고난 어린 표정을 바라보며 대전 회의실에 모인 귀족들은 한마디씩 힘을 실어주었다.

그들도 물론 이 상황이 걱정스럽고 두려웠다.

그러나 딱히 귀족들이 영지를 버리고 도망갈 곳도 없었다.

남대륙이 아직까지 안전하다 하지만 쥬포르 제국과는 과거부터 앙숙이었고, 제이니스 제국은 왕국들의 공격을 받아 사분오열되기 일보 직전이었다.

그렇다고 페스탄 왕국과 메켈란 왕국으로 갈 수도 없는 상황.

두 왕국은 남대륙의 하나 남은 강자인 쥬포르 제국의 눈치를 볼 수밖에 없는 것이다.

"이럴 때 드래곤들이 나서주면 좋을 텐데……."

중간계의 오만불손한 존재들인 드래곤이 지금 이 순간에는 간절히 그리웠다.

이천 년 전 폴라온 대제에 의하여 자존심이 상한 드래곤들이라지만, 중간계의 멸망을 원하지 않는다면 지금이 바로 그들이 나설 때이다.

하지만 연락할 방법도, 설령 그들과 연락이 된다 하더라도 들어줄 리 만무한 인간의 욕심을 아는 알프레도 황제였다.

"휴우, 대륙을 마족으로부터 구할 영웅은 다시 태어나지 않는단 말인가……."

새삼 이천 년 전의 인간들이 부러워지는 늙은 황제.

그러나 그의 소망대로 영웅은 아직 대륙에 나타나지 않았다. 영웅은 시대가 만들기도 하지만, 모든 것은 신의 안배로 태어나는 존재임을 조금이라도 깨달은 이들은 모두 알고 있었다.

퍽!

우두둑.

"크윽……!"

따뜻한 피가 용솟음치는 인간의 심장을 파고드는 무심한 검은 건틀렛.

심장을 보호하는 갈비뼈를 단숨에 부숴 버리고 건틀렛은 심장 깊숙이 박혔다.

그 심장에 꽂힌 손을 바라보며 죽음의 사신을 영접하는 인간의 얼굴에는 죽음에 대한 두려움과 불신이 어려 있었다.

"따… 뜻하다……."

손에 느껴지는 따뜻한 느낌에 데스 나이트는 무심한 목소리로 감정을 이야기했다.

"크아악! 살려줘!"

"엄마!!"

"컥!"

아비규환의 참상.

팽팽하던 구도가 갑자기 나타난 존재들에 의하여 순식간에 무너졌다.

사제들의 신성 마법에 마물들이 당황할 때 가한 인간들의 공격은 매서웠건만, 갑작스럽게 검은 갑옷을 입고 나타난 기사들에 의하여 인간 병사들은 지옥을 맛보아야 했다.

처음에는 누군지 몰랐다. 갑작스럽게 노멀 급 소울 가드를 소유한 기사가 공포에 미쳐 자기 편인 인간들을 공격하는 줄 알았다.

화광이 충천하는 전쟁 중이었지만 달조차 뜨지 않는 어둠 속.

인간의 형태와 갑옷을 입은 자의 행위는 당연히 전쟁 중인 병사들에게 기사로 인식되기에 충분했다.

그러나 곧 그들의 몸에서 풍기는 검은 오러와 눈동자 빛이 담기지 않는 공포의 동공을 바라보며 한 존재를 떠올렸다.

마족에게 영혼을 판 기사들의 수치이자 영원한 저주인 데스 나이트, 그들이 어두운 마계를 벗어나 한때는 동료였던 인간들을 무참히 살해하고 있는 것이다.

그 한순간에 무너지는 전선.

소드 마스터인 인간들과 같은 능력을 가진 데스 나이트의 검은 오러 소드에 앞을 막아서는 모든 것들이 잘려졌다.

한둘이 아니었다.

넓은 성 곳곳에서 지옥의 검을 휘두르는 존재들은 얼핏 보아도 수십여 명.

소드 마스터라고는 아인스 공작밖에 없었다.

그러나 아인스 공작이 나설 틈도 없이 방어벽은 무너졌고, 그 위로 마물들이 꾸역꾸역 나타나 잔혹한 사냥을 시작했다.

"크아아악!"

"도, 도망쳐라!"

수십만이 넘는 병력들이 결집한 거대한 성이었지만 성벽과 성기사들의 수호가 사라진 상태에서 인간 병사들이 할 수 있는 것은 아무것도 없었다.

그저 나타나는 마물을 피해 힘껏 소리치며 도망가는 것. 그러나 그들에겐 갈 곳이 없었다.

이미 거대한 성 주변을 완벽하게 포위한 마물들 무리를 뚫고 성 밖으로 탈출한 자는 아무도 없었다. 다만 차이가 있다면, 먼저 죽느냐 후에 죽느냐의 차이뿐이었다.

"이, 이놈들!!"

분노에 물든 시퍼런 오러 소드를 들고 사방팔방으로 밀려드는 마물들을 가차없이 베어내는 아인스 공작.

혹시나 하는 마음으로 최선을 다하였다.

그러나 결과는 역시나 참혹하였다.

수십만에 달하던 정예 병사들이 변변히 대항 한 번 해보지 못하고 처참히 육신과 영혼이 분리되었다.

어느새 공작이 서 있는 망루에까지 인간들의 피에 질퍽하게 젖은 마물들이 올라왔다.

"각하! 피하십시오!"

공작을 보호하기 위하여 호위 기사들이 최선을 다하고 있지만 상황은 절망스럽기 그지없는 상태.

"나는 아달톤 제국의 아인스 폰 파이샤트 공작이다! 내 땅에서 죽을 것이다! 이얏!"

죽음을 각오한 공작의 오러 소드가 흉포한 이빨과 발톱을 들이미는 마물들을 강력하게 베어 갔다.

퍼거거!

쿠엑.

소드 마스터의 오러 소드에 단단하던 마물의 껍질이 갈라지며 비명을 질렀다.

치지직.

그리고 마물이 흘린 피가 바닥에 흐르며 메케한 연기를 뿜어내었다.

"컥……!"

연기를 맡은 병사들이 그 독기를 감당하지 못하고 쓰러졌다.

참으로 살아서도 죽어서도 골치 아픈 마물들.

하지만 이미 승부는 난 상태.

아인스 공작과 기사들은 소울 가드의 방어력을 믿고 최선을 다한 검을 휘둘렀다.

제국의 기사가 아닌 중간계를 침공한 마계의 마물들을 상대하는 인간의 가슴으로.

퍼걱!

"컥……."

거대한 망루에서 배수의 진을 치고 싸우는 공작과 기사단 사이로 갑자기 한 인영이 다가오더니 가차없이 소울 가드 기사를 소울 가드와 함께 통째로 베어버렸다.

"다… 데스 나이트……."

"뜨… 거운 심장… 을 가진… 기사들……."

어눌한 말투와 뻥하니 뚫려 있는 투구 사이로 보이는 눈동자의 검푸른 광채, 그리고 손에 들린 오러 소드.

마물들과 차원을 달리하는 존재인 데스 나이트의 등장에 기사들은 숨을 죽였다.

철컹.

철커덩.

"헉……!"

한둘이 아니었다.

높은 망루로 뛰어오른 데스 나이트들의 숫자는 어느새 십여 명. 그들이 뿜어내는 가공할 어둠의 기운에 기사들은 주춤주춤 뒤로 물러서며 원형의 방진을 구성했다.

"이 저주받은 기사들이여! 영혼과 양심조차 남아 있지 않은 그 더러운 육신으로 기사도를 욕 먹이지 마라! 죽은 자는 죽은 자의 것으로, 산 자는 산 자의 것으로!"

청염의 오러 소드를 들고 냉엄하게 데스 나이트를 꾸짖는 아인스 공작.

순간 착각이었을까. 데스 나이트들의 몸이 살짝 떨렸다.

아직 사라지지 않은 기사로서의 영혼의 잔재가 남아 있는지.

"기사도… 힘없는 자… 기사도는… 쓰레기… 다. 지키지 못한… 자의 슬픔을… 모르는 자……. 죽인다."

여전히 무심한 목소리를 투구 속에서 차갑게 흘려내는 데스 나이트. 그러나 무감각하던 데스 나이트의 말속에서 잠겨진 무게가 느껴졌다.

지키지 못한 그 무엇으로 인해 영혼을 판 데스 나이트였던지 그 한이 아직 남아 있는 것 같았다.

"하하하하! 영혼도 없는 썩어빠진 네놈들에게 기사도를 말하는 게 우습구나. 와라! 진정한 지옥으로의 동행으로 네놈들을 데리고 가마!"

검을 들어 가슴 앞으로 치켜세우는 아인스 공작.

죽음을 각오한 소드 마스터의 에너지가 애검에서 올올히 오러 소드로 변환되었다.

"입만… 산… 자. 네… 심장을 먹으… 리라."

십여 명에 불구한 데스 나이트들에 삼십여 명의 기사들이 포위당했다.

모두 다 소울 가드 기사들이지만 그들은 어둠의 오러 소드를 진하게 풍겨내는 데스 나이트들의 기세에 눌려 있었다.

"죽어! 이 기사의 수치야!"

데스 나이트의 공포스러운 기세에 눌려 있던 한 기사가 발작적으로 뛰쳐나가 눈앞에 있는 데스 나이트를 향해 겁없이 검을 휘둘렀다.

푹!

"컥……."

달려가던 가공할 기세와는 달리 단 한 수에 심장을 관통당한 기사. 철커덩거리는 고대의 갑옷을 입고 있지만 오러 소드를 다루는 데스 나이트에게 일반 기사들의 움직임은 슬라임 같은 것.

데스 나이트의 검이 소울 가드를 뚫고 심장 깊숙이 박혀 등 뒤로 검신을 드러냈다.

또로록.

아직 살아 있는 심장이 움직일 때마다 데스 나이트의 검신을 타고 붉은 피가 울컥거리며 흘러내렸다.

"으아아아! 죽어, 이 괴물들아!"

동료 기사의 죽음에 눈에 핏발이 선 기사들이 발작적으로 자리를 벗어나 검을 휘둘렀다.

"따뜻한… 심장… 을 내게…… 줘라……."

다가오는 기사들의 심장 부근만을 노려보는 데스 나이트들.

"죽어! 마물들아!"

아인스 공작도 참지 못하고 기사들과 같이 달려나갔다.

푸깡!

어둠에 종속된 데스 나이트의 검과 아인스 공작의 검이 부딪치며 화려한 마나 불똥을 만들어내었다.

아무리 마족의 축복을 받은 데스 나이트라 할지라도 영혼과 육체의 괴리가 발생한 상태이기에 아인스 공작을 강하게 밀어붙이지 못했다.

까강!

허공과 사방을 점하고 연속적으로 분노의 검을 내리찍는 아인스 공작.

아달톤 제국에서도 숨겨진 실력자로 알려진 아인스 공작의 검은 가문의 특성처럼 빠르고 경쾌하였다.

이에 반하여 일반 기사용 중검보다 더 거대한 중검을 휘두르는 데스 나이트의 검은 묵직하고 파괴적이었다.

퍼거겅!

"크아악!"

아인스 공작과 데스 나이트의 불꽃같은 대결 속에서 기사들의 처참한 비명이 하늘을 갈랐다.

오도독.

"따뜻… 하다…….'

심장뼈가 으스러지는 소리가 곳곳에 들리며 만족스러운 데스 나이트의 음성이 음침하게 울렸다.

"커억…….'

그리고 방금 전까지 뜨거운 숨결을 토하던 기사들 모두가 처참하게 바닥에 누웠다.

대부분 심장이 뻥 뚫린 상태로 피를 벌겋게 토해내며 눈을 감지도 못한 채 죽은 기사들.

서걱.

"크윽… 비겁하다……!"

쿵.

기사들이 죽어감에도 마음으로 눈물을 흘리며 데스 나이트와 대결을 벌이던 아인스 공작.

갑작스럽게 등과 옆구리에서 찔러오는 무식한 검에 의해 헬리언 급 소울 가드에 구멍이 났다.

오러 소드에는 그저 일반 갑옷과 같은 소울 가드.

아인스 공작은 마물이 되어서도 비겁한 데스 나이트에 분노의 눈빛을 보내며 서서히 허물어졌다.

퍽!

아직 눈이 다 감기지 않는 공작의 눈에 마지막으로 보이는 무식한 검은 건틀렛.

심장 부근에서 따끔거리는 감촉을 느끼며 영원한 안식의 세계로 여행을 떠나야 했다.

"따뜻하다……."

가지지 못한 생명과 피에 대한 무한한 욕망.

데스 나이트는 갈비뼈를 부수고 꺼낸 심장을 바라보며 몽롱한 눈빛을 보내었다.

그리고는 천천히 투구 사이로 심장을 집어넣었다.

주루룩.

심장에 가득 차 있던 피가 투구 사이에서 깨물리며 바닥으로 흘러내렸다.

"살려줘! 으아아아아아아!"

아직 끝나지 않은 살육의 비명이 삭숀 성에 메아리쳐 울려 퍼졌다.

"이제 우리들도 움직여야 하지 않겠소?"

"마족 놈들의 설치는 꼴이 아주 눈엣가시 같군."

엄청난 크기를 자랑하는 거대한 지하 동굴.

남과 여, 그리고 오크 같은 몬스터들로 구성된 백여 명의 잡다한 군

상들이 웅성거리며 말을 나누고 있었다.

"아직 인간들의 수가 줄지 않았다. 북대륙에 존재하는 두 왕국과 한 제국이 멸망하였다 하지만, 아직 남대륙을 비롯하여 제법 많은 인간들의 수가 남아 있다. 이번 기회를 빌려 인간들의 수를 제한하는 것이 옳다고 생각한다."

웅성거리는 드래곤들을 바라보며 차갑게 붉은 입술을 나풀거리는 한 남자.

붉은 머리칼과 오만한 루비 같은 눈동자를 소유한 한 남자가 모임의 중앙에 서서 냉혹하게 입을 열었다.

"레드 족의 고룡이신 이디오스님이시여! 이대로 중간계를 마계의 존재들에게 맡긴다는 것은 신이 부여한 우리의 임무를 위반하는 것입니다. 더군다나 마족들 때문에 우리 위대한 일족 십여 개체가 마나의 품으로 돌아가야 했습니다. 아무리 성룡이 된 일족은 자기의 삶에 대한 모든 것을 홀로 책임을 진다 하지만, 이것은 아니라 사료됩니다."

은빛 머리칼을 허리까지 흩날리며 한 손에는 음유시인의 전용 악기인 하프를 들고 조용히 열변을 토하는 한 남자.

"실버의 어린 아들이여."

"……"

무심하게 드래곤들을 오만한 눈빛으로 바라보고 있던 이디오스가 방금 전 말을 꺼낸 실버 족의 라디오니스를 불렀다.

"말씀하시옵소서, 위대한 레드 족의 수장이시여."

드래곤들 중에서 가장 강력한 무력을 소유한 레드 족. 거기에다가 에이션트 중에서 최고의 연배를 자랑하는 이디오스.

지금껏 과격한 행동을 벌이는 이디오스를 말리던 골드 족의 수장이

자 임시 드래곤 로드였던 시오니온이 마족에게 죽임을 당하였기에 지금 이 자리의 최고 어른은 이디오스였다.

본래 드래곤이라는 족속은 태어나 죽을 때까지 이렇게 한자리에 모이는 경우는 드물었다.

같은 일족의 드래곤이 태어나 성년식을 치를 때나 드래곤 로드와 일족만이 모여 축복을 하여주고, 그 외의 다른 일족과는 거의 불가침의 관계를 이루고 있었다.

그러나 중간계가 위기에 처할 때는 이렇게 모여 회의를 하며 대책을 논의하게 된다.

물론 회의를 주제하는 자는 모든 일족 중에서 가장 연장자가 주관하였다. 그리고 현재 중간계에서 활동하는 드래곤들 중에서 이디오스라는 에이션트 레드 족이 가장 연장자였다.

"천오백 년의 세월이 그리도 길더냐?"

"……."

조용하면서도 차가운 목소리.

순간 모든 드래곤들이 웅성거림을 멈추고 이디오스와 라디오니스를 바라보았다.

주춤주춤.

말이 끝남과 동시에 이디오스의 몸에서 풍겨 나오는 강력하고 진득한 마나의 힘.

라디오니스는 주춤거리며 뒤로 물러나야 했다.

드래곤 일족 중에서 가장 약한 전투력을 가지고 있는 실버 일족의 어린 드래곤이 고룡의 마나를 받아들이는 것은 불가능했다.

"인간은 중간계에서 엘프나 드워프, 그리고 몬스터와 다를 게 없다.

그런 인간들이 내가 태어난 이래로 중간계를 수없이 어지럽히는 것을 보아왔다. 그 가냘픈 욕망을 위하여 신을 찬양하는 척하며 뒤로는 알량한 잇속을 챙겼으며, 이종족을 성욕과 물욕을 위한 도구로 만들어 그들의 이득을 취했다. 또한 그들끼리도 사막의 개미처럼 늘어나는 숫자를 줄이기 위하여 동족의 피를 마시고 살을 발라 지나가는 몬스터에게 먹이로 주었다. 그게 바로 인간이다. 욕망을 위하여 마음속에 마족보다 더한 악마를 키우고 사는 것이! 이 어리석은 실버 일족아!"

쿠쿵!

퍼벅.

"컥……."

이디오스가 뿜어내는 강력한 마나의 일격.

라디오니스가 들고 있던 고색 창연한 하프가 박살나고 창백한 얼굴에 한줄기 핏물을 흘리며 뒤로 튕겨졌다.

일순간 찾아온 정적.

그 누가 있어 이 순간 이디오스를 말린단 말인가.

드래곤들 사이에 내려오는 절대 법칙에 의하여, 중간계에 위기가 찾아온 지금 이 순간 최고 연장자인 이디오스를 따라야만 했다.

그가 미치거나, 아니면 또 다른 연장자가 나타나기 전에는.

"적정한 인간들 숫자가 될 때까지 우리 드래곤들은 침묵을 유지한다. 어린 실버 일족처럼 중간자적인 위치를 망각하고 혼자서 행동하는 어리석은 짓을 벌인다면, 일족의 율법대로 내가 처단할 것이다."

"……."

저마다 가슴속에 할 말이 있었지만 그 누구도 토를 달지 못했다.

율법은 드래곤의 언령처럼 지고지순한 약속.

이 순간 이디오스의 말이 곧 드래곤의 법이었다.

"모두 각자의 레어로 돌아가 명령을 기다려라. 언령으로 레어 방어를 철저히 하고, 마족이 공격할 때는 근처의 일족이 적극적으로 개입하도록. 이 명령은 마족이 중간계에서 사라지는 그날 사라질 것이다."

"언령의 신성한 이름으로 따르옵니다."

한번 내려진 명령에 모든 드래곤들은 고개를 숙이며 이디오스의 명을 받아들였다.

중간계의 냉정한 조율자이자 수호자인 드래곤 최고 고룡의 명이었기에…….

"델피니아디안 스메두하임이 위대하신 마계의 대공이신 알포디미스 슈라포디힘 다이칸스르님을 뵈옵니다."

"알포디미스 슈라포디힘 다이칸스르님을 뵈옵니다."

암흑의 마법진이 발동되며 진한 어둠의 마나가 마계와 중간계를 잇는 통로를 만들어내었다.

그리고 인간들의 피와 공포를 바탕으로 드디어 마계 서열 3위인 알포디미스 슈라포디힘 다이칸스르가 강림하기에 이르렀다.

파스스.

마계의 마나인 어둠의 마나가 마법진에서 낮은 구름처럼 깔리며 팔마이온 왕궁의 대회의장에 묵직하게 깔렸다.

그 마나의 구름 사이로 한 남자가 천천히 나타났다.

짙은 검은 머리는 여인처럼 허리까지 찰랑거렸고, 무엇으로 만들었는지 모를 황금빛 문양이 나뭇가지처럼 피어오르는 검은 망토를 걸친 한 남자.

인간들 나이로 이십대 중반 정도 되어 보였으며, 붉디붉은 입술은 그 어떤 여인보다 아름답고 매혹적이었다.

아름답고 고귀하기까지 한 얼굴만 보면 남자라고 할 수 없지만 망토 사이에 보이는 단단한 가슴과 강인한 육체, 그리고 2샤이에 이를 정도의 커다란 키가 그가 남성임을 나타내었다.

"좋군. 역시 손을 타지 않는 순수함은 치열하게 아름다워."

사라랑.

어둠의 마나 때문에 허공에서 갈팡질팡하는 중간계의 마나를 손가락으로 희롱하며 여인 같은 입술을 나풀거리는 마족.

깊이를 알 수 없는 검은 진주 같은 눈동자와 어울리는 차갑고 맑은 목소리는 왕성에 모인 다른 마족들과는 차원을 달리하였다.

그가 바로 알포디미스 슈라포디힘 다이칸스르, 마계에서 일명 어둠의 대공이라 불리는 마족 중의 마족이었다.

"마왕께서 그대들의 수고를 치하하였다. 모든 것이 순조롭게 되는 그날, 그날이 오면 위대하신 마왕께서 너희들에게 친히 이름을 불러주시리라."

"영광 또 영광이옵니다!"

중간계의 정벌은 마물들과 데스 나이트들에게 맡기고 드래곤 사냥을 하고 있던 마족들.

어차피 정령계와 천족들은 마족들의 중간계 침공에 예전처럼 무관심하였다.

어리석은 드래곤이 다스리고 있는 중간계와는 다르게 그들의 계는 완벽한 존재들이 지배하기에 결코 마족들을 두려워하지 않았다.

"그래, 보고할 것이 있는가?"

뚜벅뚜벅.

허공에 떨고 있는 중간계의 마나를 능욕당하는 여인을 희롱하듯 탐욕하는 어둠의 대공.

"델피니아디안이 어둠의 대공께 간략하게 보고를 드리는 바입니다."

모든 마족들이 감히 고개를 들지도 못한 채 있었다. 마족들 중에서도 서열 10권 안에 드는 자들은 감히 일반 마족들이 눈조차 바라볼 수도 없는 마계의 절대 강자들.

특히 서열 3위부터가 지금이라도 마왕이 될 수 있는 힘과 능력을 가진 최고위 마족이었기에, 어둠의 대공의 몸에서 풍기는 자연스럽고 압도적인 힘에 위축된 것이다.

"델피니아디안이 마나 변태를 이루었구나. 그 정도 힘이면 이번 검은 불꽃 축제 때 상당한 서열 상승이 있겠구나. 후후후, 힘은 아름다운 것이지."

"……."

암흑 대공 알포디미스의 말이 끝나자 대부분의 마족들의 안색이 변하였다.

자신들이 느끼지 못하는 사이 서열 99위인 델피니아디안이 마나 변태를 이루었단다.

문제는 마나 변태가 아니라 그 뒤에 찾아올 서열 변동.

마계에서 단 하나의 서열이라도 그 차이는 엄청난 것.

그러니 모든 마족들의 표정이 변하는 것은 당연하였다.

"모두 다 영원히 꺼지지 않을 어둠의 빛이신 마왕님과 암흑 대공님의 보살핌 덕이옵니다."

어차피 다들 알게 될 것이었기에 델피니아디안의 목소리는 담담하였다.

"그래, 말해보거라."

자유로이 왕궁 회의장을 거닐며 델피니아디안에게서 시선을 거둔 암흑 대공은 다시 중간계의 마나를 희롱하였다.

강력한 어둠의 힘으로 무채색의 마나를 분홍빛으로 만들어 버리고 그 감촉을 즐기는 암흑 대공.

아무것도 모르는 이가 그 모습을 본다면, 정말 순박한 영혼을 가진 청년이라 말할 정도로 순수하고 아름다웠다.

"먼저 중간계의 수호자라 자처하는 드래곤들의 동향을 보고하겠습니다. 저희 마족들이 지금껏 파악한 대로 중간계에는 일곱 종족의 드래곤이 약 백여 개체 정도가 존재하고 있습니다. 그중에서 드래곤 로드인 아리안이라는 레드 족의 고룡은 모습을 감춘 지 이천 년이 되었고, 그 기운을 감지할 수 없는 것으로 보아 마나의 품으로 돌아간 것이라 사료되옵니다. 또한 임시 드래곤 로드를 맡고 있던 골드 일족의 고룡을 갈리마리스님이 마나의 품으로 돌려보내 버렸습니다."

"호오, 에이션트 골드 일족을? 분명 골드 일족의 에이션트라면 시오니온을 말하는 것일 텐데, 갈리마리스의 힘으로 죽였단 말인가? 대단하군."

암흑 대공은 처음으로 눈에 이채를 띠며 갈리마리스를 바라보았다.

"모두 다 대공 전하의 가르침 덕분입니다."

바라보는 눈빛만으로 모든 것이 벌거벗겨진 느낌이 드는 갈리마리스. 황급히 고개를 조아렸다.

"후후후……."

나직한 웃음을 터뜨리며 다시 시선을 돌리는 암흑 대공.

"그 이후로 멋모르고 저희 일족에게 달려들던 어린 드래곤과 웜 급 드래곤 십여 마리를 잡을 수 있었습니다."

자랑스러워하는 델피니아디안.

과거 이천 년 전 마계가 중간계를 침공할 때보다 실적이 좋았기에 당당히 자랑스러워할 수 있었다.

"수고했군. 그 정도면 훌륭해. 그런데 인간들은 조용한가?"

"이렇다 할 특출한 인간은 없었습니다. 다만 카온이라는 자가 인간들 중 가장 강력한 힘을 가졌건만, 어느 날 갑자기 사라졌습니다. 그 이외에는 아무것도 없습니다."

"카온? 후후, 과거 인간계에 나왔을 때 나를 힘들게 만들었던 태양 신의 사제와 이름이 비슷하군. 카온이라……."

과거 각성 전에 힘이 미약할 때 흑마법사의 부름에 잠시 나왔던 인간계. 그 당시 경이로움이 가득한 중간계의 모든 것을 맛보기도 전에 마계로 다시 돌려보내 버린 인간계의 신관이 생각났다.

"카온이란 자는 소드 마스터이지만 신관은 아니옵니다. 너무 염려하실 일이 아니옵니다."

"후후후, 염려라……. 이천 년 전 폴라온이라는 인간이 다시 나타나도 지금 상황에서는 어림없지. 하하하, 하하하!"

파바방!

"크윽!"

강력한 웃음소리와 함께 대전에 도열하고 있던 마족들 모두가 귀로 파고드는 강력한 어둠의 마나에 신음을 흘렸다.

감히 대적하거나 상상할 수도 없는 강력한 힘.

웃음소리만으로 모든 마족들은 그 앞에 굴복하였다.

암흑 대공 알포디미스 슈라포디힘 다이칸스르. 마계의 위대한 어둠의 군왕의 중간계의 재림은 이렇게 시작되었다.

"이대로 북대륙이 멸망의 길로 향하는 것을 가만히 보고만 계실 것이옵니까? 마족과 마물들이 원하는 것은 중간계의 마계로의 종속입니다. 그러한 그들이 결코 중간계의 생명체들을 살려두지 않을 것임을 이곳에 계시는 모든 분들이 알고 있는 사실이 아닙니까!"

제이니스 제국을 오르만 평야에서 몰아내고 승리의 자축을 즐기던 페스탄 왕국.

갑작스럽게 북대륙에 출몰한 마물들의 소식에 기겁하였건만, 놀랄 사이도 없이 북대륙의 두 왕국과 아달톤 제국의 멸망 소식이 들려왔다.

그리고 지금, 파오니아 왕국의 외무 대신인 로이몽 백작이 지원군 파견을 요청하고 있었다.

"로이몽 백작, 그대의 말은 잘 알겠소. 하지만 본 왕국도 제국과의 일전이 결한 지 얼마 되지 않아 전력이 남아 있지 않소. 당장 소수의 마물들이라도 본 왕국에 나타난다면, 방어할 수 있는 소울 가드 기사들의 수가 턱없이 부족할 판국이오. 그런 상황에서 파견할 소울 가드 기사들은 존재하지 않소."

로미몽 백작의 말에 얼굴이 붉어지며 지금 왕국의 상황을 해명하는 게레로 국왕.

그도 마음 같아서는 왕국의 전력을 모아 북대륙으로 보내주고 싶었다. 그러나 지금 페스탄 왕국에 남아 있는 고급 전력들은 정말 얼마 없었다.

제국과의 지루한 전쟁 속에서 왕국 전력이 최저점으로 떨어진 상태였다.

"폐하, 북대륙이 살아야 남대륙도 살 수 있습니다. 아니, 두 대륙의 모든 인간들의 힘을 합쳐도 마물들을 막아낼 수 있을지 장담할 수 없습니다. 더군다나 아직 마족들은 등장하지도 않았습니다. 이때라도 전력을 끌어모아 마계에 대항해야 합니다! 폐하, 통촉하여 주시옵소서!"

피를 끓는 열변을 토하는 로이몽 백작은 국왕을 비롯한 중요 귀족들을 바라보았다.

그렇지만 페스탄 왕국 회의장에 모인 그 누구도 로이몽 백작과 눈을 마주치지 못하였다.

동맹국이라 하지만 지금 상황은 동맹국의 의리로 해결될 문제가 아니었다.

마족과 마물들이었다.

그 이름만으로도 공포에 젖게 만드는 마계를 상대로 어찌 먼저 나서서 검을 들고 싶겠는가.

"로이몽 백작, 어쩔 수 없는 상황임을 그대도 알지 않소. 다행히 각 신전들이 발 빠르게 움직이며 신전 기사단을 만들고 있다 하니, 그것을 기다리는 편이 좋을 것이오."

로이몽 백작의 열변에 안타까운 목소리로 대답해 주는 샬페인 공작.

"휴우……. 신전의 힘으로는 아니 됩니다. 모든 인간들의 힘을 모아 본 왕국에 침공 중인 마물들을 막을 수 있을지조차 장담할 수 없는 상황입니다. 그런데……."

말을 하다 답답함을 느낀 로이몽 백작.

그의 머리 속에는 이 순간 한 남자의 영상이 강하게 떠올랐다.

'후작 각하! 어디에 계십니까……!'

모두 다 불가능할 것이라는 제국 연합군과의 전쟁에서 승리를 일구어내고 왕국에 평화를 가져온 한 남자. 아드리안느 공주를 위해서 서슴없이 검을 뽑던 카온 후작이 이 순간 떠올랐다.

오직 그만이 모든 것을 해결할 수 있을 것 같았다.

연약하기 그지없는 인간들과 달리 몸소 모든 것을 보여주던 그만이 이 난국을 해결할 수 있으리라 믿어 의심치 않았다.

"현명하신 국왕 폐하! 신 앙시온과 홍염의 기사단을 파오니아 왕국으로 파견하여 주시옵소서!"

절망에 빠져 있던 로이몽 백작과 안타깝지만 두려움에 몸을 사리던 귀족들의 귀로 앙시온 백작의 목소리가 낭랑하게 들렸다.

"앙시온 백작! 그게 무슨 말인가? 그 위험한 곳에 파견해 달라니……?"

갑작스러운 앙시온 백작의 말에 게레로 국왕은 놀라 물었다.

"기사로 태어나 생명의 은혜를 입은 자에게 그 목숨을 돌려주는 것은 당연한 것. 본 왕국과 소신, 그리고 소신의 기사단의 목숨을 살려준 카온 후작에게 지금이 보답할 때라 생각합니다. 폐하, 기사의 검은 정의와 진실, 그리고 사랑을 위하여 드는 것이라 배웠습니다. 저에게 정의의 검을 들 영광을 허락하여 주시옵소서!"

쿵!

기사도를 논하며 무릎을 꿇은 앙시온 백작.

그 모습에 회의장에 있던 모든 기사 작위를 가진 자들의 얼굴이 붉어졌다.

앙시온 백작의 굳은 결심이 회의장에 무겁게 풍겨졌고, 그런 앙시온 백작을 멍하니 바라보던 게레로 국왕이 한숨을 쉬었다.

"휴우, 그대의 뜻이 그러하다면 허락하겠소. 앙시온 백작의 기사도에 신의 축복이 함께하기를 기원하겠소."

어차피 늦거나 빠르거나의 차이뿐.

북대륙 다음에는 남대륙이었고, 이대로 앉아서 당할 수만은 없었다. 더욱이 기사도를 논하며 영광스러운 죽음을 청하는 기사의 청은 젊은 국왕의 가슴을 파랗게 물들였다.

"폐하의 기원을 붙잡아 마물들을 물리치고 영광의 승리를 안고 반드시 돌아오겠나이다."

"그리하시오, 앙시온 백작! 그대와 홍염의 기사단은 본 왕국의 정신과 같은 기상임을 잊지 마시오!"

"폐하의 그 크신 사랑에 소신, 목숨을 다하여 충성을 다하겠나이다."

갑작스러운 앙시온 백작의 참전 결정에 모든 것이 일사천리로 이루어졌다.

그 정도로 조금도 머뭇거릴 수 없는 긴박한 상황.

'페스탄 왕국이 이 정도인데 메켈란 왕국은 볼 것도 없겠군.'

앙시온 백작과 홍염의 기사단만의 합류로 어느 정도 성과를 거두었지만, 다음 왕국인 메켈란 왕국에서 무언가를 기대하기는 그리 쉽지 않으리라 생각하는 로이몽 백작.

시시각각 보고되는 마물들의 이동 속도로 보건대, 내일 저녁쯤이면 파오니아 왕성에 마물들이 다다를 것이 분명하였다.

이제 인간의 힘으로 할 수 있는 것은 모두 다 하였다.

남아 있는 한 가지가 있다면, 그것은 인간을 긍휼히 여기는 신의 지극한 은총만을 바랄 뿐이었다.

제96장

아리안의 선물

FREE KNIght

번쩍번쩍!

10샤이 지름의 거대한 마법진 속에 또 다른 원을 가진 황금빛 룬어의 마법진이 빛을 발하고 있었다.

그리고 그 마법진 위에 한 남자가 죽은 듯이 누워 있었다.

마법진에서 형성된 마나의 반발력으로 허공 1샤이 높이에서 아무것도 걸치지 않은, 순수한 육신의 모습으로 눈을 감고 있는 남자.

기다란 흑발이 허공으로 길게 퍼져 있었고, 온몸에 난 자잘한 상처들이 쉽지 않은 인생을 살아온 자임을 알려주었다.

더군다나 무엇으로 가격당했는지, 등판에 남아 있는 흉터는 다른 상처보다 깊고 길었다.

하지만 죽어 있는 생명체가 아니라는 것을 보여주듯 남자의 가슴이 미약하게 움직였다.

따라랑, 따랑.

죽은 듯 누워 있는 남자 주변으로 세상의 것이 아닌 듯한 천상의 하프 소리가 맴돌았다.

"라라라~ 라라~ 라라라……."

하프 소리에 이어 사람의 영혼을 울리는 가냘프고 성스러운 목소리가 공간에 울려갔다.

"라라~ 라라라~ 라라라……."

그렇게 얼마간 동안 성스러운 하모니가 하프 소리와 어울리며 허공에서 춤을 추었던가.

한 여인이 하프를 들고 천천히 마법진 주위로 다가왔다.

석양이 지는 진한 여름 노을처럼 붉디붉은 머리칼이 무릎까지 흘러내리고, 온몸에서 신의 가호를 받는 성스러운 오라를 풍기며 마법진 위에 놓인 남자를 바라보는 여인.

드래곤들 사이에서 잊혀져 가고 있는 아리안이란 이름을 가진 레드족의 최고룡이 하늘의 별과 같이 빛나는 눈빛으로 남자를 바라보고 있었다.

"오늘을 사랑하는 자여, 신은 이 순간을 위하여 당신을 오늘에 살게 하였습니다. 드래곤이나 인간이나 마족이나 세상의 모든 것들은 서로의 주어진 인연의 법칙에 따라 흐르는 시간 속의 신의 의지들. 오늘 당신을 위해 안배한 신의 뜻을 이제 펼치겠습니다……."

아리안의 아름다운 붉은 입술이 열리며 알 수 없는 주문 같은 언어가 흘러나왔다. 신비로운 여인의 굴곡을 은은히 비치는 하얀 드레스를 입고서.

그런 그녀를 축복하는 신의 의지가 그녀의 오라를 더욱 진하게 빛나게 하였다.

"타이미르, 이제 다시 당신의 시간이 왔군요. 신의 뜻에 의하여, 준비된 자를 위하여 온 마나와 정신을 허락한 당신에게 새로운 생명을 드리겠습니다."

잠자는 남자를 바라보며 입을 여는 아리안의 발밑에는 과거 폴라온 대제의 유물인 소울 가드가 힘없이 놓여 있었다.

─아리안, 신의 모든 것이 결국은 인간에게 향하고 있음을 깨달았을 때 나는 신께 분노하였다. 중간계 최고의 존재라는 우리들이었지만, 그것은 커다란 이면의 본질을 흐리기 위한 신의 속임수였다. 모든 강물의 끝은 결국 인간에게 흐르는…….

폴라온 대제의 소울 가드, 아니, 이제는 묵호라는 이름으로 불리는 지상 최고의 소울 가드가 아리안과 대화를 하였다.

과거 폴라온 대제에게 드래곤 하트를 제공하였던 블랙 드래곤 최고의 고룡이었던 타이미르라는 또 다른 이름을 가진 존재가.

"호호호. 타이미르, 그래서 복수한다는 방법이 그것이었나요? 신의 뜻이 그러하다면 모든 것을 버리고 신의 도구가 되겠다고 보란듯이 복수한 것이 소울 가드 속에 영혼을 속박하는 것이라니……."

오직 이 세상에서 신과 아리안, 그리고 그 자신만이 아는 블랙 드래곤 타이미르의 신에 대한 복수.

─호호호, 어느 정도 성과를 거두었지. 어차피 끝없이 돌고 도는 인간 세상의 수레바퀴에서 이렇게 가끔 나와서 신의 도구를 자처하는 것도 나쁘지 않아. 어차피 아리안, 당신도 신의 뜻을 깨닫고 어울리지도 않는 신관이 된 것이 아닌가.

"호호호, 그럼 저도 신에 대한 복수심에 이렇게 신관이 되었다는 것인가요? 타이미르, 지나친 비약은 신실한 주신의 종인 저에게 실례입니다."

─모두 다 자기의 선택대로 되는 것이지. 그게 그 무엇이라도 의지를 품는 순간 형상이 되는 것……. 그대의 뜻대로 하시오. 아리안, 그게 신의 뜻일 터이니…….

"……."

소울 가드에 자기 영혼을 속박한 타이미르의 말에 아리안은 아무 말도 없이 잠자는 남자를 가만히 바라보았다.

처음 이곳에 나타날 때 자기를 바람의 카온이라 말하며 신의 뜻으로 나타난 저 남자. 인간이건만 정신체인 드래곤보다 더 강한 신념으로 똘똘 뭉쳐 있던 신의 안배자가 지금 이곳에 누워 아리안을 기다리고 있었다.

타이미르가 말한 신에 대한 이중적인 복수심이 아닌, 버리면 얻는다는 지극한 깨달음을 위한 순결한 희생의 순간을 기다리며 말이다.

"사라지는 것이 사라지는 것이 아니라 또 다른 나를 찾아 떠나는 여행임을 신께서 가르쳐 주었지요. 내가 오늘은 드래곤의 삶을 살아가는 존재지만, 다음 여행 때는 하루를 살더라도 벅찬 가슴을 안고 사는 인간으로 살기를 기원합니다. 신이시여, 영원을 하루처럼 살 수 있는 은혜를 허락하심을 감사드리며, 이 부족한 종은 당신의 의지대로 또 다른 형상이 될 것입니다. 이제 그 뜻대로 하시옵소서……."

하프를 들고 천장을 바라보며 신께 기원하는 아리안.

파앗!

그녀의 진심이 신께 통하였던가. 투명한 오러가 아리안의 머리 부근에서 빛나더니 온몸으로 퍼져 나갔다.

"바람의 카온이라는 이름을 가진 그대여, 그 바람이 멈추는 그날까지 지금 이 순간을 사랑하는 마음이 변치 말기를……."

뚜벅뚜벅.

바람의 카온을 바라보며 천천히 마법진 사이로 걸어 들어가는 아리안.

파바밧!

마나의 친구인 아리안이 마법진 사이로 들어가자 마법진에 휘돌던 마나들이 아리안의 몸에 부딪치며 빛으로 화하였다.

파파바바밧!

붉은색, 파란색, 검은색, 노랑색…… 온갖 마나들이 축제에 참가한 듯 형형색색의 자신만의 언어들로 아리안에게 이야기를 하기 시작했다.

'아름다웠다. 마나들이여…….'

처음 드래곤의 존재로 운명지어져 태어나던 날 처음으로 보았던 것은 어머니 아키리온도, 눈이 부시는 태양도 아니었다.

드래곤의 강철 같은 피부라 하기에는 너무나 연약한 피부 위로 느껴지는 부드러운 사랑의 밀어 같은 느낌들, 그리고 온갖 색상의 마나의 축제 빛깔들.

지금 그 어릴 때 보았던 마나의 모든 것들이 느껴지고 보여졌다.

주르륵.

새로운 여행을 떠남에도 불구하고 아직 남아 있는 이생의 것들이 아쉬워서일까, 아리안의 눈에서는 투명한 보석이 하얀 뺨을 타고 흘러내렸다.

─잘가라. 다음에 또 보자구. 내가 너의 영혼의 색을 기억할 것이
니…….

팟!

카온이 누워 있는 마법진으로 아리안이 다가가는 순간, 강렬한 빛이
잃어버린 신전 안을 빛만으로 녹여 버릴 듯 휘몰아쳤다.

"라라라……."

빛 속에서 들려오는 낮은 하모니.

어느 순간 빛으로 화한 하모니는 마나의 흐름을 타고 또 하나의 마
나로 사라져 갔다.

화르르르.

이중의 마법진 중앙에 위치한 마법진 사이로 마나의 불길이 집중되
었다.

거대한 붉은 불길 같은 마나가 마법진에 몰려들었고, 중심에 누워
있던 카온의 주위에서 맹렬히 타올랐다.

아니, 타올랐다기보다는 점점 더 붉은 마나들이 응집되며 카온을 마
법진 위의 허공으로 높이 띄웠다.

그리고 카온의 육신이 타오르기 시작했다.

레드 족 아리안의 육체를 유지하고 있던 거대한 용암 같은 마나가
드래곤 하트에서 빠져나와 카온에게 스며들었다.

인간이 감히 흡수할 수도 없는 거대한 에이션트 드래곤의 드래곤 하
트가 순수한 마나로 변환되어 새로운 주인을 찾아 스며들고 있었다.

화르르르.

레드 일족의 마나답게 붉디붉은 정열을 가득 담은 마나들이 카온의

몸에 적극적으로 스며들었다. 그전 주인이었던 아리안의 마지막 명을 실행하는 순간이었다.

그렇게 마나들이 미친 듯 카온의 껍질을 태우고 요동쳐 흐르는 순간, 마법진의 룬어들은 가장 강력한 빛을 발하였다.

그리고 시간이 흘렀다.

단시간에 아리안의 드래곤 하트가 카온에게 흡수될 수는 없기에 시간은 끊임없이 흘러갔다.

'크윽!'

갑자기 가슴 부근에 불길을 삼켜 버린 듯한 뜨거운 충격이 느껴졌다.

'탈 거 같아……. 으아아!'

난생처음 당해보는 낯선 고통.

이디오스라는 드래곤에게 정통으로 등판을 얻어맞은 고통보다 더 강렬하고 진한 고통이 심장에서 시작하여 온 전신을 휘감고 돌았다.

'크윽!'

입을 벌릴 수도 없는 고통에 이를 강하게 깨물고 정신을 집중하였다.

차라리 죽음이 더 나을 거 같은 지독한 고통에서 벗어날 방법을 찾아야 했다.

그 순간 생각나는 단 하나,

'태극혼원기공!'

태극혼원기공을 생각하자 생각은 의지가 되었고, 곧 단전에서 태극의 기운들이 흐르기 시작했다.

세상의 가장 순수한 기운인 음과 양의 모든 것인 태극.

태극의 기운들이 단전에서 시작하여 온몸의 기경팔맥을 흐르기 시작하자 뜨거움이 차가운 것으로 변환되었다.

'가, 감당할 수 없어……'

하지만 그것도 잠시뿐, 태극의 기운조차 태워 버릴 것 같은 순수한 뜨거움이 태극혼원기공을 이겨내며 더욱 나를 태워갔다. 아니, 태극혼원기공의 흐름에 편승한 알 수 없는 뜨거움은 모든 혈도들에 참을 수 없는 고통을 가하였다.

'이길 수 없어……. 크윽!'

한 번 발동한 태극혼원기공을 멈출 수도 없었다. 어느새 통제를 벗어난 태극의 기운들이 뜨거운 기운과 함께 내 모든 육신과 영혼을 점령해 갔다.

잠시 후면 고통에 일그러지기 일보 직전인 의식마저 뜨거움에 잠식당할 것만 같았다.

'난 할 수 있어! 반드시! 크으으!'

영혼이 덜덜 떨리는 고통 속에서도 한 여인의 모습이 나를 붙잡았다. 저 뜨거움에 온몸을 내맡겨 빨리 죽고만 싶은 지경이건만, 한 여인의 슬퍼할 모습이 나의 의지를 붙잡았다.

'아드리안느…… 내 여인아……'

지킴의 약속을 위하여 다시 태어난 영혼.

다시 지키지 못한 자의 처참함을 맛보지 않기 위하여 고통 속에서 이를 악물었다.

나는 남자다.

약속의 소중함을 그 무엇보다 소중하게 생각하는.

스스스.

살고자 하는 욕망보다 약속을 지키고자 하는 열망이 강해지자 갑자기 온몸을 태울 것 같은 뜨거움이 서서히 식어갔다.

쿠르르.

아니, 뜨거운 기운들이 더욱 활발하게 태극혼원기공의 운기법에 따라 온몸의 혈도를 휘젓고 다녔지만 죽을 것 같던 뜨거운 기운들이 식혀져 갔다.

'응!'

그렇게 얼마간 흐르는 기운들을 그냥 바라보았다. 어떻게 통제할 수 있는 것들이 아니었기에 제멋대로 흐르는 기운들을 가만히 바라보기를 얼마쯤 했을까, 요동치는 기운들 사이에서 새로운 기운이 감지되었다.

뜨거운 기운들과 아무런 거스름 없이 섞여드는, 낯설면서도 낯익은 기운들.

'규, 규화대보록!!'

그러했다.

내가 위급할 때나 무의식적으로 나타나 위기에서 구해주던 규화대보록상의 기운이 태극혼원기공과 알지 못하는 뜨거운 기운들 속에 자리를 잡기 시작했다.

마치 처음부터 그들과 친구라도 된 듯이 규화대보록의 기운들은 스스럼없이 그들 기운 사이에 스며들더니 어느새 주도적인 역할을 맡았다.

우르르릉!

'헉……!'

태극혼원기공의 기공법에 따라 운행이 되던 규화대보록의 기운이 다른 기운들을 흡수하더니 이제 자기의 의지대로 흐름을 바꾸었다.

그 순간 느껴지는 강력한 기운.

과거에도, 아니, 꿈에서도 상상할 수 없었던 강력한 기운이 단전을 휘몰아쳐 어설프게 깨달아 사용하고 있던 중단전 속을 가득 채우기 시작했다.

그렇게 채운다 싶더니 중단전의 그 넓은 곳을 어느새 가득 메우고는 더 위로 치솟았다.

'말도 안 돼……'

무의식과 의식의 경계에서 시시각각 느껴지는 기운들의 변화. 전혀 예측할 수 없는 그들의 변화무쌍에 지켜보는 순간 순간이 놀람의 연속이었다.

퍼버벅!

'크으윽……'

그러나 그것도 잠시, 이미 어릴 때 벌모세수를 받아 혈도의 튼튼함이 말할 수 없는 동시에 임독양맥이 뚫려 있는 내 몸이었다. 그런데도 그 엄청난 기운들에 의하여 혈도들이 비명을 지르며 다시 확장되었다.

좁은 개울을 지나는 폭우에 의한 격랑처럼 서로 앞 다투어 달려나가는 기운들.

콰광!

뚫려 있는 임독양맥이 엄청난 굉음을 머리 속에 남기며 다시 꿰뚫렸다.

일찍이 들어보지 못한 괴사.

쿠르르르.

임독양맥을 갈가리 찢어버리며 다시 머리 위로 치솟는 기운들. 막을 수가 없었다.

'안 돼!!'

뜨거움에 이어 엄청난 기운들이 혈도를 따라 돌아다니며 날뛰고 있었다.

쿠구궁!

임독양맥을 뚫고, 이어서 머리 속의 혈도들 속에 파고드는 기운들. 거침이 없었다.

쿵!

예전 깨달음이 부족하여 뚫지 못하였던 백회혈을 향해 기운들이 강하게 부딪쳐 갔다.

'크윽!'

천 개의 종이 머리 위에서 울리는 듯한 충격.

그나마 잡고 있던 의식의 끈을 놓칠 것만 같았다.

화르르르, 콰과광!

어느 순간 머리 속을 활활 태우며 들이치는 강력한 기운에 의식의 끈을 놓았다.

인간이 버틸 수 있는 한계를 넘어선 엄청난 충격.

'아… 드리안느……'

마지막으로 아드리안느를 부르며 모든 것이 하얗게 타버렸다. 아무 것도 남기지 않고…….

버번쩍!

윙— 윙— 윙!

아리안이 설치한 마나 전이 마법진 위로 드래곤의 강대한 마나들이 춤을 추었다.

에이션트 드래곤의 드래곤 하트가 마법진 위에서 끊임없이 휘몰아 치며 카온의 몸속으로 들어갔다 나왔다를 반복하였다.

처음에는 마법진 위의 드래곤 하트의 마나들이 카온의 몸속으로 모두 빨려들어 갈 듯 몰아치더니, 어느 순간 다시 밖으로 나왔다.

마나들이 전신 호흡을 하는 카온의 전신 모공으로 스며들어 온몸을 휘돌다 마지막에는 백회혈로 빠져나와 다시 온몸으로 흡수되기를 반복 하였다.

스스스.

그렇게 얼마쯤의 시간이 흘렀을까.

수없이 아리안의 마나가 흡수되고 빠져나오기를 반복하더니 카온의 몸이 허공으로 떠올랐다.

이미 강대한 마나에 의하여 실오라기 하나 걸치지 않은 알몸으로 변한 카온의 몸에 투명하지만 그 투명함이 농축되어 우윳빛으로 변한 마나들이 휘돌았다.

자기들이 새로이 틀 육체를 살피기라도 하듯 그렇게 마나들은 카온의 몸을 관찰했다.

우두둑, 우두둑.

그렇게 시간이 또 흘렀고, 이번에는 카온의 몸이 우두둑 소리를 내며 탈골하기 시작했다.

스르르르.

얼마쯤 하였을까. 아무런 감각이 없는 카온의 몸이 이번에는 뱀이 허물을 벗듯 가죽이 벗겨지기 시작했다.

한 번, 두 번, 세 번…….

껍질이 벗겨진 곳에 새살이 돋는가 싶더니 무려 아홉 번이나 새로운 껍질이 벗겨지기를 반복했다.

쏴아아—

그렇게 껍질이 벗겨지고 얼마쯤 지났을까. 카온의 모습이 만족스러운 듯이 그 주변을 어루만지던 마나들이 카온의 백회혈로 빠져나오며 신기한 꽃 모양을 만들어내었다.

한 송이, 두 송이, 세 송이…….

우윳빛의 투명한 꽃송이들은 인간 세상에서 맡을 수 없는 진한 청량한 향기를 뿜어내며 아홉 송이의 꽃을 만들어내었다.

어느새 마법진 위의 아리안의 모든 마나들이 카온의 몸과 동화가 되어 호흡을 따라 움직이고 있는 것이다.

"으으음……."

그리고 한참의 시간이 더 흘러 편하게 숨을 쉬고 있던 카온의 입에서 미약한 신음이 흘러나왔다.

주루룩.

눈물이 흘렀다.

어머니의 뱃속에서 모든 기억을 가지고 세상으로 나온 기분이 이런 것이던가.

기나긴 꿈속에서 많은 이야기를 들었고, 보았다.

마나가 속삭여 주는 인간들이 알지 못하는 수많은 기쁨들.

'아리안…….'

한 존재의 고귀한 희생을 알게 되었다.

고통에 몸부림치다 기절하였고, 어느 순간 그 고통의 바다에서 아리안이 나타났다. 그리고 시작되는 아리안의 이야기.

신의 사랑과 모든 우주를 구성하는 마나의 이야기들.

애써 구분하고 그것을 얻으려 하는 부질없는 것들 속의 미망에서 아리안은 깨달음을 주었다.

무당의 스승님께서 말하던 자연스러움이라는 것을 이제야 알았다.

'모든 것은 본래 그러하였다……'

거스를 것도 없고, 소망할 것도 없다.

바라보는 그곳에 내가 있었고, 내 의지가 형상이 되어 나타났기에.

"아……."

눈을 뜨지 않고도 모든 것이 보였다.

허공에 떠 있는 내 모습과 마법진 밖에서 나를 바라보는 두 존재의 생생한 기운을.

'묵호, 묵룡……'

하나가 되어 있었다.

숨쉬는 마나들과 느끼는 마나들, 그리고 나를 바라보며 의지를 보내는 묵호와 묵룡이 내 안에서 하나가 되었다.

"스승님… 그리고 아리안…… 모두 다 고맙습니다."

지금의 나를 존재하게 만들어준 거대한 인연들.

진심으로 감사함이 내 가슴을 가득 채웠다.

"묵호! 묵룡! 보고 싶었다!"

팟!

10샤이 정도에 떨어져 있던 내 영혼의 반쪽.

부름이 일자 허공을 날아 묵룡이 오른손에 잡혔다. 동시에 묵호도 왼손에 들렸다.

—마스터, 축하드립니다.

이미 한 몸이 된 묵호가 축하를 보내왔다.

"모든 것들이 나를 사랑해 준 덕분이지. 고맙다, 묵호."

—별말씀을 다 하십니다. 신의 의지가 마스터에게 있을 뿐입니다.

위이이잉—

묵호의 말이 끝나기가 무섭게 묵룡이 내 손에서 울었다.

사랑하는 여인을 오랜만에 다시 찾은 듯 애절한 울음을 짓는 묵룡.

스르륵.

묵룡의 검은 검신을 뺨에 부드럽게 비볐다.

"언제나 너와 함께할 것이야. 내 의지가 다하는 그날까지, 내 바람이 멈추는 그곳까지……. 너는 내 운명이다."

위이잉—

나의 사랑 고백에 부드럽게 뺨을 울리며 가릉거리는 묵룡.

—마스터, 이제 저를 착용해 주십시오. 오랜만에 느껴지는 강맹한 마나에 심장이 터질 것 같습니다.

심장이 존재하지도 않으면서 인간의 감정을 나타내는 묵호.

'드래곤의 운명을 벗고서 찾은 것이 에고 소드가 되어 인간의 감정을 맛보는 거였나. 후후, 선택에 후회가 없다면 그것이 행복이지.'

꿈속에서 아리안이 많은 이야기를 들려주었다. 아리안이 나에게 모든 것을 넘겨주고 새로운 창조를 위하여 마나로 돌아가야 하는 이야기를 비롯하여, 이 대륙의 창조와 신의 의지, 그리고 묵호와 묵룡에 얽혀 있는 신의 안배까지. 물론 아리안이 가지고 있던 마법을 비롯한 무수한 지식들도 함께 전수받았다.

드래곤이 펼치는 기억 전이 마법을 감당할 수 있는 능력을 가진 나였기에.

스륵.

묵호를 허리에 착용하였다.

이미 아리안이 나에게 남겨준 무한에 가까운 마나가 온몸에 흘러넘쳤다. 하단전을 비롯한 중단전, 거기에 깨달음이 부족하여 사용할 수도 없는 상단전까지 개방되었다.

'언령의 힘이 상단전의 힘이라니……'

드래곤의 브레스와 함께 가장 강력한 무기 중 하나인 언령.

마나의 조종이라는 드래곤이 펼치는 언령의 힘은 곧 의지의 발현을 의미하였다.

의지가 곧 마법이 되는 깨달음을 얻은 존재들의 마법. 그것은 무림에서 말하는 상단전을 깨달아 천지가 교통하는 힘을 가진 자가 펼치는 의지의 무학이었다.

—마스터, 어서 마나를 넣어주십시오! 크으으으, 심장이 터질 것 같습니다.

예전같이 묵호가 마음대로 내공을 사용할 수 없었다. 내가 허락하지 않는 한 결코 사용할 수 없는 절대 의지의 힘으로 화한 나의 힘이었기에.

"후후후……."

긴장되기는 나도 마찬가지였다.

뽀얗게 변한 피부를 보건대 환골탈태를 한 것 같았고, 감히 무서워서 꺼내지도 못하는 미증유의 거대한 내공은 생각만으로도 꿈틀거렸다.

콰르르르!

'헉!'

허리에 착용된 묵호에 하단전의 내공을 살며시 불어넣었다. 순간 기다렸다는 듯이 거침없이 묵호를 향해 몰려드는 엄청난 내공.

과거에는 감히 조종할 수도 없는 내공이 나의 의지를 담아 묵호를 향해 엄청나게 빠른 속도로 빨려 들어갔다.

—으악! 마스터!

파바밧!

기대했던 것보다도 더 강력한 내공의 힘에 비명을 지르는 묵호. 그 비명이 끝나기도 전에 알몸의 몸 위로 빛과 함께 묵호가 착용되었다.

검정, 파랑, 붉음이 연달아 터지며 묵호의 본체는 각양각색의 색들로 연달아 바뀌었다.

—마, 마스터, 살려주세요! 이제 많이 먹었다고요. 크아아!

머리 속을 울리는 묵호의 외침. 그러나 결코 멈출 수 없었다. 과거 아리안의 마나들이 묵호에게 원수라도 진 듯 묵호의 마나석으로 무지막지한 힘을 싣고 달려들었다.

'후후후. 한번 당해봐라, 묵호.'

과거 나를 오크 꼬리만 한 마나를 가진 존재라 한심스럽게 느끼던 묵호에게 복수심이 일었다.

다른 소울 가드와는 달리 이미 검은색만으로도 천하에 두려울 것이 없던 묵호.

그런데 변화를 하더니 순식간에 검은색 본체에서 파란색으로 화하더니 이내 붉은빛에 휩싸이며 비명을 질렀다.

—마스터, 진정 저를 죽이실 작정이십니까!

"마나를 먹고 죽으면 빛깔도 좋다고 하더라고. 배불리 먹어. 나의 사랑이야, 묵호."

―크아아!

빈정거리는 대답에 비명을 연신 질러대는 묵호.

파바밧!

'이건!'

그러던 어느 순간 하단전의 내공이 거의 다 빠져나갈 무렵, 묵호의 붉은 본체에서 강렬한 빛이 터졌다.

지금껏 경험하지 못한 강렬한 빛.

태극의 순수한 미소 같은 선홍빛 빛깔들이 묵호의 본체에서 일어나 신전 안을 가득 비췄다.

차락, 차라락.

그리고 묵호의 본체가 변하기 시작했다.

지금껏 내가 알던 소울 가드의 모습과는 확연히 다른 묵호의 변신.

조금은 거칠어 보이던 소울 가드의 표면이 시리고 맑은 겨울 호수의 얼음처럼 매끄러워졌고, 매끄러운 표면에서 사람의 피가 태양 빛에 반사되는 붉은 선홍빛으로 빛났다.

거기에다가 머리를 울리는 묵호의 달라진 목소리.

―마스터, 싱크로율 완벽, 마법 방어력 9써클 방어력 완성, 물리적 방어력 완벽. 마스터의 진정한 강림을 감축합니다. 마스터의 뜻대로 하시옵소서!

'혁……! 9, 9써클!!'

드래곤, 마족과 같은 상위 종족에게만 가능한 신의 축복인 9써클 마법. 그런데 지금 묵호가 그런 9써클 마법을 방어할 수 있다 하였다.

찌르르.

더군다나 묵호와 한 몸이 되면서 느껴지는 미증유의 거력.

손짓만으로 산을 날릴 수 있을 것 같았고, 발을 박차는 순간 하늘을 나는 한 마리 독수리가 될 것 같았으며, 눈빛만으로 무엇인가를 부술 수 있는 힘이 느껴졌다.

머리끝부터 발끝까지 찌릿하게 흐르는 전율이었다.

윙윙—

손에 들린 묵룡도 가볍게 떨었다.

'파멸의 검, 신들의 전쟁으로 인해 만들어진 모든 신들의 힘의 결정체. 이곳에 창조와 소멸의 힘이 들어 있다 하였지……'

드워프 촌장에게 들었던 파멸의 검에 대한 구체적 이야기를 아리안의 전이 마법으로 알게 되었다.

내가 왜 이 아르칸 대륙으로 차원 이동을 할 수 있었는지, 그 원인을 이제야 알았다.

신의 안배이기도 하면서 묵룡이 가지고 있는, 그 넘치는 파멸적 힘이 나를 이 차원으로 이동시킨 것이다.

'기다려라, 이디오스. 받은 대로 돌려주마.'

이디오스 덕분에 과거 폴라온 대제가 소유한 능력보다 더한 힘을 보유했지만, 그로 인하여 아리안을 잃었다.

비록 어딘가에 다시 마나의 존재로 태어날 것이지만, 지금 이 순간 내가 느낄 수 있는 존재는 사라졌다.

더군다나 중간계를 수호해야 할 드래곤의 위치를 망각한 자. 단지 유희를 위하여 나를 희롱한 죄는 묵룡의 차가운 검신으로 물을 것이다.

"묵호, 이제 모든 마법을 사용할 수 있는 것인가?"

—마스터, 이제 그 어느 곳에도 마스터를 거스를 수 있는 존재는 없

습니다. 마스터의 뜻이 곧 법이옵니다.

"묵호, 아공간을 만들어라."

―명을 받드옵니다.

수다쟁이 에고 소울 가드에서 완벽하게 나의 명을 받는 존재로 변한 묵호.

명이 내려지자 단전에서 미약하게 내공이 빠져나갔다.

과거에 내가 소유한 내공보다 훨씬 많은 내공이건만 이제는 단전에 미미한 흔들림을 줄 정도의 양이었다.

'깨달음도 중요하지만 동시에 중요한 것은 물질이다. 정신과 물질이 완벽하게 조화를 이루는 것이야말로 그것이 진정한 힘이자 법인 것이다.'

물질도 정신도 돌고 돌면 결국은 하나. 태극의 음과 양의 기운도 결국은 돌고 돌다 보면 하나인 것을, 억지스러운 인간의 상상력으로 그것을 담으려 하였다.

버려야 얻는 진정한 깨달음을 알지 못하고서.

―마스터, 아공간을 만들었습니다.

"이곳에 담긴 소울 가드들과 신의 성물들을 모두 아공간으로 이동시켜라."

―명을 받드옵니다.

과거에는 인간을 오만하게 알던 블랙 드래곤의 고룡이 지금은 나의 명을 받는 에고 소울 가드가 되어 있었다.

인간에게 향한 무한한 신의 사랑을 알고 스스로 신의 종이 되기를 자처한 존재인 묵호.

거스름없이 나의 명을 따랐다.

팟!

신전 가득히 널려 있던 마도 시대의 소울 가드들과 각 신전에서 잃어버린 성물들이 순식간에 이동 마법을 통하여 아공간으로 이동되었다.

'내가 힘이 있으니 내가 수호한다. 그것이 힘을 가진 자의 의무인 것을……'

중간계의 오만한 존재인 드래곤에게 중간계의 주인인 인간들을 맡길 수는 없었다.

탐욕스럽고 파괴적인 본능으로 사는 마족들에게 다시는 중간계를 침범하지 못할 패배감을 심어주어야 했다.

그것이 인간을 사랑한 신의 뜻이었고, 나의 의지였다.

"내 마음이 이는 곳으로 이동하라!"

ㅡ명!

팟!

이미 몸과 마음이 완벽하게 묵호와 일체가 되었기에 더 이상 말할 것이 없었다.

내가 의지하고 소망하는 곳이 곧 내가 있는 곳이었기에.

휘이잉.

라라라라~ 라라라~

꿈결 같은 시간이 흐르고 아무 일도 없다는 듯 조용해진 주신의 신전.

어디선가 신을 찬양하던 한 존재의 낮은 하모니가 마나의 바람을 타고 신전을 채웠다.

육신은 사라졌지만 그녀의 향기와 마음을 담은 마나는 언제까지나 신을 찬양하였다.

　라라라~ 라라라…….

제97장

희망이여, 어디 있나이까

희망이여, 어디 있나이까

"**공주** 마마! 드디어 마물들이 왕궁 외성에 나타났습니다!"

"음……."

드디어 올 것이 오고 말았다.

빠른 대처로 아달톤 제국과 왕성 사이에 살고 있던 백성들을 후방으로 대피시켰지만 이제 더 이상 물러설 곳이 없었다.

파오니아 왕성이 무너지는 순간, 북대륙은 완전히 마물들의 세상이 될 것이기에.

"라이돈 공작님, 준비는 마쳤는지요?"

"공주 마마, 제가 할 수 있는 모든 조치는 다 해두었습니다. 이십만의 왕국 병사와 신전의 성기사들, 그리고 백성들이 마족들에게 물러섬 없이 대치하고 있습니다."

"그렇군요……."

파오니아 왕궁의 대회의장에 모인 왕국의 왕족과 귀족들.

아드리안느 공주는 대답을 하면서 눈을 감았다.

아무리 아달톤 제국과 일전을 겨루고 승리한 파오니아 왕국이지만, 그것은 어디까지나 한 사람이 이룬 전과였다.

북대륙의 두 제국과 두 왕국을 무너뜨린 마물들을 막기에는 파오니아 왕국의 전력은 모자라도 한참을 모자랐다.

'카온…… 어디에 있나요.'

대륙에 가동되고 있는 모든 정보력을 동원하여 카온을 찾았다. 그러나 그 어느 곳에서도 카온의 옷자락을 본 자가 없었다.

왕국과 인간들의 운명이 바람 앞의 촛불처럼 흔들리건만 카온은 끝내 나타나지 않았다.

"공주 마마, 그나마 모든 신전의 성기사들이 모두 모여들어 다행입니다."

왕궁 안에 자리 잡은 중립의 신 이데아의 사제인 아르카시온이 모든 신들의 사제들에게 명을 내렸다.

중간계의 평화와 안녕을 위하여 신들의 중재자인 이데아의 종으로서 성전을 선포한 것이다.

그러자 갈팡질팡하던 대륙의 성기사들이 파오니아 왕성으로 모여들었다. 그렇게 마법사들과 함께하기를 거부하며 이동 마법을 사용하지 않던 성기사들이 마법진을 통하여 속속 왕국에 도착하였다.

"그러하옵니다. 그 숫자가 물경 이천에 이르며, 모두 다 성령의 갑옷을 착용한 뛰어난 성기사들입니다. 이들이라면 한번 해볼 만할 것입니다."

답답하던 참에 하이든 자작과 발틴 백작이 한줄기 희망을 이야기했다.

'아무리 성기사들이 강하다 하지만, 데스 나이트들이 함께하는 마물들이랍니다. 소드 마스터와 같은 능력을 가진 자들이 무려 백여 명. 휴우……'

귀족들이 공주를 안심시키려 꺼낸 말이었지만 이미 아드리안느는 모든 상황을 파악하고 있었다.

"어차피 태어나 한 번 죽는 것. 비록 저주받은 마물들에게 죽임을 당할 것이지만, 결코 물러섬이 없어야 할 것이오. 나의 스승님이신 바람의 카온님께서 말하기를, 남자는 지킬 것이 있으면 모든 것을 걸고 지켜야 한다고 하였소. 경들은 모두 각자의 지킬 것을 위하여 검을 드시오. 나는 이 왕실과 백성들을 위하여 검을 들겠소!"

아드리안느 공주의 옆에 든든하게 서서 자기의 지킴의 의미를 말하는 안토니안 왕자.

그동안 카온 후작의 가르침이 크게 작용했는지, 어느새 일반 성인 정도의 탄탄한 근육을 자랑하는 안토이안 왕자가 당당한 모습을 보였다.

"왕자님의 명을 받드옵니다."

당당한 안토니안 왕자의 명에 귀족들을 고개를 숙였다. 마물과의 전쟁이 끝나면 이제 그들이 받들어야 할 파오니아 왕국의 적통 왕자.

지금의 당당한 모습만으로도 귀족들은 마음이 든든하였다.

"그럼 모두들 각자의 맡은 곳에서 최선을 다해주세요. 신의 가호가 여러분과 함께하실 것입니다."

신의 가호를 청하며 한 손으로 드레스의 앞자락을 곱게 잡고 고개를 숙이는 아드리안느.

차자장!

"파오니아 왕국을 위하여!"

"마족을 무찌르자!"

"와아아아!"

왕궁의 대회의장에 모인 백여 명의 귀족들이 일제히 검을 뽑아 들고 의지를 불태웠다.

곧 왕실을 보호하는 소수의 근위기사들을 남기고 모두 각자의 자리로 향했다.

파오니아 왕궁 외성이 무너지면 모든 것이 끝이기에 서둘러 병사들을 지휘하러 떠난 것이다.

'카온……'

언제나 위급한 순간에 바람같이 나타나 폭풍처럼 모든 것들을 날려버리는 카온.

아드리안느 공주는 쓰러지려는 몸을 손으로 왕좌를 붙잡아 버티며 오직 그만을 떠올렸다.

'나의 기사여, 어서 오세요. 당신의 넓은 품이 한없이 그립답니다……'

"누님, 힘내세요. 조금만 버티면 반드시 스승님께서 나타나시어 마물들을 모두 물리치실 것입니다. 저는 믿습니다. 스승님은 저에게 신과 같은 분이십니다."

아드리안느 공주의 마음을 아는 안토니안 왕자.

눈물을 참는 누이를 바라보며 마음의 희망을 심어주었다.

"근위기사들은 공주 마마를 목숨으로 수호하라!"

"명!"

"아, 안토니안, 어디로 가느냐!"

근위기사에게 명을 내리고 스승에게 받은 검을 잡고 등을 돌리는 안토니안. 급히 아드리안느 공주가 그를 불렀다.

"누님, 이 왕국의 왕자로서 의무를 다하러 갑니다. 저는 파오니아 왕국의 자랑스러운 안토니안 칸 파오니아 왕자입니다."

죽음의 위험이 도사리는 전쟁터로 가려는 안토니안.

"안토니안……."

언제나 어린아이 같은 안토니안이 이제는 어른이 되어 있었다. 어릴 적 죽은 어머니가 생각나면 누이의 드레스를 잡고 울던 꼬맹이가 든든하게 서서 자기의 왕국을 위하여 목숨을 바치려 하였다.

말릴 수가 없었다.

그것이 왕국을 다스리는 왕족의 운명임을 알기에.

"몸조심하여라. 그리고 당당하여라. 너는 파오니아 왕국의 운명이니라."

"하하, 누님, 걱정하지 마십시오. 스승님께서 전수하신 검술로 마물들을 멋지게 무찌르겠습니다. 이래 봬도 저 또한 소울 가드 기사입니다."

카온 후작의 집중적인 훈련 덕분에 그 어느 누구보다도 일찍 마나 소드를 깨달은 안토니안.

허리의 망토 사이로 그레이드 급 소울 가드가 당당하게 위용을 자랑하고 있었다.

곧 안토니안 왕자도 대회의장을 빠져나갔다.

가슴에 불타오르는 남자의 당당함을 담고서.

'사랑하는 이여, 어서 오세요. 흑…….'

아무것도 할 수 있는 것이 없는 아드리안느.

언제나 든든하게 지켜주던 거대한 나무가 사라지자 아드리안느는 아무것도 할 수 없었다.

단지 마음속으로 그녀의 기사이자 사랑하는 정인을 힘껏 부르는 것 밖에는 없었다.

아드리안느 칸 파오니아, 운명의 이름을 가진 여인은 오직 그녀의 기사만이 수호할 수 있기에.

뿌우우우웅! 뿌우우우웅!

둥! 둥! 둥!

파오니아 외성을 포위하고 다가오는 거대한 먼지구름.

마물들의 공격 습관대로 해가 저물어 가는 저녁이 되어서야 마물들이 움직였다.

이미 북대륙에 찾아온 가을바람이 소슬하게 불어오는 외성 밖의 대지에 마물들이 살기에 번뜩이는 붉은 흉망을 번뜩이며 한 발 한 발 다가왔다.

쿠구궁! 쿠궁!

마물들을 발견한 파오니아 병사들과 백성들.

거대한 고동 소리와 함께 북을 두드리며 사기를 돋웠지만, 각기 다른 크기의 저주스러운 마물들이 다가오는 모습에 마른침을 삼켰다.

"모두 성수를 무기에 부어라! 궁수들은 성수에 화살촉을 담가라!"

나타난 마물들의 모습에 공포에 물든 병사들을 향해 명을 내리는 기사들과 귀족들.

그들도 두려웠다. 하지만 자랑스러운 파오니아 왕국의 기사와 귀족으로서의 의무를 다하고 싶었다.

"성기사들과 소울 가드 기사들은 짝을 이루어라!"

그 와중에 하얀 성기사복을 입은 한 남자가 성기사들에게 명을 내렸다.

상당히 어린 나이로 보였으며, 성스러운 법복 위로 흩날리는 남청색의 머리칼과 푸른 눈동자에서 신성한 빛이 일렁이는 남자.

중립의 신 이데아의 사제인 아르카시온이 그의 명에 모여든 수천의 대륙 성기사들을 지휘하였다.

"신의 이름으로!"

성기사들의 전력을 극대화하기 위하여 왕국 기사들과 협의하여 성기사 한 명에 소울 가드 기사 두 명이 짝을 이루었다.

그렇게 아르카시온의 명이 내려지자 무릎을 꿇고 기도를 하던 수천의 성기사들이 맡은바 구역으로 신속하게 이동했다.

"각 신전의 고위 사제들은 종파를 초월하여 위급한 지역이 발생하면 협력토록 하시오!"

"이데아님의 명을 따르옵니다."

각 종단을 이끌고 있는 수십 명의 고위 사제들이 아르카시온의 명에 머리를 조아렸다.

평시에는 나타나지 않고 각 신전의 일에 관여하지도 않는 이데아 신이지만, 이런 위급이 발생하면 모두 이데아의 종의 명에 따름이 자연스러웠다.

중립의 신 이데아야말로 주신의 바로 아래에 놓인 신들 중의 신이었기에.

"형님……."

고위 사제들도 각자 맡은바 위치로 사라지자 홀로 남은 아르카시온은 한 남자를 생각하며 가까이 다가오는 마물들을 바라보았다.

일찍이 이데아께서 신탁을 내려 중간계를 구할 인간이자 인간이 아닌 한 남자를 찾으라 하였다.

그리고 찾았다.

바람의 카온이라는 이름을 가진, 가슴속에 거대한 폭풍을 간직한 한 남자를.

"빨리 오십시오. 제가 버틸 수 있는 시간은 얼마 되지 않습니다……."

마계에서 중간계로 넘어오는 마물들의 수가 이전보다 더 늘어났는지 이제 수백만이 넘었다.

이곳 말고도 지금 다른 마물들이 파시온 제국과 자유연합도시로 향하고 있다 하였다.

인간이 할 수 있는 모든 방법은 다 취하였다.

아달톤 제국의 남은 기사들과 마법사들까지 포섭하였고, 각 신전에 남은 성기사들도 모두 끌어 모은 상태이다.

그러나 아르카시온은 알고 있었다.

인간이 힘의 범위를 달리하는 마족과 마물들을 향하여 검을 드는 것이 얼마나 부질없는 짓임을.

"드래곤들! 감히 신의 부여한 의무를 거부하다니, 언젠가는 너희들의 오만함을 신께서 벌할 것이다! 높고 높은 자리에서 낮고 낮은 자리로……."

다른 신들과는 달리 이데아 신은 신탁을 거두지 않았다.

아르카시온은 그 덕분에 세상의 흘러가는 모든 것들을 알고 있었다.

마족들의 침공과 드래곤들의 오만함, 그리고 이 모든 것을 파헤쳐 날려 버릴 한 영웅이 탄생할 것까지.

"아, 이 일을 어떡하지……."

파오니아 왕궁의 잘 다듬어진 정원에서 한 여인이 한숨을 쉬며 안절부절못하였다.

기다란 녹발을 허리까지 치렁거리며 평범한 메이드 복장을 입고 있건만 아름다움을 감출 수 없는 여인.

드래곤의 이단아, 그린 드래곤 에스타시아는 머리를 가득 메운 복잡함에 애꿎은 손톱만 깨물었다.

마족이 침공하여 중간계가 어지럽혀지고, 임시 드래곤 로드였던 골드 족의 고룡인 시오니온이 마나의 품으로 돌아갔다.

그리고 드래곤의 관습법에 따라 가장 나이가 많은 고룡인 레드 족의 이디오스가 임시 드래곤 로드 역할을 하게 되었다.

순간 문제가 발생하였다.

신이 부여한 드래곤의 유일한 의무인 중간계의 수호를 방치하고, 방관자로 일관하였다.

모든 드래곤은 이디오스의 명 없이는 움직이지 말라는 절대의 명.

난생처음 드래곤 회의에 참가한 에스타시아는 그때 보았던 에이션트 드래곤의 강력한 마나를 생각하면 지금도 심장이 떨렸다.

그러나 갈등이 일었다.

처음으로 따뜻함을 느끼게 해준 카온이라는 인간이 정을 두고 있는 이곳. 처음에는 카온만 바라보고 이곳에 발을 붙였다. 그렇지만 시간이 흐르고 왕궁의 정원을 손질하며 만나게 된 수많은 인간들에게 마음이 하나둘씩 기울었다.

언제나 수줍은 듯 나타나서 맛있는 과자와 과일을 건네는 안토니안 왕자를 비롯하여, 자기를 신처럼 숭배하는 정원사들까지.

모든 것 하나하나가 에스타시아의 마음속에 따스함으로 자리 잡고 있었다.

"나는 어떻게 해야 하는가……."

밖에서 느껴지는 마물들의 불규칙하고 묵직한 마나를 느끼며 에스타시아는 혼자만의 생각에 빠져들었다.

이곳에 모인 인간들이 대단한 힘을 가졌지만 마계의 미족과 마물들은 차원을 달리하는 힘을 지니고 있다.

에스타시아가 도움을 주지 않으면 얼마 버티지 못하고 이 조그맣고 아름다운 왕궁은 사라질 것이다.

따스함을 나누었던 이 왕궁이 말이다.

"아, 내가 모든 것으로 초월한 드래곤이 맞는 것인가……. 마나의 친구로서 모든 것으로부터 자유로워야 할 내가 내 의지대로 살 수 없다니. 이런 내가 드래곤이 맞단 말인가……."

너무나 늦게 찾아온 드래곤의 본질에 대한 각성.

에스타시아는 눈을 감고 깊은 생각 속에 빠져들었다.

모든 것으로부터 홀로 자유스러운 드래곤의 삶이 의미하는 진실이 무엇인지 깨닫기 위하여.

"다이르, 무섭다."

"디핀! 우리는 이제 기사야! 우리 마을 사람들 중에 누가 소울 가드를 소유한 사람이 있어! 이제 우리는 기사답게 장렬하게 싸우다 죽는 거야!"

"그래, 우리 맥라린 삼총사는 바람의 카온님에게 큰 은혜를 입었어. 시골 촌놈을 이렇게 마나를 다룰 줄 아는 기사로 만들어준 은혜를 반드시 갚아야 해. 그게 남자가 가야 할 길이야."

마물들의 침공 소식에 북대륙의 모든 힘들이 모여들었다. 검을 들 줄 아는 자는 모두 파오니아 왕궁으로 빠르게 모여들었다.

특히 마나를 다룰 줄 아는 이들에게는 꿈에서나 그리는 소울 가드가 지급되었다.

전쟁 중에 많은 제국 기사들로부터 회수한 소울 가드들이 넘쳐 났기에 행할 수 있는 일이었다.

아마 마물들만 물리치면 파오니아 왕국은 명실상부하게 북대륙의 최강자가 될 것이다.

"이번에 마물들만 물리치면 마을에 가서 티미르에게 청혼할 거야. 그렇기에 나는 반드시 살아남을 거야!"

"뭐야! 티미르! 이 자식, 티미르는 내가 먼저 찜했단 말이야! 비겁한 놈!"

"크크, 웃기는 놈들이네. 이미 티미르는 나에게 사랑을 고백했어. 다들 헛물켜지 말라고!"

카온이 가르쳐 준 방법대로 행하다 마나를 다룰 줄 아는 기사들이 된 맥라린 삼총사.

파오니아 왕국에서 지급한 노멀 급 소울 가드를 입고서 마물들이 다가오는 외성에서 실랑이를 벌였다.

주변에는 수없이 많은 병사들과 기사들이 있건만 모두들 숨소리 하나 내지 않고 있었다. 그런 상황에서 철없는 맥라린 삼총사의 이야기를 들으며 잠시나마 긴장을 풀 수 있었다.

그리고 맥라린 삼총사라는 이들의 입에서 나온 한 남자의 이름을 자연스럽게 생각해 냈다.

바람의 카온, 그 커다란 존재는 아주 작은 곳에서부터 시작하여 큰 곳에 이르기까지 모든 것을 어느새 아우르고 있었다.

지금 그 누구에게도 차별없이 불어오는 가을 저녁의 시원하면서도 차가운 바람처럼.

바람의 카온이라는 이름은 모든 이들의 가슴속에서 간절한 염원의 바람으로 변하였다.

쿠아아아!

쿠르르르.

두두, 두두.

어둠이 제법 깊이 물들어가고 있는 파오니아 왕국의 외성.

과거 찬란했던 왕국의 외성답게 튼튼하고 기다란 성벽 위로 수십만의 병사들이 빽빽이 횃불과 마법 등을 의지하며 당당하게 서 있었다.

그리고 그 성벽 밑으로 세상이 무너질 듯 지축을 울리며 중간계로부터 축복받지 못한 마계의 마물들이 달려왔다.

이미 지나쳐 온 인간의 성들에서 맛보았던 싱싱하고 뜨거운 피에 두 눈은 빨갛게 변하였고, 각기 다른 날카로운 이빨에는 텁텁하고 무거운 침이 가득 고여 있었다.

마물들은 알고 있었다.

저기 위에 서 있는 인간들이 곧 자기들을 얼마나 배부르게 해줄 것인지를.

배고픈 마계에서 서로를 잡아먹고 살던 때와는 달리 이 중간계는 너무나 풍요롭다는 것을 그들은 이미 깨달은 것이다.

"궁수 발사!"

쉬쉬쉭!

"와아아아! 파오니아 왕국 만세!"

"마물들을 물리쳐라!"

팽팽하게 당겨진 긴장의 끈이 궁수들의 활시위 소리와 함께 끊어졌다.

그 순간 성 위에 있는 병사들은 가슴속에 담긴 불안함을 씻기 위하여 있는 힘껏 소리쳤다.

지금 이 순간이 지나면 언제 다시 소리칠 수 있을지 모르기에 목청이 터져라 외쳤다.

"마법사들은 마법을 펼쳐라!"

"성기사들은 신성 마법을 펼쳐라!"

"파이어 필드!"

"라이트닝 블레이드!"

"홀리 썬 라이트!"

"블레스 오브 갓!"

빛이 일었다.

횃불에 불타는 성벽 위로 마법으로 만들어진 빛이 지상의 마물들에게로 떨어졌다.

가히 빛의 축제라 할 수 있을 정도의 어머어마한 마법들.

마물들에게 하급 마법들이 부질없다는 것을 마법사들은 알고 있었다. 그러나 가만히 있기에는 마법사의 자존심이 허락하지 않기에 메모라이즈해 두었던 마법들을 지상에 지천으로 널려 있는 마물들을 향하여 쏟아 부었다.

그에 반하여 마계의 마물들에게 타격을 줄 수 있는 신성 마법.

마법사들의 마법의 빛 속에서 신성 마법은 성스러운 푸른빛으로 마물들의 육신을 갈기갈기 찢어놓았다.

콰과광!

끼아아아아!

쿠에에에엑!

신성 마법에 의하여 육신에 타격을 입은 마물들은 어둠 속에서 울부짖었다.

퍼버벅!

거기에다가 성수에 아낌없이 담가져 있던 화살들이 마물들의 단단한 육신을 파고들었다.

쿠에에엑!

먼저 달려와 인간들의 육신을 맛보려던 마물들의 돌격대가 인간들의 종합적인 공격에 죽음의 비명을 내질렀다.

퍼벅, 퍼벅!

그러나 이내 뒤에서 무식하게 달려드는 마물들에 의해 질퍽한 육신의 파편이 되어 입을 다물어야 했다.

끼긱. 찌이익.

같은 마물들이었건만 배고픔에 마물들은 아무런 거리낌 없이 동료들의 시신을 먹어치웠다.

오직 배고픔과 흉포한 심성만이 남은 마물들에게는 모든 것이 배를 채울 먹잇감으로밖에 보이지 않았던 것이다.

"마, 마물새들이다!"

"허공에 마물새들이다!"

"으아아! 화살을 발사해!"

끼오오오!

환하게 밝혀져 있는 성벽 위의 하늘로 이제야 모습을 드러내는 마물새들.

어둠보다 더욱 진한 어둠의 가죽을 가진 마물들이 어둠 속에서 기호를 보다 일제히 지상으로 날아오며 인간들에게 공포를 안겨주었다.

지상의 마물들에게 신경 쓰느라 모두 다 무방비 상태였기에 일순간 허공에서 다가오는 각기 다른 마물들은 공포, 그 자체였다.

퍽!

"컥!"

"크아악!"

거대한 외성 위로 수천의 마물새가 인간들의 화살을 마음껏 희롱하며 마음에 드는 인간들을 날카로운 발톱으로 찍어 하늘로 올라갔다.

콰드득!

하늘로 올라가자마자 갑옷을 입은 병사들의 육신을 강력한 발과 발톱으로 찢어버리더니 이내 먹어치워 버렸다.

후두두둑.

순식간에 천여 명이 넘는 병사들이 마물새에게 희생되었고, 그들이 흘린 피가 하늘에서 피 비가 되어 공포에 질린 인간들의 몸 위로 흩뿌렸다.

방금까지 서 있던 동료들이 마물새에게 잡혀 어둠 속에서 피의 흔적만을 남기고 사라지자 모든 이들은 가슴이 차갑게 식는 것을 느꼈다.

이제야 실감이 난 것이다.

지금 상대하고 있는 존재들이 피도 눈물도 없는 저주스러운 마계의 마물들이라는 것을.

"소울 가드를 착용하라!"

"성령의 갑옷을 착용하라!"

이대로 가면 전투다운 전투를 치르지도 못하고 패배를 당할 것이 자명한 일.

지휘관들과 사제들이 명을 내렸다.

파바밧!

기다렸다는 듯 소울 가드 기사들과 성기사들이 소울 가드를 착용했다.

마법으로 만들어져 마나가 깃들인 소울 가드와 성직자의 성력이 들어간 소울 가드가 어둠 속에서 마물들을 물리칠 빛으로 재림했다.

끼오오오오!

"죽어라!"

그 순간 다시 지상으로 짓쳐들던 마물들을 향하여 소울 가드 기사들이 마나 소드를 날렸다.

까가강!

퍼버벅!

꾸에에에엑!

인간들의 따끈한 육신과 피 맛에 정신없이 지상으로 하강하며 인간을 낚아채려던 마물들이 마나 소드에 가로막혔다.

아무리 미계의 마물이라지만 순수한 중간계의 마나로 구성된 마나 소드에는 어느 정도 상처를 입지 않을 수 없었다.

쿵! 쿵!

쿠에에엑!

"뭐 하나! 마물들이 성벽 위로 올라온다! 성수를 부어라! 화살을 날려라!"

허공의 마물들에 신경을 쓰고 있는 사이, 어둠이 물든 대지 위로 새카맣게 몰려든 마물들이 본격적으로 외성을 공격하기 시작했다.

더군다나 트롤의 세 배쯤 되는 거대한 마물이 철로 만들어진, 마법진으로 보호되는 성문을 들이받았다.

그 힘이 얼마나 강력한지 성문과 일체가 되어 있는 성벽까지 흔들렸다.

"죽어! 이 마물들아!"

"마계로 돌아가란 말이야! 으아아아!"

새카맣게 성벽 밑으로 몰려드는 수백만 마리의 마물들.

인간들의 강력한 방어에 마물들의 시체가 제법 쌓여갔고, 그것을 발판으로 마물들이 성벽 높이와 가까워졌다.

차자장!

쿠와와!

"마, 막아라! 성벽을 넘어선다!"

"홀리 블레이드!"

"세인트 파이어!"

치열하게 공격과 방어를 하는 순간, 성벽 위를 넘어서는 마물이 나타났다.

순간 기다렸다는 듯 성직자의 마법이 작렬하였고, 올라서던 마물은 성스러운 마법에 산산이 짓이겨져 나갔다.

쿠아아아!

"소울 가드들이 성벽을 맡는다. 병사들은 무기에 성수를 붓고, 궁수들은 무차별적으로 곡사 사격을 실시한다!"

성벽까지 마물들이 기어오르자 소울 가드 기사들이 전면에 나섰다.

"저주받은 놈들이 어디를!"

"가랏! 나이트 댄싱!"

촤라락!

서너 명의 소울 가드와 성기사들이 합쳐져 성벽을 넘어서는 마물들을 공격하였다.

일차적으로 성기사의 성령의 검이 마물들에게 상처를 주면 그 뒤를 이어 소울 가드 기사들이 마나 소드로 뒤처리를 맡았다.

차장!

쿠에에엑!

"죽엇!"

치열한 접전.

이천 년 전에 벌어졌던 마계와 인간계의 전투가 다시 지상에 펼쳐졌다.

과거보다 더 위험스럽고 치열한 전투.

죽음이라는 본능적인 두려움 앞에서 마물과 인간들은 서로의 피를 흘리며 심장을 베어갔다.

그리고 시간은 천천히 흘러갔다.

하늘에 떠 있는 달리온 세 자매도 피비린내 나는 중간계를 보기 싫은 듯 구름 뒤로 그 자태를 감추고 있었다.

삶과 삶이 부딪치는 이곳.

바로 이곳이 오늘의 삶의 전쟁터였다.

쿠르르르.

쿠에에엑!

여태 만났던 인간들과는 확연히 다른 반격에 마물들이 잠시 공격을 멈추었다.

본래 이 정도의 공격이면 지금 맛있는 인간들의 육체를 손에 쥘 수 있었건만, 이번 놈들은 차원을 달리했다.

철컹.

"제법… 이군. 인간들… 심장……."

상당한 시간 동안 수만의 마물들이 죽었다.

그러자 물러서 있던 마물들 사이에서 검은 광택의 갑옷을 걸친 자들이 앞으로 나섰다.

데스 나이트.

개개인 하나하나가 인간들의 소드 마스터와 같은 능력을 가진 존재들. 무려 백여 명이 넘는 데스 나이트들이 마물들 사이에서 나타나 횃불로 환하게 밝혀진 성을 바라보았다.

"진격하라……. 피… 심장이 부른… 다."

쿠에에엑!

데스 나이트의 진중한 명령에 아직도 수백만을 이루고 있는 마물들이 괴성을 질렀다.

두두, 두둑. 다다다닥!

달렸다. 데스 나이트들의 합류에 힘을 얻은 마물들이 다시 흉포한 광망을 흩뿌리며 앞으로 달려나갔다.

쉬쉬쉭—

마물들이 다시 달려들자 숨을 고르던 인간들의 공격도 다시 시작되었다.

"흐흐흐, 제법이군."

마계의 마물들과 인간들이 치열하게 공방전을 벌이는 모습을 허공에 높이 떠서 바라보는 자.

검은 로브 사이로 빼빼 마른 육신과 깊은 어둠의 눈빛을 간직한 자, 네크로맨서 타마시네는 즐거운 구경거리를 하나도 놓치지 않으려는 듯 모든 것들을 눈에 담고 있었다.

"이곳만 무너지면 북대륙은 우리 손에 들어온다, 흐흐흐. 또한 파시온 제국으로 향하고 있는 마계 병사들, 자유연합도시에서 명을 기다리는 병사들까지 합치면 천하무적이다. 그분들이 나서지 않아도 내 손으로 해결할 수 있어, 흐흐흐."

중간계에 나타난 마족들이 드래곤을 견제하는 사이, 타마시네와 데스 나이트들이 이끄는 마계 병사들이 인간 세계를 초토화시킬 것이다.

어리석고 오만한 드래곤들은 이번 기회에 인간들을 어느 정도 정리하려는 수작인 것 같은데, 참으로 어리석은 생각이었다.

마족들이 두려워하는 것이 중간계의 수호자 드래곤이 아닌, 무한한 잠재력을 가진 인간임을 그들은 알지 못했다.

"호오, 그래도 이데아의 사제 놈이 나타나 제법 잘 막아내는군. 그래 봤자 떠오르는 태양을 볼 수는 없지만 말이야, 흐흐흐."

타마시네가 보기에 인간의 반항은 잠시 시간을 버는 의미로밖에 보이지 않았다.

백여 명의 데스 나이트들이라면 인간 세상에는 감히 막을 자가 없을 것이다. 거기에 더하여 마계의 병사들이 어떤 존재들인가. 험난한 마계에서 오직 실력만으로 살아남은 전투의 종족들이다. 그런 그들이 인간에게 패할 것이라고는 상상할 수도 없었다.

팟!

타마시네의 눈에 데스 나이트들이 대지를 박차고 치열하게 막고 있는 인간들 사이로 파고드는 모습이 보였다.

이제 전투를 끝내고 마물들의 식사 시간이 다가온 것이다.

"데, 데스 나이트다!"

"으아아아!"

"마, 막아라!"

어찌어찌하여 성기사들과 소울 가드 기사들의 지원을 받아 마물들을 막아내었다.

그렇게 얼마쯤 동안 치열한 전투를 벌인 후 마물들이 뒤로 물러서서 겨우 한숨을 돌렸다.

하지만 그것도 잠시, 정말 한숨 한 번 돌리고 난 후에 지치지도 않는 듯 마물들이 흉망을 번뜩이며 다시 공격해 왔다.

그 모습에 필사적으로 다시 활시위를 당기고 방어를 시작했다. 그런데 갑자기 검은 갑옷을 입은 기사들이 지상을 한 번 박차더니 단숨에 성벽 위로 올라섰다.

파바밧!

"크아악!"

내려서자마자 짙은 어둠과 같은 검은색 오러 소드로 가차없이 인간들을 살육하는 기사들.

한 치의 망설임도 없었다. 눈에 보이고 거치적거리는 모든 것들을 깨끗이 분리시켜 버렸다.

"오오……. 신의 저주로다!"

성벽 위에 가득 메우고 있는 병사들과 기사들이 거친 바람 앞의 촛불처럼 사라져 갔다.

막고 말고 할 것도 없었다.

검은 기사들의 오러에 소울 가드를 입고 있든 무엇을 걸치든 상관없이 베어져 나갔다.

쿠에에엑!

콰지직!

"컥!"

외성 백여 곳에서 시작된 피의 폭풍, 순식간에 인간들의 심장에 공포심을 불러들였다.

그 뒤를 이어 여태 성을 넘지 못하던 마물들까지 성벽을 넘어서기 시작했다.

그리고 시작된 살육.

데스 나이트와 마물들의 살육 앞에 인간들은 독수리가 나타나자 어찌할 바를 모르는 양 떼들처럼 우왕좌왕하였다.

망루에 서서 모든 상황을 바라보던 아르카시온과 라이돈 공작, 그리고 앙시온 백작.

"허허, 데스 나이트들이 강하다 들었건만 저렇게 강할 줄이야. 내가 부끄럽기 그지없구려."

이곳에 모인 인간들 중 제일 강한 라이돈 공작, 그가 데스 나이트들의 가공할 공격력에 혀를 내둘렀다.

"제가 소드 마스터임이 부끄러울 지경입니다."

라이돈 공작의 말에 원군으로 파견 나온 앙시온 백작이 쓴 입맛을 다셨다. 영혼을 판 저주스러운 데스 나이트와 비교하여 결코 나을 것이 하나도 없는 자신을 발견하였기에.

"다 신의 뜻이겠지요. 저들도 혼란 속의 한 존재들. 우리에게 주어진 일들에 최선을 다하면, 그 이후는 우리 몫이 아니지요."

담담한 시선으로 데스 나이트와 마물들, 그리고 피를 흘리며 쓰러지는 인간들을 바라보며 신의 뜻을 말하는 아르카시온.

"자, 그럼 갑시다. 살 만큼 살았고, 볼 거 못 볼 거 다 본 생이었으니 나는 어떠한 미련도 없습니다, 하하하!"

허리에 찬 가문의 보검을 만지작거리며 전의를 불태우는 라이돈 공작.

"하하, 뭐 저도 살 만큼 살았습니다. 각하, 우리 내기를 하지요. 누가 더 많이 데스 나이트를 지옥의 동료로 삼아 데려가는지를 달입니다."

"호오, 그거 좋은 생각이오, 앙시온 백작. 페스탄 왕국의 타오르는 기사도라는 백작이라면 나도 기운이 날 것 같소."

깨달음을 얻은 자들.

그들은 죽음 앞에서도 초월하였다.

"먼저들 가십시오. 저는 마무리를 하고 가겠습니다. 신의 가호가 함께하시기를."

"균형과 조화의 이데아님의 사랑이 재림하기를 기원합니다."

'카온 형, 어디 있는 거야…….'

두 소드 마스터가 투입된다 하여 크게 달라질 것은 없었다.

오직 단 한 명, 바람의 카온만이 이 피 흘리는 열기를 식힐 수 있을 것이다.

"크아아악!"

"살려줘!"

오도독.

질겅질겅.

저항선이 무너진 인간들은 마물들에게는 너무나 연약한 먹잇감이었다. 눈에 닥치는 대로, 손길이 가는 대로 인간들의 가냘픈 육신을 헤집으며 먹어대는 마물들.

입에 채 씹지도 않는 빠알간 인육을 물고 다른 인간의 배를 가르기 바빴다.

다시 그려지는 지옥도.

억울하여 감기지 못한 눈들마저 마물들이 깨끗이 먹어치우며 삶의 미련을 버리게 만들었다.

우르르.

그나마 튼튼하여 아직도 무너지지 않는 성문 덕분에 아직까지 마물들은 성벽을 기어올라 왔다. 그러나 어느새 인간들이 점령하고 있던 대부분의 성벽들이 쓸리며 인간들은 외성을 벗어나 내성으로 치달렸다.

조금이라도 삶을 부지하고 싶은 욕망이 발걸음을 옮기게 만들었다.

푹―

"컥, 저주받을… 놈……."

화끈하게 가슴에 파고드는 데스 나이트의 무식한 손을 느끼며 기사는 피를 토해냈다.

"따뜻한… 심장… 마나… 가 숨쉰다……."

손에 느껴지는 따뜻한 마나와 심장의 용솟음침에 데스 나이트는 쾌락을 느꼈다.

가지지 못한 생명의 온기에 대한 무한한 욕망.

투구 사이에서 사이한 눈빛이 잠시 빛을 발했다.

케레렉.

두두, 두두두.

성벽을 넘기 시작한 마물들이 인간들을 뒤쫓았다.

순식간에 몇만의 인간들이 죽었고, 그 피 냄새가 어두운 밤하늘에 피의 제단을 만들어내었다.

"웅!"

막 마물들의 뒤를 따라 인간들의 뒤를 쫓으려는 데스 나이트.

갑자기 높은 허공에 떠 있는 한 존재를 바라보며 처음으로 놀란 빛을 보였다.

"가라! 마계는 마계의 법대로, 중간계는 중간계의 법대로! 지옥의 화염이여, 저들을 불태워라. 엡솔루트 헬 버스터!"

휘이잉―

마물들이 뿜어내는 마계의 마나에 짓눌려 있던 중간계의 마나들이 크게 요동쳤다.

무려 50샤이에 달하는 거대한 녹색 동체를 가진 중간계 최고의 존재이자 수호자.

그린 드래곤이 허공에 떠서 수백만의 마물들에게 지옥의 저주를 퍼부었다.

번쩍!

드래곤의 9써클 마법에 대기의 마나들이 번쩍였고, 그 순간 아직도 시커멓게 몰려 있는 성 밖의 마물들의 발밑으로 거대한 오망성의 마법진이 태양 빛처럼 반짝였다.

콰르르르!

쩌저저적!

그것도 잠시, 쩌적거리는 소리와 함께 무려 500샤이 정도의 대지가 갈라지더니 붉은 용암이 치솟았다.

쿠에에엑!

케에에엑!

조밀하게 몰려들어 성을 넘어 인간들을 먹어치우려던 마물들.

갑작스럽게 발밑에서 느껴지는 지옥의 염화에 하늘을 향해 울부짖었다.

아무리 마법에 내성이 있는 마물들이라지만 9써클 마법 앞에서는 그저 쉽게 타올라 버리는 종이 한 장에 불과했다.

화르르르르.

불타올랐다.

대지조차 붉게 녹아내리는 절대의 마법에 마물들이 크기에 구별없이 비명만을 남기며 한 줌 붉은 용암으로 녹아내렸다.

"사라져라! 그 더러운 육신을 지옥의 거름으로 사용하여라!"

분노에 찬 드래곤의 일갈이 끝나고 엄청난 마나가 드래곤의 입 주변으로 몰려들었다.

화스스스스.

잠시 후 드래곤의 거대한 입이 벌려지며 녹색의 안개가 성 밖 대지로 바다에 밀려드는 밤안개처럼 퍼져 나갔다.

스르륵.

카오오오!

쿠에에에엑!

녹아내렸다.

영문을 알지 못하는 마물들은 안개에 몸이 닿자 피부가 서서히 녹아내리는 모습을 지켜봐야 했다.

아니, 녹아내리는 순간 피부를 타고 머리끝에서 발끝까지 파고드는 강력한 고통에 길길이 날뛰었다.

펄럭펄럭.

그린 드래곤의 날갯짓을 타고 사방으로 퍼져 나가는 강력한 독. 자연의 나무들과 같은 생명체를 제외한 모든 것을 녹여 버리는 강력한 독에 마물들이 녹아내렸다.

'아직도 이리 많다니……'

성룡이 된 지 얼마 안 되고, 전투를 한 번도 겪어보지 못한 에스타시아. 임시 드래곤 로드의 명을 어기고 마법과 브레스를 사용하여 순식간에 마물들을 처치하려는 계획이 잘못되었음을 알았다.

어차피 드래곤이라는 존재는 홀로 선택하고 책임지는 존재라는 것을 깨달았기에.

'마법으로만 끝내야겠어.'

브레스의 강력한 일격에 십만여 마리의 마물들이 사라졌지만 아직도 지상에는 수없이 많은 마물들이 퍼져 있었다.

쿠에엑!

케르륵!

더군다나 이 정도의 공격에 겁먹을 만도 하건만, 마물들은 에스타시아를 발견하고는 적의와 함께 침을 흘렸다.

'빌어먹을 놈들!'

본래부터 착한 마음과는 달리 입이 거친 에스타시아.

잠자던 드래곤의 본성이 깨어났다.

"그레이트 디스파이어 스톰!"

휘리링!

에스타시아의 거대한 입에서 마법 영창이 낭랑하게 울렸고, 허공에서 동그란 마법진이 발생하였다. 그리고 그곳에서 작은 바람이 일더니 지상으로 내려올 때는 세상 모든 것을 갈기갈기 찢어발기는 강력한 바람의 칼날이 되었다.

퍼버벅!

쿠에엑!

서걱서걱.

보이지도 않는 바람의 거대한 칼날. 바람의 칼날이 지나가는 수십 샤이의 공간에는 수십, 수백 조각으로 갈기 찢겨진 마물들의 육신들이 녹색의 핏물과 함께 대지에 흩뿌려졌다.

쿠르르!

아무리 이성이 흉포함에 물든 마물들이라지만 생명에 대한 본능은 그 누구보다 강했다.

순식간에 십만이 넘는 동료들이 사라지자 마물들은 두려움을 나타냈다.

"이제부터 시작이다. 저주받은 마물들아! 중간계에 온 대가를 뼈저리게 느끼게 해주마!"

마법들이 연달아 성공하자 에스타시아는 호기가 일었다.

처음에는 홀로 수백만의 마물들을 상대하는 것이 벅차리란 생각이 들었다. 여태 뭐 하나 죽여본 적이 없을 정도로 연약한 에스타시아에게 수백만의 더럽고 흉측한 마물들은 더없이 무서운 존재였다. 그러나 중간계 수호자로서의 본연의 의무를 깨달았기에 지금 이 자리에 설 수 있었다.

그 누구의 명도 아닌 자유 의지를 가진 신성한 존재인 드래곤 본연의 모습으로 말이다.

"흐흐흐, 거기까지 하시지요, 위대한 존재시여."

"네놈은 누구냐!"

마물들이 마법에 처참히 죽어나가는 모습에 연달아 다시 마법을 사용하려고 할 때, 갑자기 눈앞에 나타난 검은 로브의 마법사.

'흑마법사… 네크로맨서인가.'

아무리 세상 경험이 일천하다 하여도 드래곤은 드래곤. 나타난 자의 기운을 보고 정체를 대충 짐작하였다.

"이름은 타마시네, 네크로맨서인 보잘것없는 자이지요."

로브 사이로 보이는 바짝 마른 턱 위로 차가운 미소를 뿌리며 대답하는 타마시네.

"막을 생각이냐? 네놈의 실력으로는 어림없을 텐데?"

"설마 제가 위대한 존재를 막을 수가 있겠습니까. 위대한 존재에 걸맞는 분들이 오실 것입니다."

"음……."

타마시네가 의미하는 바를 알아낸 에스타시아.

그러나 물러설 수 없었다. 지금 이 순간 에스타시아는 중간계의 수호자로서의 의무를 하는 동시에 자기가 사랑하는 이들을 지키기 위하여 나타난 것이기에.

파밧!

생각이 끝나기도 전에 허공에서 빛이 일렁이더니 워프 공간이 열렸다.

"하하하, 이번에는 좀 작군. 그린 일족이군."

"그러게 말입니다. 아쉽지만 이것으로 만족해야겠지요."

마계 서열 61위인 안티미오르가 충실한 개처럼 아부를 하였고, 그 아부를 받으며 에스타시아의 거대한 동체를 입맛을 다시며 바라보는 자.

마계 서열 40위인 키안디모르.

검은 머리와 검은 눈동자가 순수 마족임을 보여주었고, 적당한 체격과 얼굴에 잘 어울리는 짙은 눈썹이 인상적이었다.

"어서 오십시오. 위대한 어둠의 주재자들이시여."

극도로 공경하는 음성으로 허리를 숙이는 타마시네.

"흐흐, 수고가 많다. 너는 이제 네 할 일을 하거라."

"알겠사옵니다."

감히 끼어들거나 토를 달 수 없는 지극한 존재들. 타마시네는 허리를 숙인 상태로 이동 마법을 펼쳐 사라졌다.

"너희들에게 신의 징벌이 내릴 것이다!"

"흐흐, 그린 족의 마나는 다른 드래곤보다 순수하다 하더니 맞는 말

같군. 저 심장에서 꿈틀거리는 느낌이 아주 좋군."

에스타시아의 분노에 찬 말에도 아랑곳하지 않고 에스타시아의 심장을 바라보며 입맛을 다시는 키안디모르.

'다른 일족들은 나타나지 않겠지……'

한 명도 벅차건만 두 명이나 나타난 마족. 에스타시아는 본능적으로 위기감을 느꼈다.

'카온……. 이래서 사람들이 당신들을 찾는 건가요……'

가슴에 두려움이 일자 자연스럽게 생각나는 한 사람. 비록 인간이지만 그 몸에서 풍기는 강인함과 편안함은 그 어떤 고룡이 풍기는 기운보다 컸다.

지금처럼 위험을 느낀 이 순간 한없이 의지하고 싶었다. 드래곤이 인간을 그리워하고 의지하는 것이 믿기지 않을 만큼.

"다른 놈들이 나타나기 전에 처리하시지요."

"후후후, 그러지. 어차피 이런 곳에서 힘을 사용하고 싶지는 않으니까."

철저하게 에스타시아를 무시하는 마족들.

어느새 에스타시아의 주변을 비롯한 일정한 부분의 마나가 일그러져 있었다. 결코 워프 마법을 사용하여 도망갈 수 없을 정도로.

"죽어라! 죽음의 화염!"

에스타시아의 입에서 터지는 절대 언령.

화르르르.

성룡이지만 드래곤 중에서 가장 약한 일족인 그린 드래곤, 거기에다가 나이조차 어리기에 언령의 마법은 다른 일족보다 약하였다.

그러나 언령은 언령.

마족들이 떠 있는 허공 50샤이 부근으로 마나가 만들어내는 절대 소멸의 불꽃이 파랗게 타올랐다.

파바밧!

"하하하, 하하하! 겨우 이 정도인가, 녹색 도마뱀?"

'역시… 힘들단 말인가……!'

마족들도 9써클 마법을 사용할 수 있었다. 더군다나 그들도 마나의 인정을 받은 자들이기에 드래곤과 같은 언령 마법을 펼칠 수 있는 것이다.

더군다나 어느새 이곳까지 마계의 마나들이 중간계의 마나와 섞여 가득 들어차 있었다. 그렇기에 언령 마법 속에서도 아무렇지도 않은 표정을 짓는 마족들.

"뜨거움이란 이런 것이지. 아반가리홈! 지옥의 염화!"

푸스스.

"헉! 막아라!"

압도적인 힘의 차이.

수천 년을 넘게 살아온 마족의 강력한 언령에 에스타시아의 주변으로 백색의 불꽃이 타올랐다.

푸스슥.

'헉! 마나가 탄다……!'

언령 대 언령의 싸움에서 에스타시아가 밀렸다.

에스타시아가 급히 펼친 언령 마법이 키안디모르가 펼친 지옥의 염화에 끝부분에서부터 백색으로 타올랐다.

"실드!"

본체가 아니면 도저히 상대가 되지 않는 마족. 급히 거대한 본체 주변으로 순수한 마나 실드를 펼쳤다.

"흐흐흐, 재미있어. 드래곤들이 다 너 같으면 아주 좋겠어."

다급한 표정의 에스타시아를 바라보며 입가에 잔인한 미소를 짓는 키안디모르. 붉은 핏기가 도는 입술이 이 순간 더 매혹적으로 보였다.

"옴바르킬르하임사마드! 지옥의 손길!"

퍼버벅!

"크으윽!"

'이, 이럴 수가!'

절대 깨어지지 않는 언령의 방어막과 순수한 드래곤 하트의 마나로 만들어진 실드가 퍼벅! 소리를 내며 터져 나갔다.

"실드! 실드! 실드!"

마나 대 마나의 싸움. 둘 다 언령과 9써클 마법을 사용할 수 있기에 순수한 힘만이 승패를 결정지었다.

"하하하, 하하하! 재롱은 거기까지야. 어서 그 순수한 드래곤 하트를 내놓거라!"

팟!

떠 있는 상태로 키안디모르가 순식간에 거리를 좁혀 왔다. 빛과 같은 속도에 온몸에 둘러진 마계의 묵직한 검은 마나.

이미 깨어져 벌어지고 있는 실드의 틈 사이를 노리고 곧장 심장 부근을 향해 날아왔다.

"카온…… 도와줘요!!"

마지막이라는 생각이 드는 순간 절규 같은 비명이 에스타시아의 입을 뚫고 나와 세상에 울렸다.

그리고 입가에 잔인한 미소를 짓고 손을 뻗어오는 키안디모르의 얼굴이 에스타시아의 눈망울에 슬프게 잡혔다.

쩌정!

'웅!'

죽음에 이르렀다는 생각이 드는 순간 두 눈이 저절로 감겨진 에스타시아.

귓가로 울리는 청명한 소리에 의문이 들었다. 무엇이든지 꿰뚫어 버릴 것 같은 마족의 전신체 공격이 에스타시아의 비늘에 막힐 리가 없는 마당에 들리는 청명한 소리.

"크윽……. 네놈은 누구냐!"

동시에 귓가에 들리는 신음과 놀람의 목소리.

"후후후, 갈 곳을 잃은 자들에게 가야 할 방향을 알려주는 바람이지. 이제 돌아가야지, 길 잃은 영혼들이여. 후후후."

"아!"

낯익은 목소리와 웃음소리가 에스타시아의 귀에 들렸다.

주루룩.

지상에서 두려울 것이 없는 드래곤이 눈물을 흘렸다.

"바람의 카온…… 돌아왔군요……."

눈물을 흘리는 에스타시아가 억지로 눈을 뜨는 순간, 자신의 앞에서 당당히 검을 들고 서 있는 한 남자의 등이 보였다.

거대한 드래곤 본체 앞에 서 있건만 한없이 커 보이는 남자의 넓은 등.

에스타시아는 그 순간 무한한 행복감이 들었다.

바람의 카온, 그가 에스타시아의 소망을 타고 이곳에 나타났기에.

"네, 네놈은 누구냐!"

묵룡에 맞은 손을 붙잡고 말을 더듬는 마족 놈.

"후후후, 바람의 카온. 그것이 내 이름이다, 길 잃은 영혼이여."

"카온? 인간이란 말인가!"

—마스터, 거참 말 많은 놈입니다. 묻어버리지요.

완벽한 일체를 이루고 있는 묵호의 자신만만한 목소리.

마족을 향해 묻자고 하는 이는 세상에 묵호밖에 없을 것이다.

"묵호, 내 뜻대로 해주지."

위이잉—

묵호의 말에 묵룡이 가볍게 떨려왔다.

"감히 인간 놈이 겁도 없이! 흐흐흐, 네놈의 심장을 꺼내어 병사들의 먹이로 주마!"

인간임을 확인하고 나직한 웃음을 짓는 마족. 오늘 누구의 심장이 꺼내어지는지 모르는 어리석은 웃음이었다.

"에스타시아님, 보기가 안 좋군요. 본래의 아름답던 모습으로 돌아가시지요."

"폴리모프!"

팟!

말이 끝나기가 무섭게 인간 여성체로 변한 에스타시아.

"카온님……."

"하하, 눈물이 많으신 분이시군요. 오늘따라 더 아름답습니다."

나의 농담에 눈물을 글썽이던 에스타시아가 미소를 지었다.

나의 좋은 인연자. 그녀의 웃음이 내가 검을 드는 이유 중 하나일 것이리라.

"건방진! 죽어라! 카르발디움! 데스피니르!"

피비빅!

―마스터, 마족의 언령 마법입니다.

시커멓게 물든 죽음의 창이 순식간에 사방을 포위해 왔다. 과거의 나였다면 도저히 빠져나갈 수 없는 상황.

그러나 지금은 예전의 내가 아니었다.

"멸!"

파바밧!

묵룡의 검신에서 나조차도 감당하지 못할 미증유의 힘이 폭풍으로 변하여 순식간에 공간을 제압했다.

마나라 불리는 이 세상 모든 것들의 기운.

사라졌다. 거짓말처럼 나를 향해 짓쳐 오던 죽음의 창이 묵룡의 한 번 휘두름에 의해 사라졌다.

"어, 어떻게!! 크아아아!"

도저히 이해가 가지 않는 상황에 마족은 길길이 날뛰었다.

―마스터, 시끄럽습니다. 그리고 빨리 처리하시지요. 밑의 상황이 좋지 않습니다.

가공할 존재들의 대결에 잠시 전투는 소강 상태. 그러나 만약 저 마족 놈이 미친 척하고 명을 내리면 조금은 귀찮게 될 것 같았다.

"죽음이 무엇인지 가르쳐 주마. 이것이 죽음의 바람이다!"

팟!

묵룡이 허공을 갈랐다.

'태극의 하늘은 본래 태극이로다!

빠자작!

의지를 담은 묵룡의 검에서 태극이 시작되었고, 곧 붉고 푸른 물결이 파도가 되어 두 마족을 향해 달려들었다. 한낱 존재가 막을 수 없는 태극의 파도.

"암슈바하름! 죽음의 결계!

"분노의 실드!"

노도처럼 흐르는 태극 물결의 중심에 서 있는 두 마족. 놀란 음성으로 자기가 가진 모든 것들을 토해냈다.

퍼걱!

"크헉!"

"컥⋯⋯. 말도 안 돼! 으아아아아아!"

갈랐다. 어두운 마나로 보호되는 마족들의 단단한 육신을 태극의 기운들이 모여들더니 물에 젖은 종이를 찢어버리듯 그 육신을 쉽게 갈라버렸다.

마계의 주인이라는 마족의 죽음치고는 너무나 허망한 죽음.

멀쩡하게 육신이 찢겨 나가는 모습을 바라보던 두 마족은 어느 순간 태극의 파도에 실려 아무것도 남기지 않고 사라졌다.

―마스터, 대단합니다. 전 마스터도 이 정도는 아니었는데.

"카온님!"

"에스타시아님, 저 남아 있는 길 잃은 영혼들에게 평안을 주도록 하지요. 우리의 친구들이 많이 힘들어 보이는군요."

조금만 빨리 돌아왔으면 좋았을 것을, 폴라온 대제의 유물을 챙기느라 잠시 늦었다.

그 까닭에 나의 대지는 피로 물들어 있었다.

'모두 거름으로 쓰리라. 내 여인의 사랑하는 이들이 흘린 피를 너희들의 피로 갚으리라.'

팟!

의지를 품자 한줄기 바람이 되어 지상으로 유성우가 되었다.

그리고 일어나는 바람.

지금 이 순간은 모든 것을 날려 버릴 폭풍이 되어버렸다.

쿠에에엑!

쿠르르륵!

와두두, 두두두.

"쫓아라! 한 놈도 남김없이 척살하라!"

"뒈져! 이 마물들아!"

마물들이 도망가고 있었다. 중간계에 나타난 이후 처음으로 인간들을 피하여 사방으로 달려나갔다.

그도 그럴 수밖에 없다. 하늘에는 신이 강림하였다.

거대한 붉고 푸른 태양을 이끌고 지상에 강림한 바람의 신에 의하여 마물들은 쥐가 되어 도망을 쳐야 했다.

푹!

쿠에엑!

죽어라 도망을 가는 마물의 등에 꽂히는 소울 가드 기사의 차가운 마나 소드.

주루룩.

죽은 동료들의 복수라도 하듯 기사의 검은 마물의 거대한 육체를 깊숙이 갈라 버렸다.

쿠에에엑!

마물들의 보호자인 마족들의 기운들이 사라지며 데스 나이트들도 모두 먼지로 화해 버리자 마물들은 길을 잃었다.

더군다나 마법진으로 만들어진 강력한 존재들이 뿜어주던 마계의 기운이 사라지며 중간계의 가볍고 밝은 마나들이 소용돌이치자 본능적으로 귀향 본능이 일었다.

그렇기에 마계의 전투 마물로서의 본성은 사라지고 집을 찾는 길 잃은 사슴처럼 애처로이 사방을 뛰어다녔다.

그리고 그 뒤를 이성을 잃은 병사들과 기사들이 눈이 뻘게져 쫓아다녔다.

뒤바뀐 운명. 이래서 미래는 그 누구도 알 수 없는 수수께끼의 상자라 하는 것이리라.

'형님, 드디어 얻으셨군요!'

방금 전까지 데스 나이트와 생사의 대결을 벌이던 아르카시온. 하늘에 일어나는 모든 일들을 놓치지 않고 있었다.

한 남자가 서 있다.

마계의 시커먼 마나를 동반한 어둠이 사라지고, 오늘따라 더욱 찬란한 빛을 뿌리는 달리온 세 자매의 빛을 받으며 한 남자가 허공에서 지상을 내려다보고 있었다.

인간 세상을 구하기 위하여 재림한 천신의 하강이 저러하던가. 온 몸에서 줄기차게 빛의 오러를 뿜어내는 남자의 몸에서 바람이 일었다.

바람의 카온. 그는 바로 바람, 그 자체였기에.

"와아아아!! 이겼다!"

"파오니아 왕국 만세!!"

"우리가 마물을 물리쳤다!"

수백만에 달하던 마물들. 그중에서 외성을 넘어섰던 수십만의 마물들이 처참하게 죽임을 당하였다.

특이하게도 반항 한 번 하지 않고 어린 양처럼 이리저리 쫓기다 죽임을 당한 마물들. 강인하던 그들의 육체는 일반 몬스터의 가죽처럼 변하였고, 땅에 떨어지면 독기를 뿜어내던 푸른 피들은 대지에 흡수되어 빠르게 사라졌다.

"카, 카온 후작 각하시다!"

"그럼 저분이!"

"바람의 카온이 돌아왔다!"

"와아아아아아! 폭풍의 사신이 돌아오셨다!"

마물에 쫓기는 와중에도 허공에서 벌어진 엄청난 기운들을 감지한 인간들.

드래곤이 나타나고, 마족들이 나타난 것도 알고 있었다. 그런데 지금 이 순간 모든 존재들이 사라지고 오로지 한 남자만이 바람에 로브를 흩날리며 인간들을 바라보고 있었다.

모든 이들이 소망하던 한 남자.

바람의 카온, 그가 돌아온 것이다.

팟!

달리온 세 자매의 빛보다 더한 후광을 뿌리던 카온 후작이 사람들의 환호 속에서 사라졌다.

그러나 사람들은 알고 있었다.

지금 카온 후작이 어디로 가고 있는지를.

"아…… 어찌 되었단 말인가."

마물들이 외성을 넘어서 내성으로 짓쳐들고 있다는 보고를 받았다.

귀족들과 근위기사들은 병석에 있는 국왕과 안토니안 왕자를 데리고 다른 왕국으로 워프를 하라 간청하였다.

그러나 백성이 없는 왕족은 일반 평민보다 못하다는 것을 알기에 아드리안느 공주는 내성에 서서 신의 뜻을 기다렸다.

사는 것도 그분의 뜻이요, 죽는 것도 그분의 뜻이라 여기며 파오니아 왕국 공주로서의 품위를 지켰다.

그리고 지금 갑작스럽게 들려오는 병사들과 백성들의 환호성에 이상함을 느꼈다.

얼마 전까지 마물들의 흉포성이 소리 높았건만, 어느 순간 백성들의 환호성이 더욱 커진 것이다.

"공주 마마, 조금만 기다리십시오. 근위기사들이 알아올 것입니다."

왕좌에 앉아 있는 아드리안느 공주의 옆에서 그림자처럼 호위하는 철가면의 여기사 레시안.

'무슨 일이란 말인가…….'

아드리안느 공주를 보호하고 있지만 마음은 이미 밖에 가 있었다. 사랑하는 아버지와 공작가의 기사단이 모두 전투에 참가하여 치열하게 싸우고 있을 것이다.

더욱이 보고에 의하면 다크 오러 소드를 사용하는 데스 나이트들까지 나타났다 하니 마음이 편치 않았다.

레시안, 그녀도 뼛속까지 기사였기에.

휘이잉—

"누구냐!"

창!

갑작스럽게 아드리안느 공주와 레시안이 남아 있는 왕궁 회의장에 바람이 일었다.

가을이 깊어가기에 심심찮게 부는 바람이었지만 이곳 깊숙한 회의장까지 바람이 들지는 않았다.

극도로 신경이 발달한 소드 마스터 레시안, 그녀는 검을 빼어 들고 아드리안느의 앞을 막아섰다.

"후후후, 가르친 보람이 있구려."

뚜벅뚜벅.

마법 등이 밝게 켜져 있는 회의장 입구.

언제부터 서 있었는지도 모를 한 남자가 당당한 걸음으로 들어서고 있었다.

짙은 검은 머리칼은 뒤로 잘 묶여져 허리에서 찰랑거렸고, 누구나 입는 평범함 회색 로브가 너무나 멋지게 보이는 남자.

언제나처럼 검은 눈동자에 따스한 마음을 빛으로 만들어내며 입가에 작은 미소 하나가 멋들어지게 걸쳐 있는 남자.

그 남자가 돌아왔다.

챙그렁!

"카, 카온…… 님!!"

얼마나 놀랐던지 소드 마스터인 레시안이 검을 바닥에 떨어뜨렸다.

"흑……."

그리고 한 여인이 그 남자를 눈에 담더니 영혼의 눈물을 흘렸다.

그녀의 기사가 돌아온 것이다.

아무 일도 없는 것처럼 언제나의 당당한 걸음걸이로 그녀를 향해 힘차게 걸어오고 있었다.

쿵.

"기사 카온, 섬김의 레이디에게 인사를 올립니다."

한쪽 무릎을 꿇으며 이 세상에서 가장 고귀한 여인에게 예를 올리는 아드리안느 공주의 기사.

바람의 카온, 그가 돌아왔다.

"이, 일어나세요. 나의 충성스럽고 정의로운 기사여, 그대의 돌아옴을 하늘의 신께 진심으로 감사를 드리는 바입니다."

울먹이는 목소리로 카온을 반기는 아드리안느.

쪽.

아드리안느가 내미는 부드러운 손에 입맞춤을 하며 카온이 일어섰다.

와락.

"아……!"

말이 필요없었다. 지금 이 순간 카온은 기사가 아니라 그녀가 목숨보다 사랑하는 기사였기에.

'흑, 돌아오셨군요. 나의 기사여, 사랑하고 사랑하였습니다. 당신이 계시는 동안이나 없는 동안이나 나의 사랑의 의지는 저 태양처럼 타올랐답니다.'

억세고 강한 남자의 가슴에 안겨 한없는 평안을 맛보는 아드리안느 공주.

소리없는 눈물이 카온의 가슴을 서서히 적셔갔다.

덜컹.

"공주 마마! 카온 후작 각하! 헉!"

밖의 동정을 살피러 나간 근위기사가 들어서다 안의 상황을 바라보며 헛바람을 집어 삼켰다.

"따라 나오라."

두 연인의 말로 표현할 수 없는 가슴 절절한 사랑에 왠지 눈시울이 붉어진 레시안.

그녀는 근위기사를 데리고 조용히 밖으로 사라져 갔다.

'나의 여인아……'

세상 모든 것이 사라진다 하여도 두려움이 없었다. 깨달음을 얻는 자에게 삶이란 영원히 돌아가는 수레바퀴와 같음을 너무나 잘 알기에 죽음에 대한 두려움이란 존재하지 않았다.

그러나 오직 단 하나의 두려움이 나에게 있었다.

그것은 바로 이 세상 모든 것을 주어도 바꿀 수 없는 여인.

그녀의 눈빛과 입술과 향기와 미소…… 그 어느 하나라도 세상 전부와 바꿀 수 없었다.

설사 내 목숨이라 할지라도.

스르륵.

가슴의 로브 자락이 그녀의 그리움으로 젖어감을 느꼈다.

미안하였다. 사랑하는 그 절절한 마음을 알기에 나 또한 가슴으로 울었다.

사랑은 그런 것이다.

불속과 얼음 바다를 헤매는 지극한 고통 속에 이는 찬란한 신의 구원 같은 기쁨이라는 것을.

"울지 마오……. 그리고 사랑하오."

"아!"

촉촉한 그리움이 일자 불같은 열정이 그녀의 보드라운 얼굴을 따라 붉디붉은 입술을 찾았다.

이 타는 가슴을 식혀줄 것은 오직 하나, 그녀의 입술밖에 없다는 것을 알기에 나의 본능은 너무나 충실하였다.

"음……."

그 어떤 말로 표현할 수 없는 부드러운 입술을 헤집고 들어서자 달디단 신음과 감로수가 혀를 적셔왔다.

스르륵.

그녀의 혀와 나의 혀가 녹아내렸다. 세상에 그 무엇도 줄 수 없는 달콤함에 머리는 하얗게 타올랐고, 식을 줄 알았던 가슴은 더욱 타올랐다.

'사랑하오…….'

깊은 입맞춤에 감긴 눈을 파르르 떠는 아드리안느. 그녀의 뺨에서 이는 향기에 나의 영혼은 마비되어 갔다.

지극한 사랑.

오늘을 사랑하고, 이 순간을 사랑하는 나에게 지금 순간이 바로 천국이었다.

제198장

마족과 드래곤

FREE KNIGHT

"*키*안디모르와 안티미오르의 무게가 사라졌다고?"

"그, 그렇습니다, 어둠의 대공 전하."

팔마이온 왕궁 왕좌에 무료하게 앉아 있던 알포디미스 어둠의 대공에게 델피니아디안은 땀을 흘리며 보고를 올렸다.

"드래곤인가? 키안디모르를 죽일 정도면 고룡 급에 이른 드래곤이겠군. 드디어 시작인가. 후후후."

다른 마족들과는 차원이 다른 흑요석 같은 눈동자를 차갑게 빛내는 어둠의 대공 알포디미스.

"그것이, 드래곤이 나타나긴 한 것 같은데 정확히 어떤 존재에 의하여 죽임을 당했는지는 모르옵니다."

"그래? 중간계에서 드래곤을 제외하고 상위 마족을 죽일 자가 있단 말인가? 과거 폴라온이라는 인간을 빼고는 전무한 것 같은데. 후후, 유한한 생명을 사는 폴라온이라는 자가 여태껏 죽지 않았다는 말은 아닐 테고 말이야."

상위 마족 두 명이 죽임을 당했지만 여유로운 알포디미스.

실력이 없어 사라지는 건 슬퍼하거나, 화낼 것도 아님을 마계의 율법은 과거로부터 말해왔다.

어차피 힘을 축적한 마족들은 마계에 널려 있었기에.

"그것은 아닐 것입니다. 폴라온이라는 자가 분명 죽었다는 것은 인간들의 역사서와 지금껏 중간계를 살펴온 저희 정보에 정확하게 기록되어 있으니 말입니다. 아마도 드래곤들이 개입한 것 같습니다."

"어차피 희생은 각오한 것. 이제부터 슬슬 드래곤 사냥을 나가볼까? 너무 이곳에만 틀어박혀 있었더니 지겹군."

아름다운 얼굴과는 다르게 마계에서도 가장 치밀하고 음흉한 어둠의 대공이자 군주인 알포디미스. 그가 드디어 드래곤 사냥을 명하였다.

"마계의 병사들을 더 소환해야 할 것 같습니다. 아직 북대륙에는 인간들을 비롯한 유사인종이 남아 있고, 남대륙에도 이번 기회에 정리를 해야 할 것 같습니다."

"그러도록 하지. 이번에 내 친위 병사들을 소환하겠네. 데스 나이트들에게 맡기기에는 무언가 마음에 안 들어."

"헉! 미노시스들을 말입니까!"

"오! 미노시스들이라면……?"

감히 대화에 끼어들지 못하던 마족들이 웅성거렸다.

미노시스들이 무엇이던가. 마계의 삼대 마물들로 구성된 어둠의 대공의 친위 병사들이 아니던가. 그들 각각이 하위 마족과 같은 힘을 발휘한다는 가공할 마물들을 중간계로 내보낸다 하니 놀라지 않을 수 없었다.

"자, 그동안 수집한 도마뱀들의 좌표를 불러보도록. 후후, 한꺼번에 처리한다면 그놈들도 당황할 것이야."

무슨 생각을 그리하는지 검은 눈동자가 기쁨으로 반짝이는 어둠의 대공.

"대공의 명을 받드옵니다!"

드디어 기다리던 명령이 떨어졌다. 마족들은 기쁨으로 명을 받들었다. 드래곤 하트는 힘을 추구하는 마족들에게는 그 무엇보다도 소중한 보물이었기에.

"감히 그린 일족의 어린것이!"

쿠구궁!

이디오스의 분노에 거대한 레어가 일순간 지진이라도 난 것처럼 요동쳤다. 아마 강력한 보존 마법으로 보호되지 않았다면 이미 무너졌을 것이다.

"흐흐흐, 감히 드래곤 로드인 나의 명을 거역하다니! 일족의 법이 얼마나 무서운지 가르쳐 주마."

다른 그 어떤 드래곤보다 드래곤으로서의 자존심과 강력한 힘을 소유한 이디오스.

로드로서 내린 명을 어긴 그린 드래곤 에스타시아를 마나로 돌려보내 버리리라 다짐하였다.

"음, 그런데 마물들이 모두 죽다니 의외로군. 분명 마물들 뒤에는 마족들이 있었을 텐데 말이야."

파오니아 왕성을 공격하던 마물들이 모두 죽임을 당하였다는 소식을 그 금방에 사는 블랙 일족에게서 보고받았다.

임시지만 로드의 명을 어기고 그린 일족이 나섰다는 보고와 함께 말이다.

하지만 놀랍게도 마물들이 모두 전멸하였다 한다. 미약하지만 마족들의 힘이 느껴졌고, 잠시지만 무언가 강력한 힘이 나타났다는 보고와 함께 말이다.

"다른 일족들이 나섰을 리는 없을 테고……."

마음 같아서는 당장에 날아가 상황을 파악하고 그린 일족의 어린것을 차원 깊은 곳에 묻어버리고 싶었다.

그러나 마족들의 활동이 점점 강해지고 있다는 것을 알기에 힘을 비축해야 했다.

"이번 기회에 인간들을 비롯하여 일족들 몇몇도 정리해야겠어. 좁디좁은 중간계에 많은 일족들이 있을 필요는 없지, 흐흐."

홀로 자신의 일족까지 정리할 생각을 하는 이디오스.

중간계의 수호자라는 의무에 어울리지 않는 사악한 존재였다. 지금 중간계를 공격하는 마족과 비교할 수 없을 정도로.

"흐흐흐, 기대가 되는군. 이번에 얼마나 대단한 마족이 넘어왔을지 말이야."

강력한 힘 덕분에 거의 이천여 년을 외롭게 살아왔다. 대적할 자가 없는 고독한 절대자의 위치가 지금의 이디오스의 정신을 사악하게 만든 주범이었다. 힘에 비하여 이디오스의 정신체는 그만큼 대범하지 못하였기에.

'뜨겁군.'

마물들의 처리를 모두 끝내고 각지에서 모여든 귀족들이 거대한 대전에 가득 들어차 있었다.

그리고 그들이 내뿜는 눈빛이 뜨겁게 느껴졌다.

"각하, 마물들의 처리가 모두 끝났습니다."

"수고했소, 하이든 백작."

아드리안느 공주와 라이돈 공작이 있건만 모든 것을 나에게 보고하는 귀족들.

"당분간 마물들의 습격은 없을 것이오. 그러나 마물들보다 더 무서운 마족들이 항시 노리고 있을 것이니, 항시 경계를 늦추지 말도록 하시오. 전쟁은 이제부터 시작이니."

"명심하겠사옵니다!"

절대의 충성을 담은 귀족들의 대답.

그들이 보내는 뜨거운 눈빛은 나를 신과 같이 바라보는 절대의 공경을 담고 있었다.

"당분간 아달톤 제국과 접한 영지에는 귀환하지 말도록 하시오. 필요한 식량을 페스탄 왕국에서 원조해 주기로 하였으니, 이곳 왕성을 중심으로 백성들의 임시 거처를 마련하도록 하시오. 또한 실력이 떠어난 자들을 선별하여 새로이 소울 가드 기사단을 창설토록 하시오."

"명을 받드옵니다."

아리안의 레어와 폴라온 대제의 유적에서 가져온 마도 시대의 소울 가드로 새로이 기사단을 창설할 생각이었다.

마족들을 제외한 마물들과의 싸움에서 강력하며 신속한 기사단이 필요하였기에.

"앙시온 백작께서 좀 더 도와주셔야겠습니다."

"하하, 바람의 카온께서 부탁하시면 지옥에라도 뛰어들겠습니다. 이미 제 목숨은 카온 후작께 있습니다."

데스 나이트들을 상대하려면 소드 마스터가 필요하였다. 이번 마물과의 전투에서 거의 백여 명이 넘는 데스 나이트를 처치하였지만 마계에 얼마나 많은 데스 나이트들이 더 있을지 알 수 없다.

딸깍.

"파시온 제국에서 사신이 왔습니다!"

귀족들에게 명을 내리고 있는 사이 대전 밖에서 시종장이 파시온 제국에서 사신들이 왔음을 알려왔다.

"들라 하세요."

여태 가만히 미소로써 지켜보고 있던 아드리안느가 들라 명을 내렸다.

뚜벅뚜벅.

"파시온 제국의 헥시온 드 락스 백작이 새로운 태양으로 떠오르는 파오니아 왕국의 아드리안느 공주 마마를 뵙습니다."

급한 걸음으로 들어서던 오십대 초반의 반백의 인물. 출렁거리는 뱃살이 무관이 아닌 전형적인 문관임을 보여주는 자가 과거에 들을 수 없었던 아부를 해왔다.

"무슨 일이신가요?"

차분한 목소리로 응대를 하는 아드리안느.

파시온 제국과는 같은 북대륙에 위치하고 있지만 거의 관련이 없이 지내왔기에 아드리안느의 말투는 당연했다.

쿵!

"아드리안느 공주 마마, 살려주십시오!"

"아니……."

웅성웅성.

갑작스럽게 대전에 무릎을 꿇은 헥시온 백작. 귀족들이 웅성거렸다.

"갑자기 살려달라니요?"

"지금 본 제국은 마물들의 습격에 의하여 황성이 포위된 상태입니다. 황제 폐하께서는 백성들과 함께하신다며 피하지 않고 계십니다. 도와주십시오! 마지막 희망을 살려주십시오!"

가슴 절절한 간청을 올리는 헥시온 백작.

대전 안은 일순간 깊은 침묵 속에 빠져 들어갔다.

'파시온 제국이라… 플로네시아.'

작은 인연이라 할 수 있지만 좋은 기억으로 남겨져 있는 여인, 불의 정령사 플로네시아.

―마스터, 가서 쓸어버리지요. 몸이 근질근질거립니다.

어차피 지금을 위하여 나는 예비된 자. 묵호의 힘찬 목소리가 머리에 울렸다.

"카온 후작님, 어떻게 하시겠습니까?"

어차피 인간의 힘으로는 할 수 없는 일. 아드리안느를 비롯한 모든 이들의 시선이 나에게 집중되었다.

"기사는 레이디의 명을 따를 뿐입니다."

"가서 당신의 폭풍 같은 분노를 보여주세요. 나의 기사여, 나와 당신을 위하여 명예의 검을 들어주세요."

척.

"레이디의 명을 가슴으로 따르옵니다."

오른팔을 가슴에 대며 명을 받았다. 나의 삶이자 나의 모든 것이며,

나와 같은 영혼을 공유하는 그녀의 명.

이 순간 파시온 제국은 구함을 결정받았다.

"라이돈 공작 각하, 공주 마마를 부탁드리옵니다."

"허허, 걱정 말게나. 이 늙은이가 죽는 그 순간까지 보호할 터이니, 자네가 가서 마족들에게 바람의 따끔한 맛을 보여주고 오게나."

"그럼……."

제국의 사신이 올 정도면 급박한 상황. 바로 등을 돌려 밖으로 향하였다.

'아드리안느, 이제 거의 끝나가오. 조금만 참으시오.'

다른 그 무엇보다 그녀의 안위가 제일이었지만, 지금 이 순간은 나를 존재하게 만들어준 이들의 의지대로 세상을 위하여 내어진 몸이었다.

'아……!'

마음은 험한 곳에 가지 못하도록 붙잡고 싶었다. 그러나 사랑하는 이는 세상을 위하여 지금은 검을 들어야 할 때.

아드리안느는 터져 나오려는 한숨을 마음으로 삼켰다.

'조심, 또 조심하세요. 당신과 떨어지는 것은 두렵지 않지만, 당신이 이 세상에 존재하지 않는다는 생각만으로도 저는 날마다 지옥이랍니다. 사랑하는 이여, 부디 저를 위하여 살아주세요.'

힘차게 돌아섰지만 언제나 함께하는 마음이 알알이 느껴졌다.

말하지 않아도 모든 것을 알고, 보고 있어도 보고 싶은 사람. 아드리안느는 그렇게 카온을 보냈다.

한 남자의 품에 안겨 언제까지나 함께한 평안을 맛보고 싶지만, 지금은 그때를 위하여 잠시 떨어져야 함을 아드리안느는 너무나 잘 알고 있었다.

"형님, 이들과 같이 가시지요."

"신의 은총이 함께하시는 존재에게 인사를 드립니다."

밖으로 나오자 어떻게 알고 미리 대기하고 있는 아르카시온. 그의 뒤로 오십여 명의 성기사들이 있었다.

잃어버린 성물을 찾아주었기에 신과 교통하게 되고, 그 교통 뒤에 오는 신의 축복이 넘치는 자들.

각 신전의 정예들이 분명하였다.

"아르카시온, 또 부탁한다."

"하하하, 걱정 마십시오. 이곳에는 이데아님의 신전이 있지 않습니까. 신전을 수호하는 성기사로서 당연한 의무를 해야지요."

'녀석……'

모든 신전의 사제들이 우러러보는 이데아의 사제 아르카시온이지만 내 앞에서는 언제나 철부지 동생 같았다.

'아르카시온과 에스타시아, 그리고 소드 마스터를 비롯한 왕국의 정예들이 수호하니 괜찮겠지.'

너무나 위험한 순간들이었기에 아드리안느에게서 벗어나고 싶지 않았지만, 그렇다고 그녀를 사지에 데려갈 수는 없었다.

"너를 믿으마."

"네, 형님! 저만 믿으십시오!"

아르카시온의 씩씩한 대답에 미소를 지으며 성기사들을 바라보았다.

"어서 가시지요, 카온 후작님. 마법사가 기다리고 있습니다. 그리고 이 성기사님들은 어떻게……."

나의 소문을 들었는지 극도로 공손한 모습을 보이며 재촉하는 헥시온 백작.

나의 실력은 아직 모르고 있었다.

"헥시온 백작, 먼저 가겠소. 천천히 오시오."

"네? 어떻게……."

긴 말이 무슨 필요가 있겠는가.

"워프!"

팟!

말과 함께 멀뚱히 서 있는 성기사들과 함께 빛에 휩싸였다.

단체 이동. 과거에는 감히 상상할 수도 없는 내공을 바탕으로 한 워프가 펼쳐졌다.

"내 영혼이 불타오르는 불의 화신이여, 이 자리에 그대를 나타내소서!"

붉은 머리칼을 흩날리며 한 여인이 정령 소환의 수인을 맺으며 마나를 의지에 담았다.

화르르.

순간 기다렸다는 듯이 중간계와 정령계의 문이 열리며 세상의 모든 것을 이글거리게 만드는 존재가 나타났다.

불의 최상급 정령 이그니스.

10샤이 정도의 작은 드래곤 크기지만 불의 하급 정령 샐러맨더와 더욱 비슷한 존재. 불의 정령계에서 이프리트 다음으로 강한 존재이며, 이성이 존재하는 정령계의 지성체가 중간계에 현신했다.

―태초부터 이어온 정령과 약속된 맹약자여, 무엇을 원하는가?

거대한 동체에서 끊임없이 붉은 기운들이 휘돌아 감싸는 이그니스.

"저 마물들을 그대의 힘으로 멸하여 주십시오!"

최상급 정령을 소환할 수 있는 맹약자이지만 인간의 몸으로, 더군다나 아직 어린 나이의 그녀가 소환하기에 이그니스의 존재는 너무나 거대했다.

―알겠다. 너의 힘이 다하는 순간까지 저들을 소멸시켜 주겠다.

정령이란 본래부터 감정에 무감각한 존재들. 중간계에 무슨 일이 있더라도 정령들은 태초에 약속된 의무만 이행하면 되는 것이다.

쿠에엑!

쿠르르르!

걸쭉한 액체를 입 주변으로 흘리며 검푸르고 강인한 피부를 자랑하는 마계의 마물들.

지금껏 중간계를 유린하던 그 모습 그대로 파시온 제국의 황도인 베킹톤의 외성 벽을 넘어서려 하였다.

하지만 파시온 제국의 황도답게 외성의 높이는 20샤이가 넘었고, 그 성벽 위로는 제국에 남아 있는 정예병 30만이 성벽 위와 그 바로 아래에서 대기하고 있었다.

그리고 지금 성벽을 넘어서 인간들의 따뜻한 피와 육체를 얻고자 하는 마물들이 성벽을 향해 백만이 넘는 숫자로 밀어붙이고 있었다.

"궁수들은 쉬지 말고 발사하라!"

어떻게 된 일인지 갑작스럽게 제국에 있던 성기사들이 모두 사라졌다. 그나마 다행스럽게도 신의 선물인 성수를 만들어낼 수 있는 사제들 몇몇이 남아 있어 마물들을 공격하는 화살과 병사들의 무기에 성수를 부을 수 있었다.

'미안하다, 사랑하는 나의 딸아.'

정령계의 거대한 존재인 최상급 정령 이그니스를 소환하고서 입술이 시퍼렇게 질려가는 플로네시아를 바라보는 헤르간 공작.

황성으로 도망을 오기까지 이 어린 딸을 얼마나 많이 이용했던가. 아비칸 요새를 공격하는 마물들과의 전투에 제국의 소드 마스터를 비롯한 소울 가드 기사들, 그리고 마법사들까지 모두 투입하였다.

승리를 장담할 수는 없지만 마족만 안 나타나면 버틸 수 있을 거라 생각하였다. 그러나 그것은 커다란 오판이었다.

단 2루빈 만에 이십만에 이르는 제국의 소드 마스터를 비롯한 정예들이 몰살당하였다.

처음 일반 마물들의 공격은 어찌어찌 막을 수 있었다. 그렇게 한 1루빈 동안 치열하게 공방을 벌일 무렵, 갑자기 어둠 속에서 나타난 검은 갑옷의 기사들.

사람이 아니라는 것은 그들을 보자마자 알 수 있었지만, 그들이 설마 말로만 듣던 저주받은 기사의 영혼인 데스 나이트라고는 생각하지 못했다.

그 이후에 일어난 피바다의 현장. 데스 나이트들의 앞을 막아서는 모든 것들이 다크 오러 소드에 의해 무참히 짓이겨졌다.

제국에서 영광의 기사라 불리던 하밀리안 공작도, 그를 따르던 수백의 기사단도 데스 나이트들을 막을 수 없었고, 아주 짧은 순간 단단하던 요새가 무너졌다.

단 오십여 명에 불과한 데스 나이트들에 의하여 모든 것이 엉망진창이 되어버린 것이다.

그렇게 요새가 무너지고, 최상급 정령을 무리하게 소환하여 마물들을 척살하던 딸 플로네시아가 힘이 다해 쉬고 있다가 다행스럽게 몸을 피할 수 있었다. 공작가의 오래된 노마법사가 요새와 황도 본가로 이어진 이동 마법진을 설치하여 위급한 순간에 공작과 플로네시아를 구해내었다.

전쟁에 패배하고 도망친 비겁한 자의 모습을 보이고 싶지 않았지만, 그 자리에 있으면 개죽음당할 것을 알기에 눈물을 머금고 황도로 도망쳤다.

그렇게 황도로 도망쳐 왔지만 그 누구도 공작을 탓하지 않았다. 이미 인간의 힘으로 마물들을 막는다는 것이 어리석다는 것을 황제 또한 알기에 모두들 자포자기한 심정이 되어 있었다.

그러나 앉아서 죽을 수는 없었다.

이곳 황도인 베킹톤이 무너진다면, 파시온 제국에 더 이상의 미래가 없을 것이기에 죽음을 무릅쓰고 플로네시아와 다시 전투에 참전하였다.

어차피 지금 제국에 병사들을 이끌 공작의 신분은 헤르간 공작 하나밖에 남지 않기에.

―플레임 브레이크!

둔중한 목소리의 최상급 정령 이그니스.

번쩍.

성을 향하여 거침없이 달려오던 마물들이 밟고 있는 대지에 갑작스럽게 붉은빛이 번쩍였다.

그것이 끝이었다.

비명도 소리도 없이 수십 샤이의 대지에서 시작한 붉은 기운이 하늘로 솟구쳤고, 방금 전까지 그 자리에 존재하던 마물들이 먼지 하나 남기지 않고 사라졌다.

8써클 마법사가 펼치는 화염 계열의 마법에 당한 것처럼.

"쿨럭."

주루룩.

이그니스에 마나를 공급하던 플로네시아의 얼굴이 창백해지더니 급기야 피를 토했다.

최상급 정령이 중간계에 소환되어지면 그 소환된 정령이 소유한 힘을 사용하게 된다. 하지만 정령 자체의 존립은 소환자의 마나 역량에 달려 있었다.

"플로네시아!"

플로네시아를 근접 경호하던 헤르간 공작의 얼굴이 창백해졌다.

"꽤, 괜찮아요. 아직 버틸 만해요."

잘못하면 정령을 감당하지 못하여 마나 역류를 일으킬 수도 있는 상황. 죽음에 이를 수도 있는 그 순간에도 플로네시아는 억지스레 미소를 지었다.

'아, 단 한 번만 당신의 모습을 보고 싶어요. 바람의 카온… 당신을……'

또로록.

참을 수 없는 눈물이 흘렀다. 이제 잠시 후면 정령은 사라질 것이고, 이곳은 마물들의 놀이터가 될 것이다.

보고 싶었다. 죽기 전에 마음속에 그리던 한 남자가 너무나 그리웠다.

그와 함께했던 먹고 마시며 웃고 떠들던 모든 시간들이 빠르게 머리 속에 떠오르며 사라져 갔다.

"마, 마물이 성벽을 넘어온다!"

"막아! 죽기 살기로 막으란 말이야!"

겁에 질린 병사들의 목소리와 동요하는 병사들을 독려하는 기사들의 목소리가 어지러이 들려왔다.

―소, 소환자여…… 그대의…… 힘이…… 다했…….

팟!

말도 다 끝내지 못하고 마물들을 처치하다가 사라지는 불의 최상급 정령 이그니스.

최상급 정령의 출현과 공격에 당황하며 공격의 고삐를 늦추던 마물들이 기세가 올라 성벽을 타올랐다.

이미 성벽 위의 하늘은 마물새들의 천지가 되어 사냥당하기를 기다리는 인간들을 낚아채기 바빴다.

'쉬고 싶다.'

이제 감히 사랑이라 말할 수 있을 것 같던 그 사람과 함께했던 여행의 순간 순간이 생각났다.

사락.

죽음의 순간이 다가왔건만 입가에 그려지는 미소 하나. 플로네시아는 이 죽음이 가까워지자 지극한 평안을 맛보았다.

쿠에에에엑!

카라라라락!

눈이 감겨진 플로네시아, 그녀의 귓속으로 들리는 마물들의 고함 소리가 꿈결처럼 느껴졌다.

콰과과광!

꾸에에에엑!

무언가 터져 나가고 마물들이 지르는 고함은 더욱 커져만 갔다.

"시, 신이 나타났다!"

"오오오! 성기사님들이 나타났다!"

'응? 신, 성기사?'

갑작스럽게 들리는 병사들의 희망에 찬 목소리. 눈을 감고 죽음을 기다리던 플로네시아는 힘겹게 눈을 떴다.

"오오, 신이시여!"

그리고 눈을 뜬 상태 그대로 플로네시아는 신을 찬양해야 했다.

한 남자가 평범한 로브를 펄럭이며 허공에서 바람을 맞고 있었다. 대낮의 전투였기에 모든 것이 확연히 드러났다.

아니, 오랫동안 가슴에 그리던 이의 모습이었기에 그 남자의 모습이 두 눈 가득 들어왔다.

바람의 카온, 그가 나타났다.

꿈에서도 그리던 그 남자가 바람처럼 나타나 로브를 펄럭이며 자기를 내려다보고 있었다.

"후후후. 플로네시아, 일어나려무나. 바람이 아주 좋구나."

귓가로 들리는 그만의 웃음소리.

그리고 시작되었다.

파시온 제국 역사상 가장 치열했던 전투가 한 남자가 일으킨 폭풍 같은 바람에 의하여 한순간에 사라지는 순간이.

'으으으! 또 저놈이란 말인가!'

마물들과 데스 나이트들을 데리고 인간들을 사냥하고 다니던 타마시네. 불과 얼마 전, 파오니아 왕국에 나타나 수백만의 마물들과 데스 나이트들을 순식간에 사라지게 만들었던 놈이 나타나자 타마시네는 숨이 막혀왔다.

'드래곤이 아니야! 저것은 분명 인간이야!'

결코 저놈이 드래곤이 아니라 인간임을 본능적인 육감으로 알아챘다.

'폴, 폴라온 대제… 의 재림이란 말인가.'

생각하기도 싫었지만 자연스럽게 이어지며 그려지는 한 인물.

과거 이천 년 전 마계 침공 때 마족들과 비협조적이던 드래곤들에게 홀로 철퇴를 내린 한 남자가 떠올랐다.

'보고해야 해! 저놈을 반드시 죽여야 해!'

여기서 끝낼 수는 없었다. 가증스럽고 더러운 인간들의 씨를 말리고 마족들에게 영원한 생명을 받아 중간계를 흑마법사의 세계로 만들어 살고 싶은 타마시네.

드래곤보다 강한 능력을 보이는 남자를 멀리서 노려보더니 이내 마법을 펼쳐 사라졌다.

어차피 마물들이란 마족들이 있으니 또 소환하면 그만인 것. 지금 중요한 것은 새로이 변수로 나타난 저놈이었다.

"커헉!"

"흐흐, 이곳에 처박혀 있으면 모를 줄 알았나, 도마뱀?"

"어, 어떻게 결계를 뚫고……."

마나의 흐름이 변하여 이동 마법을 펼칠 수가 없었다. 중간계에 두려울 것이 없는 드래곤이었건만, 지금 이 순간은 죽음의 공포에 휩싸인 한 생명체에 불과했다.

"그까짓 결계를 믿다니. 역시나 오만하고 멍청한 족속이군, 흐흐흐."

'위험하다! 아…….'

눈앞에 나타난 마족 두 놈을 바라보며 블랙 일족의 웜 급 드래곤인 아이달리스는 위험을 감지했다.

　마족들을 너무나 우습게보았다. 분명 마족들 개개인의 힘이 각 드래곤들과 필적하거나 강하다는 것을 인지했어야 하건만, 지난 긴 세월이 경계심을 사라지게 만들었다.

　"네놈들이 감히 신이 허락한 우리 일족에게 허락한 중간계를 침범하고도 이리 뻔뻔할 수 있다냐! 신의 뜨거운 분노를 받을 것이다!"

　"하하하하하! 신을 우습게 알다니? 신께서 알면 섭섭하시겠군. 과연 드래곤이라는 족속이 신을 언제 공경하였던가 생각하실 것이니 말이야."

　"음……."

　마족의 말에 할 말을 잃어버린 아이달리스.

　'마나가 통제되고 있다. 이렇게 된다면 다른 일족에게 알릴 수도 없건만…….'

　두 놈이 나타난 이유가 있었다. 한 놈은 아이달리스를 상대하고, 다른 한 놈은 남은 힘으로 마나를 통제하여 이동 마법이나 통신을 할 수 없도록 만들고 있었다.

　치밀한 계획. 아이달리스는 입술을 피나게 깨물었다. 어차피 존재와 존재와의 싸움에서 중요한 것은 힘. 죽은 자는 아무것도 말할 자격이 없었다.

　"와라! 더러운 침입자들이여, 너희들에게 중간계가 호락호락하지 않음을 보여주리라!"

　휘이잉.

　마음이 일자 드래곤 하트와 공명하는 대기의 마나들.

　일순간 아이달리스의 레어 안에 긴장감이 휘몰아쳤다.

　"타앗!"

"흐흐흐, 죽어라!"

그리고 시작되었다. 드래곤과 마족들의 대결이 대륙 곳곳에서 동시 다발적으로 벌어졌다.

"아!"

참았던 그리움이 왈칵 밀려들며 플로네시아의 입술 사이로 신음이 흘러나왔다. 나타나 줄 것이라 소망하였건만, 지금 그 소망이 현실이 되고 현신은 이렇게 기쁨이 되고 있었다.

'당, 당신… 바람의 카온…….'

"와아아아아! 마물들을 물리쳤다!"

"신의 사자들께서 마물들을 물리쳤다!"

곧 황성을 함락할 것 같던 마물들이 모두 처참하게 죽임을 당하였다. 그 수가 끝없어 결코 없어질 것이라 생각하지 못했던 마물들이 신의 사자들에 의하여 모두 절단이 났다.

맨 처음 평범한 로브를 걸친 신의 사자의 손에 들린 검에서 눈부신 태양과 달이 떠올랐고, 순간 대지가 갈라지며 지옥의 문이 열려 마물들을 데리고 사라졌다.

뒤를 이어 신의 사자와 함께 나타난 빛의 사자들이 눈부신 성령의 옷을 입고 빛의 검을 휘두르며 혼란스러워하는 마물들의 육신을 갈랐다.

다른 기사들이나 병사들에 의하여 죽임을 당한 마물들과는 달리 아무런 독 기운도 남기지 않고 조용히 대지에 스며들었다.

그리고 그 모습에 용기를 얻은 제국 병사들이 도망치는 마물들을 뒤따랐고, 곧 짧고 치열한 전투는 끝이 났다.

다만 신의 사자라 불리는 한 남자와 오십여 명의 성기사가 마물들의 시체 위에 오연히 서 있었다.

"카, 카온이다! 바람의 카온이다!"

"폭풍의 사신 카온님이다!"

"오오! 신이시여, 감사합니다!"

누군가 이제야 바람의 카온을 알아보았다.

그 순간 격동에 빠진 파시온 제국군들.

절망 뒤에 찾아온 희망은 지금까지 보았던 그 어떤 축제보다 가슴을 벅차게 만들었다.

"플로네시아, 시간이 나면 파오니아 왕궁으로 놀러 오거라."

수많은 사람들 사이로 뚜렷하게 들려오는 카온의 목소리.

상당히 떨어져 있는 거리였건만 자신을 온전히 바라보는 카온의 시선이 느껴졌다.

"네, 곧 찾아갈게요……."

지금은 때가 아니었다. 제국에 남아 있는 유일한 공작 가문이자 최상급 정령의 소환자로서 아직 할 일이 남아 있었다.

팟!

플로네시아의 대답이 끝나기 무섭게 대지 위에 서 있던 카온을 비롯한 성기사들이 사라졌다.

실로 말로 표현할 수 없는 가공할 능력. 마법사들은 그 순간 드래곤이 함께하고 있다 생각하였고, 승리에 취한 일반 병사들은 당연히 신의 사자들이라면 저 정도 능력은 가지고 있을 것이라 의심치 않았다.

"곧 찾아갈게요, 곧……."

사라져 버린 영상을 붙잡고 기쁨의 눈물을 흘리는 플로네시아.

지금 이 순간이 그녀의 인생에 있어 가장 행복한 한순간으로 기억되었다.

쾅!

"이놈들이!"

마족들의 공격에 대비하고는 있었지만 적극적으로 중간계를 휘저으며 드래곤들을 사냥할 줄은 몰랐다.

삼십여 개체의 드래곤이 어떻게 할 시간도 없이 사라졌다. 물론 드래곤과 함께 마족들 몇몇도 사라졌지만 자존심에 상처를 입은 것은 중간계의 수호자 드래곤이었다.

"이디오스님이시여! 복수할 때이옵니다. 감히 주제를 알지 못하는 마족 놈들이 우리 일족에게 치욕을 주었습니다. 이제는 나서야 할 때이옵니다!"

"그렇습니다. 어차피 인간들이야 자기들끼리 치고받으며 언제나 그 자리에 머물 것이니, 이제 우리의 자존심을 찾아야 할 때이옵니다."

이디오스의 레어에 모인 마족의 공격에 살아남은 드래곤들.

대기의 마나들이 숨이 막힐 정도로 엄청난 살기를 뿜어내었다.

감히 중간계에서 대적할 존재가 없는 드래곤을 마족 놈들이 공격하여 자존심에 상처를 주었다.

'이제 이 정도면 충분하군, 흐흐흐.'

살아남은 드래곤들은 대부분 웜 급 이상.

헤슬링을 제외하고 힘없는 드래곤들이 중간계에서 사라졌다. 그것만으로 충분한 상태. 이제 멋지게 복수를 가장한 유희를 할 생각에 이디오스는 흥분이 머리로 불같이 치솟음을 느꼈다.

"이제 때가 되었다. 신께 부여받은 우리 일족의 의무와 일족의 로드로서 명하노니! 이 시간 이후로 마족이 중간계에서 물러날 때까지 무한 전쟁을 선포하노라!"

쿠궁!

"로드의 명을 받드옵니다!"

이디오스의 몸에서 뿜어지는 강대한 마나의 소용돌이.

그 힘에 더하여 드래곤 모두의 의지가 담긴 마나가 레어 안에서 폭풍처럼 휘돌았다.

"그럼 마족 놈들이 있는 곳으로 이동하도록 한다. 이동!"

"이동!"

파바밧!

어차피 마족들이 존재하는 위치는 다 알고 있었다.

누가 성질 급한 레드 드래곤이 아니랄까 봐 말이 끝나기 무섭게 마족들이 있는 팔마이온 왕성으로 이동했다.

이디오스의 워프 이후로 차례로 드래곤들이 마나의 빛에 휩싸여 사라졌다.

전쟁이 시작되었다. 중간계의 강력한 존재인 드래곤과 마계의 침공자인 마족들과의 한판 승부가.

"아드리안느……."

"오셨군요……."

내 바람이 유일하게 쉴 수 있는 곳.

서늘한 바람이 살랑거리며 부는 그녀 방의 테라스.

언제나처럼 나를 기다리며 아드리안느는 그림처럼 서 있었고, 나는 그녀의 곁으로 다가갔다.

스륵.

눈과 눈이 마주치고 영혼과 영혼이 진실의 이름으로 마주 섰다. 사랑한다는 말도 필요없었다.

다가가고 기다리고, 그리고 만났다.

"수고했어요."

"응."

가볍게 품에 들어와 안기는 내 여인.

아무런 무게도 없는 가벼운 구름처럼 살포시 내 안으로 그녀가 들어왔다.

사라락.

"음……."

기분 좋은 내음. 그녀의 영혼의 향기가 가슴으로 깊숙이 파고들며 쉬고 싶은 나의 영혼을 위로하였다.

"사랑해요, 처음부터 마지막까지. 내 영혼이 소멸하는 그 순간까지 당신은 나의 사랑입니다."

"사랑하오. 내 영혼이 녹슬어 가루가 되어 먼지가 될지라도 그 먼지 속에서도 난 당신의 곁에 머물 것이오. 그것이 나의 운명인 것을……."

더할 수 없이 서로를 내주었다.

바람이 구름을 안 듯 나의 영혼이 그녀를 안았고, 그녀는 내 안에서 행복으로 파르르 떨었다.

지극한 평화.

말로 표현할 수 없는 일체감과 평화가 우리 두 사람을 감싸 안았고, 이 순간 그 무엇도 두렵지 않았다.

태어나 겪었던 수많은 고통도, 앞으로 다가올 죽음도 이 사랑하는 현실 앞에서는 그저 멀리 스쳐 지나가는 뜬구름일 뿐이었다.

"아."

품에 안긴 그녀와의 자연스러운 입맞춤.

이 순간에도 심장은 용암을 품고 있는 화산처럼 부글거렸고, 그 식을 줄 모르는 열기가 그녀의 입술을 찾게 만들었다.

'신이시여, 감사합니다. 지금의 나를 존재하게 만들어준 그 무한한 사랑에 그저 한없는 감사함으로밖에 할 말이 없나이다. 신이시여, 이 부족한 자가 간청하나니 나의 바람이 멈추는 그날까지 부디 이 사랑을 간직하게 해주소서. 과거부터 현재, 그리고 다가올 미래까지 그녀를 위해 흐르는 바람이 되게 해주소서. 나의 소망은 오직 그것뿐이옵니다.'

언제나 매정하고 질투 많은 신이지만 이 순간은 무릎을 꿇고 간청하고 싶었다.

더 이상 바랄 것이 아무것도 없었다.

'응?'

신께 간절히 애원하여 이 시간을 멈추게 하고 싶은 순간, 멀리서부터 느껴지는 낯설지 않은 발걸음.

'때가 된 것인가……'

모든 중간계를 관장하는 주신의 충실한 신하인 이데아, 그리고 그 이데아의 신실한 종인 아르카시온.

그가 다가오고 있었다.

이제 그 화려한 마지막을 위하여.

똑! 똑!

"……?"

"아드리안느, 이제 마지막으로 당신과 떨어져야 할 시간이오. 이 시간이 지나면 난 당신과 영원히 있을 것이오. 내 바람이 멈추는 그 순간까지."

방 밖에서 들리는 노크 소리에 품에서 벗어나 눈을 동그랗게 뜬 아드리안느.

무슨 말인지 잘 알지는 못하지만 위험하다는 것을 아는 듯, 별빛 같은 두 눈에 근심을 담았다.

"그런 눈빛은 나의 가슴을 아프게 한다오. 사랑하오. 그것만은 잊지 말아주시오. 그 어디에 있든지 무엇을 하든지 내 마음은 오직 당신에게로만 흐른다는 것을 알아주시오. 그 순간 난 당신의 곁에 바람으로 가 있을 것이니."

"네, 알겠습니다, 사랑하는 이여. 당신의 말은 언제나 나에게 진리입니다. 그 어디에 있든지 무엇을 하든지 당신만을 생각하겠습니다. 사랑하는 이여, 나의 곁에 푸른 바람으로 와주세요."

쪽.

가벼운 입맞춤.

긴 말을 나누지 않아도 나를 아는 내 여인. 그녀는 그녀가 아니라 이 순간 또 다른 나였다.

"다녀오겠소."

"기다리겠습니다. 언제나처럼……."

알고는 있지만 아직 가슴이 허락하지 않는 듯 이별을 슬퍼하는 아드리안느.

그 눈빛을 마음에 담으며 등을 돌렸다.

'사랑하오. 이 육신과 영혼, 그리고 온 세상을 다하여.'

입가에 미소가 그려졌다.

사랑함으로 충만한 프리 나이트에게 이 순간은 세상 그 무엇과도 바꿀 수 없는 기쁨이었기에.

　딸각.

　"형님, 때가 되었습니다."

　"그곳이더냐."

　"그렇습니다. 그곳에 마족과 드래곤들이 모여 있습니다."

　"그렇구나……."

　말하지 않아도 알 수 있었다.

　내 주변에서 마나들이 수없이 이야기해 주었다.

　가서 오만한 그들에게 자신들의 진정한 뜻을 전해달라고.

　"부탁한다."

　"믿고 다녀오십시오. 신께서 함께하실 것입니다."

　듬직한 모습의 아르카시온.

　'후후, 이제 끝이려나…….'

　"갔다 오마."

　"네, 형님. 승리의 축배를 준비하겠습니다."

　"후후후."

　'가자, 묵호.'

　─네, 마스터!

　"이동!"

　팟!

　마지막을 향하여 달려가는 이 순간 나의 가슴은 더없이 뛰었다. 사랑하는 이와의 그 희열에 찬 미래가 바로 저곳에 있었기에.

"라파스 시드 에레스트!"

"불의 징벌!"

"헬 파이어 브레스!"

쿠오오오!

콰과과과광!

하늘이 깨지고 대지가 찢어졌다.

과거 팔마이온 왕국의 수도였던 중간계의 한 지역은 지금 지옥으로 변해 있었다.

인간들이 수백, 수천 년 동안 건축해 놓은 모든 것들이 신에 근접한 힘을 소유한 존재들에 의하여 가루가 되고 흐물거리며 녹아내렸다.

그리고 그 하늘 위로 인간들이 감히 상상할 수도 없는 존재들이 엄청난 격돌을 벌이고 있었다.

9써클 드래곤 마법과 마족의 마법들, 그리고 언령들에 의하여 펼쳐지는 마나의 엄청난 충돌.

무속성의 마나들은 그들에게 명령을 내리는 허용된 존재들에게 그 능력만큼 힘을 제공했다.

퍼버벙!

"크윽!"

"이놈들이!"

마나로 만들어진 순수한 실드들이 박살나며 유리 파편처럼 허공에서 지상으로 떨어졌다. 그러더니 어느새 다시 마나로 환원이 되고, 그 환원된 마나들을 다시 다른 존재들이 사용했다.

"죽음의 창!"

"바리어 게이트!"

"라그나 헬 브라스트!"

각자 마나와 마법에 극도로 능통한 자들. 룬어들이 허공에 번쩍이나 싶더니 어느새 상대의 약점을 파고들었다.

그러나 쉽사리 당하지 않는 존재들인지라 지루한 공방전은 계속되었다.

더군다나 웜 급 이상의 드래곤이 거의 칠십여 개체이고, 마계에서 중간계로 넘어온 마족들 또한 칠십여 개체.

넘치거나 모자람이 없는 존재들은 그렇게 가열차게 중간계를 흔들고 있었다.

'저놈이 마계의 삼대 군주인가……'

드래곤 임시 로드인 이디오스.

동료 드래곤들이 생사를 겨루는 결투를 벌이고 있는 동안에 멀찍이 떨어져 한 마족을 바라보았다.

말하지 않아도 느낌으로 알 수 있었다.

결코 이디오스의 아래가 아닌 존재라는 것을.

'대단하군. 지금껏 마계의 군주들이 나타난 적이 없었거늘.'

씨익.

이디오스가 바라보는 것을 느꼈는지, 마계의 군주로 보이는 마족이 기분 나쁜 미소를 지었다.

'한번 해보자는 건가? 음, 마족들이 이렇게 강하다니!'

과거 이천 년 전에도 드래곤은 마족들과 전투를 벌이지 않았다. 그 당시에 중간계를 침공한 마족들의 수가 얼마 되지 않았기에 드래곤들이 그리 관심을 두지 않았다.

인간들의 마법은 드래곤을 위협할 정도로 강대해졌고, 소울 가드라는 뛰어난 창조물을 만들어 자기들의 오만함을 나타냈다. 심지어 이제 갓 어린 성룡이 된 드래곤을 사냥하여 드래곤 하트를 탐내는 인간들이 나타났기에 드래곤들은 방관하였다.

그렇게 드래곤의 방관 속에 마족들은 인간 세상을 피로 물들여 갔고, 인간들은 소멸해 갔다.

아무리 인간들의 마법이 강해진다 한들 마나의 허락을 받은 드래곤 이나 마족들과 같을 수는 없었고, 소울 가드라는 것도 마물들에게나 먹 혀들지 차원을 달리하는 마족들에게는 어림도 없었다.

수백만의 인간이 마물들의 한 끼 식사거리가 되어 사라져 갔다. 인 간들의 피는 흘러 대지와 강을 적셨고, 그런 인간들의 신음에 신은 아 무런 응답도 하지 않았다.

그리고 한 명의 영웅이 인간들 사이에서 탄생하여 모든 상황을 종결 하였다. 중간계를 침공한 마족과 신이 주신 의무를 방종한 드래곤에게 치욕을 안겨준 인간.

그가 바로 폴라온 대제였다.

"후후후, 그렇다면 응해주지. 건방진 마족 놈."

쉽게 결론이 날 것 같지 않은 마족과 드래곤의 전투.

이제 이디오스와 마계의 어둠의 대공 알포디미스의 대결로 결판이 나려는 순간이었다.

"해제!"

화르르르.

인간의 몸으로 마계의 군주와 싸울 수는 없는 법. 이디오스에게 걸 려 있던 폴리모프가 해제되며 웅장한 본체가 모습을 드러냈다.

쿠오오오오!

파바방!

지금 이 공간에 본체를 드러내며 싸우고 있는 수십 마리의 드래곤과 차원을 달리하는 거대한 본체와 포효.

전투를 벌이던 마족과 드래곤 모두 그 포효와 마나의 요동침에 다들 전투를 멈추었다.

그리고 모두 경탄의 눈으로 이디오스의 드러난 전신을 보았다. 무려 100샤이에 이르는 붉은 비늘에 쌓인 강하고 아름다운 에이션트 레드 드래곤의 몸체.

중간계 최고의 힘을 가진 전투 종족다운 모습이었다.

"하하하하하하!"

이디오스의 위협적인 본체에 전혀 기죽임 없는 어둠의 대공 알포디미스.

눈가에 반짝이는 기쁨을 내더니 천천히 힘을 개방하였다.

일반 마족과는 또 다른 차원인 마계 삼대 군주의 힘을.

윙윙윙!

마나들이 소용돌이쳤다.

결코 이디오스의 본체 현신과 다를 것이 없는, 아니, 더욱 강맹한 마나들이 알포디미스의 몸으로 빨려 들어갔다.

파바밧!

"음하하하하하하!"

검은 빛줄기가 폭발하였다. 그리고 울리는 거친 웃음과 각성한 최상위 마족의 본신.

날개가 돋아 있었다. 검은 광택이 세상의 그 무엇보다 눈을 부시게 만들었고, 결코 그 무엇으로도 뚫을 수 없을 것 같은 피부는 질기면서도 단단하였다.

위잉!

더군다나 숨기고 싶어도 숨길 수 없는 강렬한 마나의 파장.

일순간 모든 공간과 시간이 숨을 죽였다.

지금껏 중간계에서 이런 대결은 없었다.

중간계를 대표하는 드래곤과 마계를 대표한다 할 수 있는 최상위 마족인 마계의 군주이자 대공의 만남.

세상에 존재하는 모든 것들은 숨을 죽였다. 자칫 불똥이라도 튀어 생명이 사라질 수 있기에.

"오라, 어리석고 오만한 드래곤이여. 진정한 힘이 무엇인지 보여주리라!"

자신감 넘치는 어둠의 대공이자 마계의 군주 알포디미스.

검은 마나들이 그의 주변에서 뭉클거리며 오라의 장막을 만들어내었다.

'음, 저 정도라니……'

어느 정도 계산이 서 있던 이디오스. 이곳은 마계가 아니라 중간계였기에 마족들이 마나를 다루는 데 어느 정도 제약이 있을 것이라 생각하였다.

그러나 그것은 오산이었다. 이미 중간계의 마나에 적응했는지 알포디미스를 비롯한 마족들은 아무런 거리낌이 없었다.

마계의 마나도 없는 상태에서 말이다.

쿠오오오!

자존심이 상하고, 마음속으로 두려움을 떨치기 위하여 포효성을 터뜨리는 이디오스.

평소와 같으면 중간계의 모든 존재들이 두려움에 떨었을 것이지만, 지금은 그저 하나의 소리로만 세상에 울릴 뿐이었다.

"소리만 요란하군. 이거나 처먹어라, 죽음의 창!"

징!

언령 마법.

이미 존재하는 마나로 존재하는 그 무언가를 의지하여 만들어내는 절대 마법. 징! 하고 마나의 짧은 공명 소리가 울리더니 이디오스의 몸으로 수십여 개의 검은 창들이 돌진하였다.

"흥! 가소로운 것! 나를 보호하라!"

이미 대비하고 있던 이디오스. 언령 마법으로 펼쳐진 우윳빛 순수한 마나의 장벽이 거대한 본체를 방어하였다.

퍼버벙!

"실드!"

"이동!"

하늘이 놀라고 땅이 놀랐다. 차원을 달리하는 두 존재의 무지막지한 대결에 짝을 이뤄 대결을 펼치던 마족과 드래곤들이 황급히 마법을 펼쳤다.

"흐흐흐. 그래, 이 정도는 되어야지. 이것도 막아봐라! 라그나 브라스트!"

고오오오.

손으로 수인도 맺지 않고 그저 의지하고 입으로 말하기만 하면 펼쳐지는 9써클 이상의 마법들.

더욱이 마계 삼대 군주 중 하나인 어둠의 대공이 펼치는 마계 마법.

알포디미스의 몸 주변으로 풍기는 다크 써클이 소용돌이치더니 이

내 번쩍하고 무엇이 만들어지며 이디오스를 향해 폭사되었다.

"이놈이! 디스파이어 데스!"

휘이잉―

검은 파도가 몰려오듯 달려오는 마계의 마법.

파지작!

앞을 막아서는 모든 것들이 파지작거리며 검은 연기를 뿜으며 소멸했다. 중간계의 순수한 힘인 마나들조차.

그 모습에 격분한 이디오스. 다급히 9써클 절망의 바람을 소환했다.

파스스스스.

죽음의 파도를 향해 달려드는 절망의 바람. 두 마나가 부딪치는 공간에서 무서운 힘의 격돌이 일어났다.

마법과 마법이 부딪치고 있지만 지금 이 순간은 두 존재의 마나가 힘을 겨루고 있는 상태였다.

만약 누군가가 먼저 힘을 거둔다면, 그 존재는 힘의 부족함을 인정해야 했다.

다들 최고의 선택을 받아 수천 년을 살아온 존재들. 마법의 고하나 기교의 우열로 판단할 수 없는 상태.

오직 가지고 있는 순수한 마나의 양으로만 승부를 결할 수 있었다.

"피, 피하라! 마나가 공멸한다!"

"이동!"

"방어하라!"

난리가 났다. 시작과 동시에 본 실력 대결로 들어간 두 존재의 대결에 마나가 가지고 있는 그 기본 원소가 파괴되려 하였다.

마나의 붕괴.

자칫 이곳에 존재하는 모든 것들이 마나의 붕괴로 인하여 영혼을 유지하고 있는 육체까지 소멸될 수 있었다.

그런 까닭에 이동 마법을 펼쳐 순식간에 자리를 피하고 최대의 방어 마법을 펼쳐 몸을 보호하였다. 그러나 그 누구 하나 이곳에서 피하지는 않았다.

수천 년, 수만 년을 살 수 있는 존재들이지만 이런 대결은 태어나 한 번 볼까 말까 한 광경.

두려움 속에서도 강함에 대한 호기심은 각자의 심장을 활활 태웠다.

위위윙윙—

이디오스의 심장에서 끊임없이 뿜어져 나오는 드래곤 하트의 무시무시한 마나들. 거대한 이디오스의 본체가 벌겋게 달아오르기 시작했다.

마나의 친구이자 조종이라 할 수 있는 드래곤, 그중에서도 최고의 전투 종족인 레드 일족의 고룡이지만 자신이 뿜어내는 마나에 몸이 타오르기 일보 직전이었다.

'이놈이! 크으…….'

갑작스럽게 가벼운 공격에서 본 공격으로 이어졌다. 오늘 이 자리에서 누군가 죽지 않고서는 벗어날 수 없다는 것을 알지만 난생처음 느끼는 강대한 공격력. 수천 년 세월을 오직 홀로 강자라 생각하고 살아온 이디오스에게 이 순간은 낯설었고, 곧 그것은 서서히 두려움으로 변하였다.

"흐흐흐."

주변에 존재하는 마나가 붕괴되기 직전이건만 입가에 미소를 흘리는 어둠의 대공 알포디미스.

오만하게 하늘을 향해 펼쳐져 있는 검은 날개가 더욱 진한 어둠의 빛으로 변했다.

아니, 온 전신의 검은 가죽이 더욱 선명하고 밝은 검은 광택으로 빛을 뿜어냈다.

빠각!

갑자기 들려오는 빠각거리는 소리.

"헛! 저, 저럴 수가!"

"으으으!"

보고 있던 드래곤들의 입에서 비명이 터져 나왔다.

절망의 바람이라는 마법 속에 담겨 있던 이디오스의 마나가 알포디미스가 보내는 마나를 이기지 못하고 빠각거리며 깨져 나갔다.

"막, 막아라!"

두 눈 멀쩡히 뜨고서 자기의 모든 힘이 담긴 마나가 깨져 나감을 보고 있던 이디오스. 힘겹게 입을 열어 마나를 활성화시켰다.

징!

빠각!

힘겹게 입을 열어 마나의 장벽을 펼쳤건만, 한 번 터진 둑을 타고 흐르는 물처럼 거대한 어둠의 마나들이 이디오스를 향해 달려들었다.

"이, 이동!"

사각.

"크아아악!"

번쩍.

긴 시간처럼 보이지만 지금 이 순간은 눈을 몇 번 떴다 감았다 할 시간 정도밖에 되지 않았다.

질적인 마나의 밀도가 시간과 공간을 초월해 버린 것이다.

이디오스가 만들어낸 마법이 모두 사라지고 황급히 이동 마법을 펼쳐 몸을 피하려던 이디오스. 마법이 펼쳐짐과 동시에 짓쳐든 어둠의 마나에 거대한 꼬리 일부분이 잘려 나갔다. 아니, 모래가 부서지듯 사라져 나갔고, 그 고통에 세상이 터져 나가라 고통의 비명을 질렀다.

"움하하하하하하하하하하하!"

"클클클!"

"도마뱀의 꼬리가 잘려 나갔군! 크흐흐흐흐!"

무엇이 그리 통쾌한지 이디오스의 비명 뒤로 이어지는 알포디미스의 시원한 웃음. 그리고 그 뒤를 이어 마족들의 비웃음이 하늘을 덮었다.

"......"

이와는 반대로 모두 할 말을 잃어버린 드래곤들. 생각지도 못했다. 중간계에 무적의 절대자로 군림해 온 드래곤에게 이 순간은 받아들이기 힘든 상황이었다.

어찌 마계도 아닌 중간계에서 드래곤이 마족에게 패배한단 말인가! 더욱이 드래곤들 중 가장 강력한 마나와 공격력을 가진 레드 족의 고룡인 이디오스의 패배는 모든 드래곤에게 거대한 혼란을 가져왔다.

"흐흐흐, 도망갈 생각 말아라. 이곳은 이미 나의 의지로 마나의 차원이 달라졌다. 오늘 이곳에서 너희들은 모두 중간계의 역사와 함께 사라지는 것이다. 푸하하하!"

"아, 아니!"

"헉! 어느새……."

드래곤들이 혼란한 틈에 마나의 결이 달라져 있었다. 드래곤들이 느낄 사이도 없이 마나의 결이 달라졌고, 이 순간 장거리 이동 마법을 펼칠 수가 없어졌다. 자칫 마나의 결이 달라진 상태로 이동 마법을 펼쳤다가는 차원의 미아가 되는 수가 있었기에.

"자! 사냥감이다. 모두 마음껏 취하도록!"

장난하듯 놀리는 알포디미스의 명.

"대공의 명을 받드옵니다!"

이에 신이 난 마족들.

그런 마족들을 바라보며 알포디미스는 멍청하게 눈을 뜨고 있는 이디오스를 바라보았다.

이동 마법을 펼쳤지만 멀리 도망가지 못하고 드래곤들 틈 사이로 이동한 이디오스.

알포디미스는 입맛을 다셨다.

다른 드래곤으로는 마계의 군주인 알포디미스에게 그다지 힘을 주지 못하지만 에이션트 드래곤의 마나라면 얘기가 달랐다.

'흐흐흐, 마왕이 될 것이다!'

중간계로 굳이 나오지 않아도 되건만 손수 중간계로 이동해 온 알포디미스. 그의 거대한 야망을 위한 한 점 포석이었다.

"막아라!"

"이 더러운 놈들. 비겁하게!"

어느새 완벽하게 드래곤 주변을 포위한 마족들.

거대한 상공에 둥글게 원을 지으며 본체를 드러내고 있는 드래곤과 그 주변을 완벽하게 포위한 마족들.

조금 전과는 확연하게 다른 상황이었다.

쫓는 자와 쫓기는 자.

오만한 드래곤들의 행태에 대한 신의 벌이 이곳에 임한 것이리라.

'빌어먹을!'

꼬리에서 느껴지는 그 무한한 고통. 마법으로 치료해 보았건만 순수한 어둠의 마나에 당한 꼬리는 재생되지 않았다. 아마 이 상황을 벗어나서 한동안 수면을 취하고서야 치료가 가능할 것 같았다.

아니, 그보다 이 상황을 벗어나는 게 급선무였다. 자칫 이곳에서 슬라임이 말발굽에 찢겨 죽는 꼴을 당하고 싶지는 않았다.

더군다나 알포디미스라는 자의 눈빛이 심상치 않았다. 이디오스의 심장을 바라보는 욕망의 눈빛.

모든 것에 계획적인 목적이 있었다.

"자! 이제 도마뱀 사냥을 시작해 볼까?"

"흐흐흐, 좋아! 아주 좋아!"

인간들이 보기에는 거대한 상공에 넓게 떠 있는 드래곤들. 그러나 드래곤들이 보기에 이 상황은 지극히 위험스러운 상황이었다.

"메기도 바림!"

"다르프 스트라슈!"

"퓨리 오브 더 라이트닝!"

"볼케이노 파워 볼!"

콰과광!

"죽어!"

아무리 위기에 처했다지만 중간계를 대표하는 드래곤들. 어느새 두려움의 눈빛은 사라지고 드래곤 본래의 오만함과 오연함으로써 마족들을 상대해 갔다.

어차피 마나로 태어난 몸. 마나로 돌아가는 것이 결코 두렵지 않기에.

제199장

이젠 쉬고 싶다

FREE KNIGHT

'대단하군.'

과거 같았다면 이 자리에 서 있지 못했을 것이다. 폭풍 속의 비바람처럼 휘몰아치는 마나들의 비명. 인간의 육신으로 감당할 수 있는 정도를 넘었다.

─마스터, 제법 힘 좀 쓰는데요. 흐흐흐, 귀여운 것들.

과거를 생각하지 못하는 묵호. 불과 얼마 전까지 드래곤 한 마리에도 쩔쩔매었건만, 이제는 마족들과 드래곤들의 무시무시한 대결에서 한껏 여유로웠다.

"크아아악!"

"흐흐흐흐."

'드래곤들이 밀리는군.'

거대한 본체로 현신한 드래곤과 검은 광택이 흐르며 날개를 펄럭이는 본체로 변신한 마족들의 대결.

엄청난 마나와 힘을 자랑하며 두 존재는 지상계를 부숴 버릴 듯 전투를 벌였다. 그리고 잠시 후, 서서히 승패의 명암이 엇갈리며 나타났다.

드래곤에 비하여 조그마한 본체인 마족들이 방어막을 뚫고 드래곤들을 희롱해 갔다.

쿠에에에엑!

크르르르르!

허공에서 펼쳐지는 존재들의 대결에 입맛을 다시며 침을 흘리는 마물들. 폐허가 된 왕성 곳곳에서 수십만 마리의 마물들이 드래곤들이 추락하기를 기다리고 있었다.

"후후후."

지켜보았다. 굳이 오만한 중간계의 수호자를 자처하는 드래곤을 돕고 싶지 않았다. 오는 만큼 가는 것이 진리. 묵묵히 상처 입고 울부짖는 드래곤들을 바라보며 입가에 작은 미소 하나를 배어 물었다.

오늘 중간계의 역사는 다시 쓰일 것이기에.

'이, 이럴 수가!'

설마 이 정도로 마족들이 강할 줄은 상상도 하지 못했다. 신이 세상을 창조하고 드래곤들이 중간계의 수호자로 있었던 수십만 년의 세월 동안 이런 경우는 없었다.

계를 달리하건만 어떻게 마족들이 중간계의 마나에 자유로울 수 있단 말인가.

'드래곤 하트!!'

답은 하나. 저 사악한 마족들이 중간계의 마나를 사용하기 위하여 중간계의 마나 집합체인 드래곤 하트를 흡수했다는 결론을 얻었다.

그러했다. 중간계로 강림한 마족들은 처음 당시에는 마계의 마나를 소환하여 그 힘을 사용하였다. 그 다음, 드래곤 하트를 모아 자신이 소유한 마계의 마나와 동화시켰다.

그런 까닭에 지금 마족들은 중간계의 마나를 마계의 마나처럼 사용할 수 있는 것이다.

'도, 도망가야 한다. 여기서 죽을 수는 없어!'

자신감이 사라진 자리에 찾아온 것은 생명에 대한 욕망. 마나에서 태어나 마나로 돌아가는 드래곤은 성룡이 되는 순간 삶에 대한 욕망이 그리 없다.

그러나 이디오스는 다른 드래곤과 달랐다. 중간계의 가장 강력한 힘을 소유한 자로서의 역할에 욕망을 느끼고 있었다.

욕망이 일자 자연스럽게 생명의 욕구 또한 강해졌다.

꿀걱.

시시각각 다가오는 죽음의 공포, 어둠의 대공 알포디미스. 시간이 촉박하였다.

'나는 살아남아야 한다. 중간계에서 일족의 씨를 말릴 수는 없어!'

구차한 변명이 머리 속에 일자 거대한 붉은 눈동자를 굴리는 이디오스. 이 자리에 더 있어 봤자 개죽음만이 있을 것을 알기에 머리를 굴렸다.

'지금밖에 없다.'

짧은 순간에 일족 십여 개체가 마족에게 드래곤 하트를 잃고 지상으로 추락해 마물들의 식사거리가 되었다.

'마나를 다 쏟아 부으면 마나의 결계를 뚫고 워프할 수 있다. 그 다음에 마나의 기적을 지우고 수면에 빠지는 것이야. 흐흐, 그리고 깨어난 다음에 중간계를 다시 되찾으면……'

빠르게 머리를 굴린 이디오스. 가슴에 자리 잡은 드래곤 하트의 마나를 끌어들이며 워프 준비를 감행했다.

다른 일족들은 불가능하지만 에이션트 드래곤인 이디오스만 가능한 워프.

"이동!"

마지막으로 다시 쓰러지는 일족 하나를 눈에 담으며 이디오스는 냉정히 워프를 펼쳤다.

드래곤 로드이자 중간계의 수호자로서 모든 의무를 버리고 오직 자기만의 삶을 위하여.

"흐흐흐, 도망갔군. 어리석은 도마뱀."

어둠의 대공 알포디미스는 이디오스가 사라지는 모습을 다 지켜보았다.

만약 이디오스라는 놈이 죽기 살기로 이 자리에서 최강 드래곤의 힘을 보였다면 마족들도 고역을 치렀을 것이다. 아무리 마족들이 드래곤 하트를 취하여 중간계 마나에 적응을 했다 하지만, 마족은 마족일 뿐 중간계의 수호자 드래곤이 아니었다.

"로, 로드가……."

"우리를 배신했다……."

자기들의 중앙에서 강력한 마나를 뿜어내던 이디오스가 사라지자 혼란에 빠진 드래곤들. 이제 그 수는 삼십여 개체 정도밖에 남지 않았다.

일족의 전멸. 만약 여기 있는 드래곤들이 사라지면 중간계에서 드래곤들은 역사 속으로 사라지는 것이리라.

"크흐흐흐, 힘 빼지 말고 이리 오너라, 도마뱀들아."

"너희 도마뱀 대장이 도망을 쳤구나, 흐흐흐."

전희를 상실한 드래곤과 달리 기세가 오른 마족들.

"신이시여, 저희들을 버리시나이까."

"크윽!"

거대한 본체에 드래곤 하트가 용암처럼 타올랐건만 아무것도 할 수 없는 상황. 난생처음 드래곤들은 신을 간절히 부르며 눈물을 흘렸다.

지금껏 중간계의 모든 존재들보다 오래 산다는 생각, 뛰어나다는 생각, 세상의 모든 것이 내 것이라는 생각 속에 살던 드래곤들 마음의 허상이 이 순간 깨져 버렸다.

지금 이 순간 드래곤들은 마족들에게 그저 한 마리 사슴에 불과하다는 것을 알고 있기에.

"신을 찾는가? 우리가 너희에게 내려온 신의 사자다. 바로 죽음의 길을 인도하는 죽음의 사신 말이야. 하하하, 하하하하!"

마족들의 비웃음이 절망에 빠진 드래곤들의 귓가를 스쳐 허공을 가득 채웠다.

"……."

아무 말도 할 수 없는 드래곤들. 평소 드래곤들을 비웃고 있는 마족들처럼 중간계에서 신의 선택을 받은 오만한 존재로서 살아왔기에 그 심정을 가슴 절절이 느낄 수 있었다.

가진 자의 마음에서 이제는 없는 자의 마음으로.

"신이시여, 저희들을 버리지 마시옵소서! 저희에게 신의 사자를 허락하여 주시옵소서!"

살아남은 드래곤들 중에서 가장 나이가 어린 실버 일족인 시오니르 미온은 신께 간절히 기원을 올렸다.

방금 전에 가슴이 찢겨 붉은 피를 흘리며 죽어가는 일족의 드래곤 하트를 꺼내가던 마족들의 모습이 생생이 떠올랐다.

이천 년을 넘게 살아온 드래곤답게 죽는 것은 두렵지 않았다. 그러나 중간계의 수호자로서 의무를 다하지 못한 죽음 다음에 찾아올 신의 추궁이 두려웠다.

"저, 저희를 가련히 여겨주시옵소서!"

진실로 간절히 기원하였다. 저기 지옥의 사신 같은 마족들을 멸하고, 이 죽음의 자리에서 생명을 구해준다면 신이 주신 모든 의무를 철저히 이행하겠노라 마음속으로 굳게 다짐하면서.

"이제 사라지거라. 우리 병사들이 너희들의 따뜻한 피를 원하고 있나니, 흐흐흐."

드래곤들을 물샐틈없이 포위한 마족들의 사망 선언.

치지직.

마족들의 변신한 본체에서 묵직한 마나들이 불꽃을 튀겼다.

이제 중간계에 새로운 질서가 확립되는 순간이었다.

"페트리피쿠스 인칸타토!"

"퍼넌쿨바테!"

"엡솔루트 베리어!"

"보호하라!"

마계의 마법들과 드래곤들의 마법이 동시에 영창되었다. 아무리 죽음이 가까이 다가왔다 할지라도 그저 죽고 싶은 마음은 드래곤들에게 없었다.

푸학!

쉬리리리리리링.

거대한 마나가 춤을 추었다. 오색찬란한 빛으로 각자의 의지를 담은 마나들이 허공에서 불꽃 축제를 펼쳤다.

지금 이 순간이 죽음에 이르는 길임에도 마나는 언제나 공평한 자신들의 의무를 다할 뿐. 생과 사, 그 무엇에도 마나는 감정을 드러내지 않았다.

처음과 끝, 그것이 바로 마나였기에.

콰콰콰콰콰광!

파바바바밧.

"태극멸!"

"헉!"

"뭐, 뭐야!"

드래곤을 포위한 마족들이 펼치는 엄청난 마법의 폭풍. 그 폭풍의 한가운데서 바람이 일었다.

잔잔하게 시작된 바람은 이내 모든 마법과 마나들을 휘몰아쳐 거대한 돌개바람으로 변했다. 곧 세상을 붉고 파란빛의 바다로 만들어 버리는 엄청난 폭풍으로 바뀌었다.

그 중심에 한 남자가 서 있었다.

지평선으로 사라지려는 태양의 핏빛 몸부림처럼 선홍빛으로 불타오르는 소울 가드를 걸치고 한 손에 마족의 검은 육체보다 더욱 검은 광택을 뿌리는 한 자루 검을 들고 서 있는 한 남자. 드래곤과 마족들보다 더 오연하게 모든 이들의 시선을 받으며 천신처럼 서 있었다.

사라라랑.

바람이 불어왔다.

그 남자가 서 있는 곳에서부터 바람이 시작되어 지상에 존재하는 모든 이들에게 사라랑거리는 바람의 숨결을 허락하였다.

"모두 멈추어라. 이곳은 나의 대지. 너희들에게 허락하지 않았노라!"

쿠구궁!

마족들과 드래곤들이 펼친 모든 마법이 사라지고, 그 중앙에 서 있던 남자의 입에서 신성의 언어가 터져 나왔다.

"……."

오만한 존재들은 아무 말도 할 수 없었다. 심장이 벌컥거리며 타오르고 피부는 바늘에 찔린 듯 따끔거렸다.

그저 멍하니 그 남자를 바라만 볼 뿐이었다.

"네놈은 누구냐!"

갑작스러운 상황에 모두가 멍할 때, 용기있는 마족이 남자에게 질문을 던졌다.

"후후후, 나는 바람의 카온. 지금 이곳은 나의 대지. 바람이 머물고 있는 이곳이 바로 나이다."

"바람의 카온?"

말 같지도 않은 소리를 지껄이는 존재.

그러나 마족들과 드래곤 모두 알고 있었다. 저 존재가 자기들보다 강하다는 것을 본능이 알려주고 있었다.

"가라. 본래 있던 곳으로 가라. 그렇지 않으면 너희들에게 내일은
없다."

쿵!

오만한 존재의 경고가 모두의 귀로 파고들었다.

"건방진……."

마족들과 드래곤들의 숫자는 모두 백여 개체. 한 개체의 힘으로도
인간들의 제국 하나쯤은 쉽게 무너뜨릴 수 있는 강력한 존재들. 그런
데 마족도 드래곤도 아닌 존재가 명을 내리고 있었다.

결코 죽기 전에는 들어줄 수 없는 명을.

"네놈이 그 인간 놈이더냐?"

어둠의 대공 알포디미스가 호기심 가득한 눈으로 카온을 바라보았
다.

"후후후."

그러나 대답 대신 들려오는 것은 차가운 웃음 하나.

웃음소리가 바람에 울려 퍼질 때 알포디미스의 얼굴이 서서히 굳어
져 갔다.

과거 폴라온 대제라는 인간 놈 때문에 굴욕적인 패배를 당했던 순간
이 떠올랐기 때문이다.

신이 창조한 생명체들 중 가장 알 수 없는 존재인 인간. 드래곤과 마
족에 비하면 그 힘이 천분지, 만분지 일이나 될까 말까 한 존재가 언제
나 중요한 순간에 이렇게 방해하고 나섰다.

감히 겁도 없이 말이다.

"흐흐흐, 한번 할 수 있으면 해보거라."

이곳에 모인 마족의 힘이라면 능히 신과도 겨뤄볼 수 있는 강력한 존재들. 어둠의 대공 알포디미스는 당당히 앞으로 나섰다.

어찌 마계 서열 3위인 자신이 인간의 명령에 따를 수 있단 말인가. 소멸되었으면 소멸되었지 결코 그리할 수 없었다.

스르륵.

알포디미스의 웃음이 짙어지자 마족들이 카온을 포위하였다.

어차피 드래곤들이야 도망칠 수도 없는 상황. 시간은 넘치고도 남았다.

"선택에 대한 후회는 각자의 몫. 후회없이 가거라."

위잉.

손에 들린 검에 마나를 불어넣었는지 검게 타오르는 검을 들고 서 있는 카온. 그 주변을 어느새 마족들이 완벽하게 포위하였다.

"죽여라!"

그리고 기다리던 알포디미스의 명이 떨어졌다.

"죽어라! 인간 놈아!"

"흐흐흐! 이게 바로 마법이다!"

조금 전의 상황을 잊어버린 마족들. 눈앞의 존재가 인간임을 깨닫자 두려움이 사라졌다. 마족들의 기억 속에 인간은 그저 마물들의 식사거리, 그 이상도 이하도 아니었기에.

"페트리 크루시아투스!"

"에네르비아테!"

화르르르.

쿠궁.

마계 마법이 펼쳐졌다. 인간 세상에 8써클 마법과 9써클 마법에 버금가는 강력한 마계의 마법.

대지가 울리고 마나가 다시 요동쳤다. 그리고 한 남자가 검을 손에 쥔 채 오연하게 그 상황을 바라보고 있었다.

마치 이 상황이 자기와는 관계없다는 듯 그렇게 서 있었다.

"모두 다 사라질 것들… 와라. 이곳이 바로 지옥이다."

타앗!

마족들의 마법이 사방을 완벽하게 포위하며 날아들었다. 마족들도 결코 무시하지 않고 자기가 가진 최고의 마법을 펼쳤다.

그 순간 카온의 신형이 사라졌고, 그 자리에는 오직 파랗고 붉은빛만이 사방으로 밀물처럼 거침없이 사방으로 퍼져 나갔다.

쿠구구구구궁!

그리고 울리는 폭음.

지상의 종말이 오고 새로운 세상이 열리는 소리가 그 자리를 메꾸었다.

"어, 어떻게……."

숨이 멈춘다는 것이 이런 느낌이던가.

사라졌다. 방금 전까지 당당하게 중간계를 멸하고 마계의 세상을 만들겠다는 마족들 이십여 개체가 단 한 번의 전투로 사라졌다.

소멸.

그 어떤 드래곤조차도 단 한 번의 수법에 마족들을 완벽하게 소멸시킬 수는 없었다.

그러나 지금 믿기지 않는 현실이 이곳에 탄생했다.

중간계의 마나와 마계의 마나가 마족들의 손에서 마법으로 펼쳐졌고, 그 순간 인간 놈이 죽으리라는 것을 의심치 않았다. 과거 폴라온 대제라는 놈도 지금 이 자리에 서 있었다면 죽음과 키스할 수밖에 없을 것이기에.

그런데 결과는 정반대. 카온을 공격하던 마족들이 완벽하게 소멸되었다. 단지 붉은빛과 파란빛의 파장에 몸이 닿았을 뿐인데, 한마디 비명도 지르지 못하고 마족들이 사라지고 만 것이다.

믿을 수 없었다. 두 눈과 온몸의 감각은 이 믿기지 않는 진실에 더할 수 없이 눈동자를 크게 만들었고, 온몸에 소름이 돋았다.

"레, 레드 족의 드래곤 하트……!"

"오! 레드 일족이었단 말인가!"

남아 있는 마족들이 망연자실히 카온을 바라볼 때 살아남아 있던 드래곤들은 가슴을 적시는 희열에 눈물이 날 지경이었다.

분명 방금 전 펼쳐진 카온이라는 이름의 인간에게서 레드 족의 드래곤 하트 냄새가 났다.

그것도 에이션트 이상의 강력한 드래곤이 뿜어내는 마나를.

"드, 드래곤이었단 말인가!"

드래곤들의 환성에 정신이 더욱 혼란해진 마족들. 그러나 믿을 수 없었다. 아무리 드래곤이라 해도 이런 힘을 사용할 수 없다. 지금 눈앞의 자가 펼친 힘은 파멸의 신만이 펼칠 수 있는 소멸의 힘.

결코 드래곤 따위가 낼 수 있는 힘이 아닌 것이다.

"신, 신이십니까!"

이제야 정신을 차리고 입을 벌벌 떨며 질문을 던지는 어둠의 대공 알포디미스.

"후후후."

돌아온 것은 차가운 미소 한줄기.

휘이이잉—

조금 전과는 달리 거친 바람이 불었다.

모든 더러운 것들을 하늘 위로 날려 버릴 것 같은 거친 바람이 달려와 모든 존재들을 덮쳤다.

"가라, 마지막 경고다. 각자 자기가 숨쉬는 곳에서 최선을 다하여 살라. 그것이 존재들로 태어난 모든 것들의 의무. 나를 더 이상 분노케 하지 말라."

"……."

드래곤과 마족들 모두가 숨을 죽였다. 결코 인간이 아닌 신과 같은 전언을 들려주는 존재.

마족들은 그 목소리에 마계가 그리워졌다. 언제나 피 튀기는 투쟁과 투쟁 속에 살아야 하는 마계가 이 순간 한없이 그리워졌다.

그에 반하여 살아남은 드래곤들은 부끄러움에 얼굴을 들지 못했다. 자기들의 본연의 임무에만 충실했다면 중간계는 평화로웠을 것이다.

신이 부여한 권리와 의무. 이 순간 카온이라는 자의 말에서 가슴을 울리는 신의 진언을 느낄 수 있었다.

"크크크크, 푸하하하하하하하하! 의무를 다하라고? 더 이상 분노케 하지 말라고? 푸하하하하하하하하! 감히 마계의 대공인 내 앞에서 어설픈 신을 흉내 내려 하는가! 그래, 내 의무를 다하지. 파괴와 힘을 숭배하는 마족의 의무를 말이야!"

미치기라도 한 것인가. 알포디미스가 미친 듯 웃음을 터뜨리며 카온을 비웃었다.

뭉클뭉클.

아니, 비웃음 뒤에 검은 날개와 온몸에게 엄청난 마나가 요동치며 꿈틀거렸다.

"헉! 어둠의 에테르 윙!"

"오오! 진정의 마계의 힘이다!"

의기소침하여 연약해지던 마족들의 눈이 열광적인 눈빛으로 변하였다.

알포디미스가 변하고 있었다. 검은 육신의 가죽 위로 투명한 어둠의 날개가 솟구치며 하나의 잔주름도 없는 매끈한 마족의 모습으로 변해 갔다.

최상위 마족, 그것도 마왕이 펼쳐 내는 종류의 가공할 힘이 강림한 것이다.

"흐흐흐, 와라, 신의 사자를 흉내내는 자여. 와서 너의 의무를 다하여라! 흐흐흐흐흐!"

검은 마나가 대기의 띠를 형성하며 알포디미스의 육신에서 사방으로 퍼져 나갔다.

그리고 카온은 변하지 않는 무심한 눈길로 그런 알포디미스를 조용히 바라보았다.

아무런 감정도 담지 않고서.

―마스터, 가죽을 벗겨 버리지요. 마스터의 존재를 모르고, 더군다나 각성한 파멸의 검도 알아보지 못하는 놈에게는 매가 약입니다.

묵호의 목소리를 들으며 눈앞의 마계의 대공이라는 마족을 무심히 바라보았다. 마지막 자존심인지, 아니면 마족의 의무를 다하고자 함인지. 저 마족은 자신이 소멸될 것도 두려워하지 않았다.

위위윙.

묵룡의 울림이 손끝에서 느껴졌다. 나의 각성과 동시에 묵룡도 자신의 모든 것을 각성하였다. 세상 모든 것들을 진정한 소멸의 길로 인도하는 파멸의 검, 그 길로 말이다.

"소원이라면… 후후후."

내 할 바는 다하였다.

천천히 묵룡에 의지를 담아갔다.

파아앗!

묵룡의 검신에게 파멸의 기운이 진득하게 풍겨져 나왔다.

"죽어라! 이 인간 놈아!"

기다리기 지쳤는지 마족이 허공을 격하여 날아왔다.

"후후후."

천천히 묵룡의 검이 커다랗게 원을 그렸다.

원원도도의 수법. 그러나 결코 과거와 달리하는 소멸의 힘이 나의 의지와 묵룡의 검신을 타고 세상에 현신하였다.

파앗!

태극이 춤을 추며 하늘에 그려졌다. 과거 무당산에서 추었던 검무처럼 붉고 푸른 태극이 바람결을 타고 춤을 추었다.

사사사삭—

무언가 세상에서 소멸되는 소리가 들렸다. 그리고 그 뒤에 찾아온 것은 허공의 해보다 더욱 밝게 빛을 발하는 태극. 세상의 처음과 끝이 지금 이 순간 나의 손에서 창조되었다.

'으으으, 이, 인간이 아니야!'

살아남은 마족들 십여 명 중에 한 명인 델피니아디안. 중간계 침공의 선봉을 섰던 마계 서열 99위인 델피니아디안은 꿈에도 생각하고 싶지 않은 광경을 보며 몸을 부르르 떨었다.

단 한 번의 수법이었다. 마법도 검술도 아닌, 말로 표현할 수 없는 한 수. 신이 존재들을 벌할 때 사용하는 그 한 수가 인간의 손에서 펼쳐졌다.

그리고 생각할 수도 없는 강함을 자랑하던 마족들과 어둠의 대공마저 사라졌다.

눈으로 파고드는 붉고 파란 빛무리에 갇히는 순간, 육신을 구성하던 모든 것들이 허상처럼 부서지며 사라졌다.

그것은 절대 소멸이었다. 다시는 그 무엇으로 되지 못할 절대 소멸. 그것이 카온이라는 인간 놈의 손에서 펼쳐졌다.

'이대로 마계로 돌아갈 수는 없다. 어차피 가봐야 기다리는 것은 소멸뿐!'

중간계 침공의 선봉을 맡은 자의 책임은 막중하였다. 누군가가 중간계 침공 패배에 대한 책임을 물어야 할 것이고, 백이면 백 델피니아디안이 그 책임을 물 것이다.

'카온… 그래, 그자가 목숨처럼 사랑하는 인간 여자가 있다고 하였지. 파오니아 왕국의 공주라 했던가? 호호호, 그래, 그놈이 잠시 사라진 틈을 사용하여 그년을 데리고 마계로 가는 것이야. 그러면 분명 놈이 마계로 찾아올 것이고……'

최대한 머리를 굴려 자신의 살 방도를 찾는 델피니아디안. 생각이 정리되자 음흉한 웃음을 지었다.

어리석게도 카온이라는 자가 반항을 포기한 마족들을 살려두었다. 그리고 드래곤들에게 뭐라 뭐라 명을 내렸고, 드래곤들은 꼬리를 말고 그 앞에서 조용히 고개를 숙였다.

'이디오스라는 드래곤을 찾아간다 했지? 그 시간이면 충분해.'

우연찮게도 워프를 하기 전에 카온이란 자가 이디오스를 찾아 그 죄를 묻는다고 드래곤에게 통보하는 것을 들었다.

지금 이 순간이 절호의 기회였다.

"이동!"

카온이 오기 전에 일을 마무리해야 했다. 델피니아디안의 몸은 순간 빛으로 화하여 사라졌다.

지금 자기가 한 일이 마계에 어떤 불행을 만들어낼지 모르고.

"네, 네놈이 어떻게!"

레어로 피신하여 아공간에 지금껏 모아온 중요한 보물과 물건을 챙기고 이동하려던 이디오스.

갑작스럽게 레어의 방어막을 뚫고 이동 마법을 펼치며 나타나는 존재를 바라보며 가슴이 철렁거렸다. 하지만 그것도 잠시,

"흐흐흐, 감히 인간 놈이 겁도 없이. 조용히 뒈진 척했으면 애써 죽지 않을 것을, 이곳이 어디라고 찾아온단 말이냐?"

과거 한 번 패퇴시킨 경험이 있는 카온이기에 입가에 흉포한 미소를 지었다.

그리 안 해도 답답한 분노의 가슴을 풀 상대를 찾고 있었건만 알아서 재물이 찾아왔으니 희열이 들끓었다.

'그래, 이놈을 갈기갈기 찢어 죽이고 숨는 것이야. 흐흐흐.'

지금 이 시간쯤이면 마족 놈들이 일족들을 모두 죽였을 것이다. 그런 마족 놈들이 애써 자기를 찾아오지 않을 것임을 알고 있는 이디오스였다.

"후후후, 빚을 돌려줘야 할 거 같다."

"빚? 흐흐흐, 좋지. 오늘 네놈에게 더한 빚을 얹어주마."

인간의 모습으로 폴리모프한 이디오스. 예전에 방심하여 카온에게 검을 한 대 맞았지만 지금은 달랐다.

'9써클 마법을 연달아 펼치는 거야. 흐흐흐, 언령 마법까지!'

뚜벅뚜벅.

이디오스의 마음을 모르는지 카온이라는 자가 천천히 다가왔다. 한 손에 기분 나쁜 검을 들고서.

"앱솔루트 프레스! 죽음의 창! 메기도 플레어!"

쉬이잉.

퍼버버벅!

이디오스의 영창이 끝나자 드래곤 하트의 심장이 벌렁거리며 마나를 토해냈고, 그 순간 9써클 마법과 용언 마법인 언령 마법이 연속적으로 펼쳐졌다.

"흐흐흐."

절대 보전 마법이 걸려 있는 레어였기에 이 정도의 마법에 무너지지는 않았다. 그러나 엄청난 압력에 돌가루가 날리고 뿌연 먼지가 날리는 것은 막을 수 없었다.

이디오스는 만족한 미소를 지으며 먼지가 걷혀지고 나타날 상황을 생각하며 기분 좋게 웃었다.

뚜벅뚜벅.

"헉! 아니, 어떻게!"

그러나 막상 먼지가 걷히기도 전에 들려오는 발걸음 소리에 숨이 턱, 하고 막혀왔다.

"후후후."

그리고 귓가에 파고드는 나지막하고 무미건조한 웃음 하나.

걸어오고 있었다. 처음 그 자세 그대로 카온이라는 자가 입가에 메마른 미소 하나를 지으며 검을 들고 천천히 다가오고 있는 것이다.

주춤주춤.

거대한 이디오스의 레어.

아무리 거대하다지만 어느새 카온과 20샤이 정도로 가까워졌다.

"오, 오지 마라! 지옥의 불꽃! 죽음의 바람!"

화르르르르.

휘이이이잉.

헬 파이어 마법보다 훨씬 강력한 언령의 용언 마법.

절대 보전 마법이 걸려 있는 레어 바닥이 이글거리며 녹아나갔다. 거기에다가 세상에 걸리적거리는 모든 물질을 베어버릴 수 있는 바람의 검날이 카온이 있던 자리를 무참히 쓸고 지나갔다.

"흐흐흐, 이번에는……."

바보 같은 인간 놈이 이번에는 당할 것이라 생각했다. 아무런 방비도 없이 저렇게 다가오는 자가 설사 마계의 어둠의 대공일지라도 죽일 수 있는 강력한 힘에 버틸 수 있으리란 생각은 들지 않았다.

뚜벅뚜벅.

"크헉!"

그러나 그것은 어디까지나 이디오스의 희망이었다.

발밑이 이글거리며 지옥의 불 밭으로 변하였건만 카온이란 자는 아무렇지도 않게 걸어오고 있었다. 세상 모든 것을 베어버리는 죽음의 바람을 시원하게 즐기면서.

'도, 도망가야 해!'

마족에 이어 카온이라는 인간을 보고도 절망에 빠진 이디오스. 이 자리에서 도망쳐야 한다 생각했다.

'우, 움직이지 않는다!'

믿을 수 없게도 몸이 말을 듣지 않았다. 카온의 손에 들려진 검끝이 몸을 가리키고 있자 몸이 말을 듣지 않았다.

"후후후."

그 순간에도 낮은 웃음소리는 가까워지고 있었다.

주춤주춤.

억지스럽게 몸을 뒤로 빼며 이동 마법 영창을 외우려 하였다. 그러나 그 순간 레어 안을 휘도는 마나의 불규칙한 폭풍이 눈에 들어왔다. 마족들이 펼쳐 놓은 마나 역장보다 더욱 강력한 마나의 역장.

"으으으으……."

에이션트 고룡으로서 체면도 잊어버린 채 입 밖으로 공포의 신음을 흘리는 이디오스.

뚜벅.

어느새 눈앞에 다가온 카온.

주르륵.

인간의 몸을 하고 있기에 등줄기로 식은땀이 주르륵 흘러내렸다.

"너의 의무는 끝났다. 다음 생에는 착한 영혼으로 태어나기를……."

"아, 안 돼!"

푸욱—

가슴에서 느껴지는 화끈한 통증. 이번이 두 번째였다. 저 재수없는 인간 놈이 만들어주는 고통이, 아니, 마지막 순간이었다.

스스스.

가슴에 박힌 검을 통하여 드래곤 하트의 가득한 마나가 바람이 불어 연기를 날려 버리는 것처럼 빠져나갔다.

"크륵……."

가슴에 통증과 죽음의 공포, 그리고 어느 순간 멍해지는 정신을 붙잡으며 마지막으로 카온이라는 놈을 바라보았다. 그리고 어느 순간 육체의 모든 기능이 사라졌다.

눈동자에 차가운 모습의 한 사람을 마지막으로 담고서.

—마스터, 엄청난 마나군요.

묵룡의 검신을 통하여 이디오스의 드래곤 하트가 흡수되어 왔다. 그 순간 자연스럽게 발현되는 규화대보록의 공능.

툭.

그리고 묵룡에게 자신의 심장을 내주고 있던 이디오스의 목이 툭, 하고 꺾였다.

마지막으로 나를 한 번 더 두 눈에 억지스럽게 담는 것을 보았지만 감정의 동요가 없었다.

언젠가 스승님이 말해주시기를, 세상이란 인연의 법칙으로 만난 상들의 집합체라 하셨다.

오늘 이 순간에도 나는 나의 인연의 법칙대로 행하였을 뿐이다. 비록 생과 사가 함께하였지만, 그것 또한 인연의 나의 법칙에 의하여 펼쳐진 것. 결코 후회하거나 두려울 것이 없다.

"쉬고 싶군."

작은 바람으로 시작한 여행이 폭풍의 계절을 지나 잔잔한 미풍으로 돌아가기를 소망하였다.

내 쉴 곳, 그녀의 곁으로.

'아드리안느.'

한없는 어머니의 대지 같은 그녀의 품. 지금 이 순간 필요한 것은 오직 그녀의 따뜻한 눈길과 그녀의 향기로 물든 포근한 작고 가녀린 가슴이었다.

"가자, 묵호."

—넵, 마스터. 흐흐, 다음에 와서 여기 보물들을 싸악 쓸어갑시다. 흐흐흐.

고룡의 레어답게 드넓은 동굴에는 수없는 기진이보가 쌓여 있었다. 이디오스가 마나의 품으로 돌아감으로 인하여 아공간에 있던 마나들이 레어에 쌓였다.

스르륵.

더군다나 품고 있던 마나가 사라지자 폴리모프 마법이 해제되며 거대한 드래곤 본체로 돌아가는 이디오스의 사체.

"이동!"

팟!

무심한 눈길 속에 나의 신형은 빛무리에 휩싸였다. 사랑하는 그녀, 아드리안느가 있는 그곳으로 향하며.

제100장

바람이 머무는 자리

바람이 머무는 자리

"헉!"

─마, 마스터!

'어떻게 된 일이야!'

난장판이 되어 있었다. 분명 떠날 때까지만 하여도 온전한 모습이었던 파오니아 내성.

그런데 지금 내 눈에 보이는 것은 한바탕 폭풍이 스치고 간 뒤의 폐허의 구덩이였다.

"가, 각하!"

타다닥!

내성에 빛무리를 일으키고 나타나자 검을 들고 삼엄한 경계를 펼치던 근위기사들이 나를 알아보았다.

"무슨 일이야! 왜 왕성이 이런 것이야!"

쿠궁!

알 수 없는 불길함이 가슴속에서 타올랐고, 불길함은 분노의 목소리로 변하여 대지를 갈랐다.

"크윽, 마, 마족의 습격이 있었습니다."

"마족? 마족이!!"

입가에 피를 흘리며 간신히 대답을 하는 근위기사들.

"아, 아드리안느! 공주님은 어디에 있는 것이야!"

"크윽! 각하, 저희를 죽여주시옵소서. 고, 공주 마마께서는 마족에게 납치당하셨사옵니다."

"헉, 납치!"

쿠궁!

영혼이 무너지는 소리가 가슴을 울렸다.

―마스터, 정신 차리십시오! 마나가 요동을 칩니다.

"아, 아드리안느가… 나의 아드리안느가… 으아아아아아! 감히 나의 아드리안느를!!"

퍼버벙!

"크악!"

휘이이잉!

분노가 일자 제어가 안 되는 마나가 주변의 모든 것을 날려 버렸다. 무릎을 꿇고 있던 대여섯 명의 근위기사가 마나의 폭풍에 휩싸여 저 멀리 날아갔고, 옆에 쓰러져 있던 나무가 허공으로 비산하였다.

"혀, 형님! 진정하십시오!"

"각하!"

언제 나타났는지 넝마가 되다시피 한 옷자락을 부여잡고 아르카시온이 나타났다. 그 뒤를 이어 낭패를 당한 것이 분명한 귀족들이 내 곁으로 다가왔다.

"아르카시온, 누구더냐! 감히 누가 나의 아드리안느를!"

"크윽, 마족입니다. 델피니아디안이라 불리는 마족 놈이 나타나 공주님을 찾고 싶다면 마계로 찾아오라 하였습니다."

"델피니아디안……."

으드득!

이가 갈렸다.

'죽인다! 너희들은 감히 건드리 말아야 할 존재를 건드렸다. 내 목숨보다 소중한 나의 여인을…….'

주루룩.

피눈물이 흘러나왔다. 세상에서 가장 소중한 그녀가 이렇게 되도록 무엇을 했는지 자책감으로 온 마음이 물들었다.

세상 모든 것이 무너져도 오직 나에게 소중한 것은 그녀뿐이거늘, 내가 무엇을 하였던가.

"묵호, 차원의 문을 열어라!"

―마스터의 명을 받드옵니다.

위이이잉―

나의 분노를 알았던가, 묵룡이 허리춤에서 강한 진동으로 공명해 왔다.

'만약 아드리안느의 손끝 하나라도 다쳤다면, 마계 너희는 그 시간부로 영원히 사라질 것이다.'

가슴이 불타오르며 차가워졌다.

온몸을 주체할 수 없는 뜨거운 분노가 나의 모든 것을 지배하였다.

─마스터, 차원의 문을 열겠습니다. 차원 이동!

팟!

보통의 이동 마법과는 차원을 달리하는 거대한 빛이 온몸을 감싸 안았다.

'아드리안느, 기다리시오. 당신의 못난 기사가 가고 있소!'

제발 무사하기를 기원하였다. 다시 찾아온 나의 사랑을 지키지 못한다면 신을 찾아가 그를 베어버릴 것이리라.

내 영혼이 가루가 되어 사라질지라도.

"음……."

정말 순식간에 벌어진 일들에 아르카시온은 신음을 흘렸다. 신탁으로 이미 무언가 벌어질 것이라 예상은 하였지만, 설마 마족이 나타나 아드리안느 공주를 마계로 끌고 갈 것이라고는 상상도 하지 못했다.

일순간의 악몽이었다.

폭풍의 카를라인이라 불리는 엘프가 엘프 족들을 이끌고 나타나 아직 중간계에 남아 있는 마물들을 처치하자고 할 때만 해도 모든 것이 끝난 것이리라 생각했다.

단지 신탁에 바람의 시련이 남아 있다 하였지만 카온이 보여주는 실력을 보고는 세상에 그 무엇도 막을 자가 없을 것이라 생각했다.

그러나 그것은 어리석은 생각. 아드리안느 공주를 비롯한 모든 귀족들이 모여 승리를 안고 돌아올 카온 후작을 그리고 있던 순간, 갑자기 내성에 검은 광풍이 몰아쳤다.

그리고 순식간에 호위하던 근위기사 수십 명이 갈가리 찢겨져 죽었고, 어떻게 할 사이도 없이 아드리안느 공주가 마족의 손에 떨어졌다.

물론 그 순간 아르카시온과 그린 드래곤인 에스타시아가 막아섰지만 상위 마족의 힘은 모두를 압도하고도 남았다. 지금도 에스타시아는 상처를 치료하느라 왕궁 지하에서 강제 수면에 들어갈 정도였다.

아마 시간이 더 있었다면 파오니아 왕궁은 쑥대밭이 되었을 것이다. 그러나 다행히 델피니아디안이라는 마족은 아드리안느 공주만 데리고 사라졌다.

공주를 찾고자 하면 마계로 찾아오라는 말을 남기고서.

'형님, 마계에도 영원히 남을 폭풍을 남기십시오. 그것이 운명입니다.'

아르카시온은 믿었다. 감히 중간계의 최강자라는 드래곤도 할 수 없는 일을 카온이 해낼 수 있을 것이라 생각했다.

바람의 카온, 그는 신에 선택받은 신의 바람이었기에.

팟!

이동 마법으로 인한 강력한 빛줄기가 그치고 두 눈에 붉은 대지가 보였다.

'마계.'

사랑하는 이를 찾기 위하여 감히 중간계의 최고 존재인 드래곤조차도 찾아오지 못하는 마계를 나 홀로 찾아왔다.

'멸한다!'

화르르.

분노가 가슴을 타고 전신으로 불타올랐다.

—마스터! 마계의 생명체들이 다가옵니다!

"그래? 준비는 되었겠지!"

불타오르는 분노와 같은 선홍색 붉은 광채가 번쩍이는 소울 가드.

세상에 유일무이한 나만의 소울 가드는 주인의 분노를 알고 있었다.

―싱크로율 완벽. 마법 방어력 완벽. 물리적 방어력 완벽. 마스터 모든 준비가 완료되었습니다! 마스터 뜻대로 하시옵소서.

차앙!

부르르.

묵호의 음성 뒤로 태극의 힘을 담아 붉고 파란 기운이 넘실거리는 묵룡이 파르르 기분 좋게 떨려왔다.

"묵룡! 후후, 오늘 너의 이름이 왜 파멸의 검이라 불리는지 마계에 각인시키도록!"

부르르!

다시 떨려오는 묵룡의 힘찬 대답.

쿠오오!

크아아!

어느새 내가 나타났음을 알고 마계의 붉은 대지 위에 수백, 수천의 괴수들이 어둠의 마기를 뿜어내며 달려오고 있었다.

"오늘 너희는 사랑을 수호하는 프리 나이트의 분노를 맛볼 것이다!"

파아앙!

강력한 빛줄기가 터지며 묵호와 같은 붉은 분노의 광채가 온몸에 타올랐다.

마계는 감히 건드리지 말아야 할 존재를 건드렸다.

다시 찾아온 사랑을 위하여 신조차 베어버릴 나에게 그들은 어리석은 도발을 해온 것이다.

'기다리시오. 당신의 프리 나이트가 가오!'

저 멀리 보이는 마계의 성에서 검은 날개를 펄럭이며 다가오는 마족들의 모습이 보였다.

이제 시작이었다. 다시 찾아온 목숨 같은 사랑을 수호할 프리 나이트의 분노의 검과 사랑을 모욕한 마계 마족들과의 한판 승부가.

"타앗!"

맑은 기합이 터지며 피같이 붉은 마계의 지상을 힘차게 박찼다.

사랑을 모욕한 대가는 오직 파멸임을 각인시키기 위하여 프리 나이트의 검은 벌겋게 불타오르기 시작하면서.

"호오, 인간의 힘이 저렇게 강하다니!"

쿠궁!

붉은 대리석으로 지어진 듯한 거대하고 붉은 대전.

검은 머리칼이 허리까지 찰랑거리고 그 아래 그림으로 그린 듯한 아름다운 얼굴의 한 남자.

늘씬한 근육질의 몸 위로 아무 색도 칠해지지 않는 검은 망토를 두르고 있었다.

그리고 은은하게 몸에서 피어나는 절대자의 위엄. 감히 누군가가 흉내 내고 싶어도 낼 수 없는 절대자의 기운이 붉은 대전을 지배하였다.

"제가 처리하고 오겠사옵니다, 위대하신 마계의 주인이시여."

"발제라블, 그대가? 후후후, 참으시오. 지옥의 군주인 그대가 힘을 사용하면 이 마왕성이 온전하지 않을 것이오. 그리고 그 인간이 어떤 존재인지 한번 보고 싶구려. 감히 겁도 없이 마계로 찾아 마족들과 마계의 병사들을 도륙하는 그자를 말이오."

룩 발시가오르 포이아낙스라 불리는 마계의 주인인 마왕.

알 수 없는 붉은 보석으로 만들어진 왕좌에 앉아 오연하게 마족들을 바라보았다.

한때는 백여 개체의 마족들이 이 안을 가득 메워 자기의 명을 기다렸건만 이제 남아 있는 숫자는 고작 십여 개체.

중간계 토벌을 떠났던 마족들은 어둠의 대공과 함께 사라졌고, 그나마 살아 돌아온 마족들도 마계를 침입한 인간에게 소멸당하였다.

쿠궁!

이제 마왕성 앞에 이르렀는지 무언가 부서지는 소리가 대전 안을 울렸다.

"위대하신 어둠의 마나의 지배자이시여! 카온이라는 인간이 이곳을 찾아온 이유는 오직 하나, 저 인간 여인 때문입니다. 만약 저에게 다시 기회를 주신다면 카온이라는 자를 이곳에 무릎 꿇리겠습니다."

중간계에서 방금 귀환하여 아드리안느를 마왕에게 바치고 처분을 기다리는 델피니아디안.

살기 위하여 머리를 비상하게 굴렸다.

"델피니아디안, 그럼 저 인간 여성을 방패 삼아 그 카온이라는 자를 잡아들이자는 말인가?"

부드러운 음성으로 묻는 마왕 룩 발시가오로.

"그렇사옵니다. 제가 인간 세상에서 알아본 바에 의하면, 카온이라는 자는 저 누워 있는 여인을 목숨보다 소중하게 여긴다 하옵니다. 그러니까……."

"푸하하하하하하! 인간 여자를 방패 삼자고?"

자기의 뜻대로 일이 풀려가자 기분 좋게 입을 놀리던 델피니아디안은 갑작스러운 마왕의 웃음에 멍하니 마왕을 바라보았다.

"……."

무언가 이상하게 돌아가고 있다는 느낌에 아무 말도 못하는 델피니아디안.

그의 눈에 죽은 듯 잠들어 있는 아드리안느와 그 뒤의 의자에 앉아 있는 마왕이 보였다.

"감히! 이곳이 어디라고 그런 말도 안 되는 소리를 지껄이느냐! 마계의 주인이 계시는 곳에서 비겁하게 인간들이 사용하는 수법을 사용하라고? 네놈의 간을 빼어 그 상태를 보아야겠다!"

"헉!"

마왕의 오른편 하단에 서 있던 무식한 검은 근육질의 존재. 마계에서 지옥의 군주라 불리는 발제라블이 코에서 더운 김을 뿜어내며 델피니아디안을 노려보았다.

"그, 그게 아니라……."

"가서 마족답게 싸워라! 네놈에게 마지막으로 주는 기회이니라!"

마왕 앞에서 당당하게 델피니아디안을 꾸짖는 발제라블.

폭풍 같은 마계의 마나가 델피니아디안의 숨통을 압박해 왔다.

"명을 받드옵니다."

어차피 소멸을 각오해야 할 상황이었다. 델피니아디안은 고개를 처박으며 명을 받았다.

'이곳은 마계! 카온이라는 인간 놈이 아무리 강하다 하더라도 나에게는 드래곤 하트를 흡수한 비장의 한 수가 있다!'

애써 마음의 위안을 찾으며 스륵 몸을 빼어 대전 밖으로 향하는 델피니아디안.

그런 델피니아디안을 마왕과 마족들은 무심히 바라보았다.

"인간이라는 존재는 알 수가 없어. 선과 악을 언제나 마음에 품으면서 그 연약한 육신으로 자기들의 세상을 집요하게 만들어가는 것을 보면 말이야."

어느새 만 년이 넘는 세월을 살아온 마왕 룩 발시가오르, 그는 몇천 년 전에 잠시 중간계에 다녀온 이후로 지금껏 잊어본 적이 없었다. 언젠가는 그 푸르고 가벼운 마나들이 요동치는 중간계와 그곳을 마계의 소유로 만들길 소망하는 마음과 함께.

"후후후, 그런데 하잘것없는 인간이 마계에 쳐들어와 소란을 피운다. 그것도 저 가녀린 암컷을 위하여. 정말 알 수 없는 종족이야."

마왕은 죽은 듯이 누워 있는 인간 여인을 바라보았다. 인간치고는 꽤 아름다운 여인이었지만 마족들에 비하면 미치지 못했다.

그런데 저 여인을 위하여 죽음을 각오하고 인간이 마계로 쳐들어온 것이다.

"어떤 자인지 궁금하군, 후후후."

마왕의 호기심 어린 낮은 웃음이 붉은 대전에 조용히 울려 퍼졌다. 지금 밖에서는 마계 역사상 전무후무한 일이 벌어지고 있었건만.

"타앗!"

─마스터, 아주 기분이 좋습니다.

퍼버벙!

쿠에에에엑!

앞을 막아섰던 수백의 마물들이 단 일검에 피떡이 되어 붉은 대지 위로 흩뿌려졌다.

"후후후."

마왕성으로 보이는 성까지 오는 동안 수만의 마물이 앞을 막아섰고, 단 한 번의 머뭇거림없이 이곳까지 달려왔다.

절퍽절퍽.

바닥에 흥건하게 젖어 있는 녹색과 푸른 마물들의 피.

붉은 대지와 묘하게 어울리는 아름다움이었다.

"흐흐흐. 이곳까지 잘도 기어왔군, 바람의 카온."

마물들도 멈추지 않는 나의 살육에 공포를 느끼며 다가오지 한 상태에서 거대한 마왕성 앞에 한 마족이 나타나 나의 이름을 불렀다.

"네놈이 델피니아디안이라는 마족 놈인가?"

"네놈? 마족 놈? 푸하하하하하! 간이 부어도 단단히 부었군. 감히 이곳이 어디라고 기어들어 와서 힘 자랑을 하는 것인가? 이곳은 중간계가 아니다, 이 어리석은 인간 놈아!"

누가 어리석은지 알지 못하는 델피니아디안.

아마도 마계의 마나와 중간계 마나의 구성 비율 때문에 그런 생각을 하는 것 같았다. 그러나 델피니아디안이 모르는 것이 있었다.

그것은 내가 지금 모든 것들로부터 자유로운 상태라는 것을.

"그녀는 어디 있느냐?"

"흐흐흐, 그 인간 계집 년은 잘 있지. 네놈을 죽이고 내가 그 부드러운 심장을 꺼내어 아작아작 씹어 먹어버릴 것이다. 그리고 남은 육신들은 나의 충성스러운 부하들에게 넘겨줄 것이다, 흐흐흐흐흐흐."

꾸욱.

묵룡을 잡은 손에 엄청난 힘이 깃들여졌다.

"만약 그녀의 손끝 하나라도 다치기라도 하면 오늘부로 마계는 그 역사를 다할 것이다."

휘이이잉.

"음……."

타는 듯한 농축된 분노가 휘돌자 주변으로 거친 마나의 바람이 불어 닥쳤다.

'이놈은 마나의 제한이 없단 말인가……?'

마계에 들어온 카온을 죽이기 위하여 중급 마족들과 하급 마족 수백, 그리고 마물 수십만 마리가 동원되었다.

아무리 힘이 강맹할지라도 그 정도 숫자면 지칠 만도 하건만, 카온이라는 자는 너무나 태연하였다.

아니, 몸에서 풍기는 기도가 더욱 강해지며 사방을 압박하였다. 마치 마왕이 뿜어내는 가공할 마기처럼.

'아무리 그래도 인간 놈일 뿐인데… 중간계에서는 분명 신들의 장난이 개입되어서 그런 것이라 생각했는데…….'

중간계에서 당한 것은 신의 농락 때문이라 생각했던 델피니아디안. 갑자기 등골이 서늘해지며 불길한 생각이 뇌리를 스쳤다.

'아니야! 흐흐흐, 나는 드래곤 하트까지 흡수한 상위 마족. 저놈을 두려워야 할 이유가 없어.'

아니, 어차피 이 자리에서 물러나도 죽음은 예정되어 있었다. 만약 카온이라는 자를 죽이지 못하면 델피니아디안 자신이 죽어야 되는 것이다.

"네놈의 심장을 꺼내 맛을 보리라! 흐흐흐."

차라랑.

말이 끝나기가 무섭게 마족 본체로 변신하는 델피니아디안.

"그녀는 어디 있나!"

아랑곳하지 않고 여자의 안부를 묻는 카온.

"흐흐흐, 나를 죽이면 자연스럽게 알게 될 것이다."

음흉한 웃음을 지으며 온몸에 넘치는 마계의 마나를 감상하는 델피니아디안.

"헉!"

온몸에 휘도는 마나에 기분 좋게 취해 있을 때, 갑자기 눈앞에 나타나 검을 가슴에 쑤셔 넣는 카온.

"마, 말도 안 돼! 컥!"

"넌 이미 죽었다."

화끈하게 심장을 파고드는 낯선 느낌.

수우욱―

더군다나 자신이 여태 모아놓았던 모든 마나들이 심장에 박힌 검을 타고 빠져나감이 느껴졌다.

씨이익.

더군다나 눈동자에 보이는 인간의 모습. 잔인한 감정을 소유한 마족이 보아도 섬뜩한 미소가 카온의 얼굴 위에 그려져 있었다.

툭.

그리고 잠시 후, 모든 것이 어둠 속으로 잠겨갔다. 고요한 침묵의 바다로 항해를 시작하며.

뚜벅뚜벅.

더 이상 앞을 막아서는 자가 없었다. 멀찍이 떨어져 있는 마물들도 흉성을 거두고 꼬리를 말고 있었다.

—마스터, 내 평생 마왕성에 이렇게 들어오기는 처음입니다. 전 마스터도 이 정도는 아니었는데.

수많은 아귀들과 마물들이 조각되어 있는 마왕성의 거대한 성문.

그그그극.

내가 나타남을 알았는가. 묵룡으로 파괴시키기 전에 천천히 육중한 문이 열리기 시작했다.

'아드리안느, 조금만 기다리시오.'

앞으로 무엇이 닥칠지는 모른다. 그러나 두려움은 존재하지 않았다. 어차피 삶이란 나에게 또 다른 기회일 뿐이었다. 내 사랑하는 그녀를 목숨을 다하여 수호하라는.

짝짝짝!

"하하하, 대단해! 아주 대단해!"

성문으로 들어서자 온갖 건물이 들어서 있는 인간들의 성과는 달리 오직 하나의 붉은 공터가 나타났다. 그 뒤로 하늘을 오만하게 꿰뚫고 있는 탑이 하나 서 있었고, 그리고 눈앞에 한 남자가 박수를 치며 나를 환영하였다.

'마왕인가?'

누가 말해주지 않아도 알 수 있었다.

검은 피풍의 같은 망토를 두르고 온몸에서 조용하지만 감히 범접할 수 없는 절대 강자의 기운을 풍기는 자.

주변의 마나들이 그 앞을 지날 때면 숨도 쉬지 못하는 것이, 저자가 이 마계의 주인인 마왕이 분명할 것이다.

"내 이름은 바람의 카온. 나의 여인을 찾으러 왔다."

긴 말은 필요치 않았다.

"하하하, 알고 있다네. 바람의 카온, 그대의 겁없음과 강력한 힘에 찬탄을 금치 못하네. 반가워, 아주 반가워."

나와 같은 검은 흑발과 검은 눈동자를 가진 마왕의 모습이 낯설지 않게 느껴졌다. 마치 무림에서 만난 마교의 교주와 나의 대결 같은 상황이었다.

"내 여인은 어디 있는가."

조용한 물음.

"여기 있다네."

따닥!

가볍게 손을 부딪치자 허공의 한 공간이 열리며 한 여인이 나타났다. 잠을 자는 듯 가지런히 손을 가슴에 모은 상태로 허공에 모습을 나타나는 여인.

'아드리안느……'

내 사랑이자 나의 모든 것인 아드리안느가 분명하였다.

"인간 계집 하나 때문에 마계로 찾아오다니. 모든 차원을 통틀어 이렇게 무모한 것은 자네가 처음일 것이네."

"보내줘라. 내 여인을 보내준다면 모든 것을 용서해 줄 것이다."

"용서? 푸하하하하하! 마계의 주인인 나를 용서하겠다고? 하하하하, 하하하하! 정말 재미있는 인간이군."

스륵.

무심한 눈으로 마왕을 바라보았다.

"내 여인을 내놓겠는가, 아니면 마계의 멸망과 함께하겠나?"

찌릿.

"모든 것은 힘으로 말한다. 강한 자가 법이고, 패배한 자는 그를 따르면 그뿐. 네 여인을 찾고 싶다면 너의 힘을 보여라."

"후후후."

스륵.

말이 필요없었다.

조용히 묵룡을 천단세의 자세로 치켜세웠다.

—오, 마스터! 역시 마스터는 멋있습니다. 마왕과의 대결이라니! 내가 드래, 아니, 소울 가드로 태어난 이후로 이렇게 멋진 광경은 처음입니다.

감동에 젖은 묵호의 음성.

나도 미쳤지만 묵호도 제정신은 아니었다.

'아드리안느, 스승님, 아리안…….'

나를 사랑하는 모든 이들의 얼굴이 머리를 스치고 지나갔다. 수없는 죽음의 관문을 넘고 지금 이 자리가 존재했다.

아마 내 생에 있어서 마지막 시험이 아닐까 싶은 이 자리, 결코 물러서고 싶지 않았다.

이 삶의 주인은 나였고, 지금 이 자리에서 바람의 주인 또한 나였기에.

휘이잉—

마계의 바람이 불었다.

그리고 마왕의 옷자락이 펄럭이며 거대한 날개가 나타났다.

꾸욱.

위이이이잉.

묵룡도 긴장했는지 잔떨림을 울리며 나의 감각을 깨웠다.

살아 있었다.

나도 묵룡도 바람도, 그리고 나의 사랑도…….

"이것이 마왕의 힘이라네. 하하하, 헬 브라스트 리디큘러스! 마계의 마나여, 복종하라! 그리고 멸하라!"

쿠구궁!

마계의 하늘이 열리고 검은 마나들이 휘몰아쳐 마왕의 사방을 에워 쌌다.

실로 엄청난 마나의 힘.

파바밧!

묵룡의 검신 위로 붉고 푸른 태극이 힘줄을 드러내며 빛을 뿜어내기 시작했다.

결코 마왕과 마계의 마나에 질 수 없다는 듯.

그 순간 온몸을 가득 채우고 있던 모든 공력들이 마계의 마나와 공명을 이루었고, 곧 마계의 붉은 하늘에 태극의 꽃이 피어났다.

"탓! 이것이 처음이자 마지막이다. 태극천개!"

쿠구궁!

태초의 하늘이 열리며 그 찬란한 힘이 마계의 하늘에 떠올랐다.

"가라! 크루시오 에테르바테!"

마왕도 허공으로 치솟으며 힘차게 힘을 뿌렸다.

빠직!

시작되었다.

마계에 부는 나의 바람과 마왕이 만들어내는 어둠의 바람이 하늘을 열고 땅을 가르는 경이로운 전쟁이.

"음……."

입술에 느껴지는 부드러운 느낌에 살포시 눈을 떴다.

아드리안느는 길고 긴 꿈을 꾸었다.

마족이 나타나 자신이 마계로 납치되고, 그 뒤를 이어 그녀가 사랑하는 프리 나이트가 검 한 자루를 들고 구하러 오는 꿈을.

"잠꾸러기 공주님."

귓가로 울리는 든든한 그 목소리.

사라락.

입가에 기분 좋은 미소가 지어졌다. 결코 꿈이라면 깨지 않기를 소망하는 이 기분.

'나의 기사여.'

손에 느껴지는 강인하고 따스한 그 남자의 손.

사라락.

기나긴 머리칼을 쓰다듬는 남자의 손길에 다시 잠에 빠져들고 싶었다.

그러나 억지스럽게 눈을 떠야만 했다.

보고 싶었다.

세상 그 무엇보다 사랑하는 이의 얼굴을 바라보며 행복한 미소를 짓고 싶었다.

"아!"

그리고 보았다.

언제나처럼 그녀의 침실에서 손잡고 두 눈에 한없는 부드러움을 담고 있는 그 남자의 눈빛.

바로 바람의 카온, 사랑하는 이의 보석 같은 영혼의 빛이었다.

"이제 나의 바람은 당신의 품에서 머물 것이오. 우리 삶이 다하는 순간, 나의 바람은 당신의 품속에서 멈출 것이오. 나의 사랑하는 이여, 사랑합니다. 내 영혼과 이 모든 것을 다하여 온전히 당신을 사랑합니다."

"네, 사랑하는 이여. 저도 당신을 사랑합니다. 내 영혼과 이 모든 것을 다하여 당신을 사랑합니다. 나의 품에서 쉬세요, 바람의 영혼이시여."

또로록.

벅찬 기쁨이 두 눈에 맑은 이슬을 만들어내었다.

행복하였다.

사락.

그리고 부드럽게 남자가 안아왔고, 곧 붉디붉은 아드리안느의 입술은 뜨거운 태양 속에 잠겨 들어갔다.

사라라랑.

바람이 불었다. 조용하고 따스한 미풍이 사랑하는 두 영혼 위에 머물며 잠시 그렇게 쉬어갔다.

『프리 나이트』 終

작가의 뒷이야기

봄, 여름, 가을, 겨울 그리고 다시 시작하는 시간들의 소용돌이 속에 세 번째 작품을 완결하게 되었습니다.

전작 '프라우슈 폰 진'이 대지에 발걸음을 옮기는 청년의 호기심 어린 삶이었다면, '영웅'은 가벼운 웃음 속에 익어가는 가을 사과 같은 맛이었으며, 이번 '프리 나이트'는 뜨거운 태양 아래서도 불같은 사랑을 향해 달려가는 열혈 청년의 이야기였습니다.

참으로 지나가는 시간 속에 많은 일들이 우리 삶에 주어집니다.

세 권의 작품을 완결하면서 그 속에서 작가도 치열한 운명들과 인연들 속에 부대끼며 살았습니다.

때로는 아쉬운 일들과 즐거운 일들의 교차 속에 놓여 있었습니다. 하지만 절대 후회라는 말은 쓰고 싶지 않았습니다. 그 순간, 순간마다 치열한 저의 삶을 살았기에.

완결을 하고 한숨을 돌리며 이렇게 잠시나마 독자 여러분께 넋두리를 하는 점, 넓은 마음으로 양해를 부탁드립니다.

글로써만 독자에게 다가가지만 작가도 똑같은 삶을 사는 인간이라는 것을 독자 여러분께 이야기해 드리고 싶습니다.

그러니 앞으로도 너무 책이 늦게 나온다 하더라도 작가에게 무슨 일이 있겠구나 싶은 아량과 새로운 작품이 나오면 눈여겨보는 배려도 같이 부탁드리는 바입니다.

감사합니다.

언제나 같이 울고 웃는 독자 분들이 있기에 오늘에 제가 있습니다.

이제 아쉬운 여름을 보내며 다가오는 계절에 모두 건강하시고, 하시는 일들마다 행복한 결과를 이루시길 바라며 이만 작가의 인사를 대신하겠습니다.

이 작품이 끝나는 날까지 수고해 주신 청어람 사장님을 비롯한 편집진 여러분, 그리고 저를 아는 모든 지인들께 감사의 인사를 드리며 부족한 작가는 이만 물러나겠습니다.

다음 작품, 엠페러 나이트도 많은 성원 부탁드리겠습니다.

청어람 판타지의 재도약!!

혁신과 **참**신함으로 무장한
새로운 판타지 전문 브랜드의 탄생!

「알바트로스」
Albatros

판타지계의 커다란 근간을 이뤄온 청어람 판타지 소설!
새로운 브랜드 「알바트로스」라는 커다란 날개를 달고
거대한 웅비를 시작합니다.

알바트로스는 판타지의, 판타지를 위한 개척자이자 도전자로 존재하겠습니다.
알바트로스는 형식적이고 나태해진 판타지계의 구습을 벗어나겠습니다.
알바트로스는 판타지계의 도약을 위한 든든한 날개 역할을 묵묵히 수행합니다.
알바트로스는 변화와 혁신을 통해 새롭게 태어날 환상 공간입니다.
알바트로스는 판타지를 아끼고 사랑하는 이들을 향한 청어람의 굳은 약속입니다.